天空划过一道白线

The Sky Crossed A White Line

东西短篇小说精选

东西 著

广西师范大学出版社
·桂林·

天空划过一道白线
TIANKONG HUAGUO YIDAO BAIXIAN

出版统筹：罗财勇
编辑总监：余慧敏
责任编辑：梁文春
责任技编：余吐艳
营销编辑：花　昀　方俪颖
封面设计：郑元柏

图书在版编目（CIP）数据

天空划过一道白线：东西短篇小说精选 / 东西著. -- 桂林：广西师范大学出版社，2023.11
　ISBN 978-7-5598-6523-6

Ⅰ. ①天… Ⅱ. ①东… Ⅲ. ①短篇小说－小说集－中国－当代 Ⅳ. ①I247.7

中国国家版本馆CIP数据核字（2023）第199778号

广西师范大学出版社出版发行
（广西桂林市五里店路9号　邮政编码：541004）
　网址：http://www.bbtpress.com
出版人：黄轩庄
全国新华书店经销
广西广大印务有限责任公司印刷
（桂林市临桂区秧塘工业园西城大道北侧广西师范大学出版社集团有限公司创意产业园内　邮政编码：541199）
开本：880 mm × 1 240 mm　1/32
印张：8.75　　　　字数：180 千
2023 年 11 月第 1 版　　2023 年 11 月第 1 次印刷
印数：0 001~6 000 册　　定价：59.80 元

如发现印装质量问题，影响阅读，请与出版社发行部门联系调换。

目 录

- 1　　飞来飞去
- 21　　天空划过一道白线
- 37　　你不知道她有多美
- 49　　私　了
- 63　　我们的父亲
- 74　　蹲下时看到了什么
- 94　　请勿谈论庄天海
- 107　　把嘴角挂在耳边
- 126　　反义词大楼
- 137　　溺
- 147　　雨天的粮食
- 155　　双份老赵
- 166　　戏　看
- 181　　关于钞票的几种用法
- 196　　我们的感情
- 211　　送我到仇人的身边
- 231　　伊拉克的炮弹
- 253　　保　佑

飞来飞去

1

深夜，熟睡中的姚简被手机的铃声吵醒，同时被吵醒的还有他的夫人。他带着不祥的预感接听，果然，听到的是一串哭泣。这在他的意料之中，又仿佛在他的意料之外，心里紧张悲伤之余竟然还夹杂着一丝丝不那么体面的解脱。他需要确认，哪怕是明知故问。于是，便在姚久久一时半会儿尚不能中断的哭泣中很不礼貌地插了一句："到底怎么了？"似乎还抱着出现奇迹的幻想。"叔，奶奶上呼吸机了。"姚久久一边哭泣一边说。不是最坏的消息，他想，但愿没那么糟糕。他详细地询问母亲的症状后挂断电话。夫人问："怎么办？我们一起回去吧。"姚简说："疫情这么严重，回国的航班几乎熔断，去哪里搞机票？"夫人说："再难搞也得搞，你妈可就你这么一个后代。"

姚简在网上查询航班，找到一趟从纽约直飞广州的，立刻就订了三张。但第二天航空公司来电,说:"疫情原因,航班取消,要不要订一周后的?"姚简在网上又搜了一遍,没找到直飞的,便续订。可第三天,航空公司又来电,说:"一周后的航班也取消了,要不要续订半个月后的?"姚简想,你这是在开玩笑吗?半个月后回去,加上二十来天的隔离,我还能见到活着的母亲吗?他拒绝了续订,开始托熟人找关系,高价求购飞回中国的机票,包括但不限于直飞。

等机票期间,他每天都跟姚久久视频通话,每次通话他都让她把视频凑到母亲的面前。"妈妈……"他在视频里呼唤。不戴呼吸机的时候,母亲的眼睛会努力地睁开一道缝,吃力地盯住视频,一点一点地舒展面肌,试图给他一个好脸色,但舒展着舒展着,眼看一丝笑容就要浮现却突然一动不动,仿佛静止一般,虽然还有舒展的企图却已经没有了舒展的才华。而大多数时间里她都在昏睡,无论他怎么呼唤她都没有反应,就像地面呼唤发射到外太空的失灵的探测器。

一周后,母亲的病情略有好转,能对着视频说话了,但每说几个字便停顿一会儿,仿佛挑重担的人需要歇气。她说:"崽呀,妈想让你赶紧回来,但又怕一时半会儿死不了。每次我病重你都回来,可每次你回来我都没死,你飞来飞去的都飞累了。要不再观察几天?看看病情走向,如果实在挺不住,我再让久久通知你,你再回来不迟。"其实,她何尝不想让他马上回来,而他又何尝不想立即回去。

又过了十天,他买到一套高价票,该票先由纽约飞伦敦,再从伦敦转机飞上海，然后从上海转机飞N市。他把这套机票打印出来放到客厅的茶几上，一家三口像饥饿时盯着面包渣那样盯着，谁也不吱声。夫人想：我是第一个必须放弃回去的，因为我跟婆婆既无血缘关系又无共同的文化背景。儿子想：我出生于美国新泽西州，不是奶奶带大的，即使我回去也不是她最大的安慰。

"那么，只能是我一个人先回去了。"

"请代我向妈妈问好。"

"告诉奶奶，我非常非常爱她。"

"谢谢。"

2

姚简隔离完毕，姚久久把他从宾馆接到医院。他踮脚走进病房，看见母亲静静地躺在床上，鼻孔插着输氧管，脸庞比视频里的至少瘦一圈。他俯身把脸贴到她的脸上，轻轻地叫了一声："妈……"她嘴唇嚅动，眼睛微微一睁，想举手却没有力气举起来，两行泪从眼角艰难地浸出。她等久了等累了，还在他隔离期间就昏睡过去了。

面对没有声音的母亲，他很不习惯，像走错了地方似的。以前他每次回来，耳朵里房间里走廊上轿车内到处都是她的声音："过得好不好？""累不累？""想吃点什么？""怎么瘦成这样了？"一连串的问候像叮叮当当的打铁声此起彼伏，根本没给他回答的机会,仿佛问只是为了问而不是为了要他回答。他把姚久久支开,一个人坐在床边陪护。真安静,现实中的声音都消失了或者说被他屏蔽了,过去的声音争先恐后:"别哭,爬起来。""加油,你会考上的。""留学?那是妈妈梦寐以求的事。""但是,你吃得惯西餐吗?""虽然我不适应洛莉,但只要你喜欢就行。""姚旺长多高啦?""你爸走了,就剩下我了。""美国,我去那地方干什么?人生地不熟的,除了给你们添累,弄不好还给你们添堵。""妈理解,你只要一年回来看我一次就行。""不寂寞,妈有妈的生活。"

经过一阵回忆的轰炸,他出现了暂时失听,就像飞机降落时因气压改变而出现的暂时失听,世界又安静下来。仿佛是为了配合听觉,窗外的光线一抖,突然暗淡,就像被谁动了亮度开关。走廊外的花圃,怒放的鲜花因光线的忽暗反而突显它们的艳丽,有三团红,三团黄,还有两团紫,远远地看着就觉得香。他下意识地抽了抽鼻子,觉得不对劲,竟然闻到了一股朽味,以为是下水道或过期食物发出来的,但经过仔细检查才发觉朽味来自母亲的身体。

他很生气,打来半桶热水,先用香皂把毛巾洗干净,再用毛巾给母亲洗脸,抹身子。抹身子时,他才知道母亲的瘦超乎他的想象,瘦得身上的骨头都硌他的手了。瘦是因为她长期患病,但她的指甲为什么会那么长?说明姚久久没有尽到护理的责任,竟然不给母亲勤剪指甲,简直是……他想骂人,但话到嘴边却很绅士地咽了下去。他从床头柜里找出指甲剪,一边给母亲剪指甲一边问:"久久多久给你洗一次澡?"母亲没反应,他知道她不会有反应,但这并不妨碍他的自言自语,并不妨碍他把一年多来想跟她讲的话讲了一遍。

傍晚,姚久久来了,她带来了晚餐和母亲的干净衣服。晚餐是给他带的,母亲已经断食,全靠输液维持生命。他没食欲,坐在一旁看她给母亲换衣服。他说:"你没闻到奶奶身上的气味吗?"她说:"这叫老人味,老了你也会有。""也许吧……"他岔开话题,"要是当初她跟我去美国,哪至于这样,没准连这个病都不会得。"

"到了美国就不生病了吗?"

"那倒不是,也许那边的环境对她更有利……"

"不可能,"她给母亲换上干净的衣服,"看看你们感染新冠病毒的人数,就知道奶奶没跟你去多幸运。"他震了一下,没想到她从这个角度思考问题,更没想到她把他划为"你们"而不是"我们"。他不想默认,也想把憋了又憋的话痛快地说出来。他说:"你多久给奶奶洗一次澡?"

"天天都洗。"

"多久给她剪一次指甲?"

"天天都剪。"

明摆着的谎言她却振振有词,好像撒谎的是他,甚至还让他产生了羞愧。他本想用外交辞令,但看着她那副抵赖的模样,顺嘴说了一声:"Shit."也许是美剧看多了,她竟然听懂了,把被单重重地一抖,坐在床边生气,说:"叔,你是不是一直怀疑我没有好好照顾奶奶?"他当然怀疑,但他一直没捅破这层窗户纸,直到现在也还在犹豫要不要捅破。"如果你怀疑,你可以另外请人。"还没等他想好词,她先说了。"每月一万元人民币,相当于你们大学里四级教授的工资,难道你就不想挣这个钱吗?"他也下意识地把她划为"你们"。

"我宁可不挣你的钱,也不想让你怀疑,你也不要因为有几个钱,就学美国欺负我们。"

"我欺负你了吗?"

"怀疑就是欺负。"

"那你干吗撒谎?你明明没有天天给奶奶洗澡,却说天天都给她洗,明明没有天天给奶奶剪指甲,却说天天都给她剪了。"

"奶奶这身子骨,经得起天天洗澡吗?再说她的指甲长得那么慢,有必要天天都剪吗?你不了解实际情况就不要满世界指手画脚。要说撒谎,你们美国人撒得更厉害,你们说伊拉克有化学武器,结果找到的却是洗衣粉。"

他无法辩驳。谁告诉她的?他想,当一个护工不看护理手册却天天刷短视频的时候,你就不容易反驳她了。他很想说美国是美国,他是他,但显然她不会同意他的这种切割,在她的意识里他早就等于美国了。他说:"那么,我给你买的轿车呢?本来是想让你方便接送奶奶,但你却拿来做网约车,天天接单挣外快,竟然把奶奶一个人晾在病房里。"

"谁告诉你的?"

"你说呢?"

"真没想到,我对奶奶那么好,她还跟你告密。"她回头看了一眼床上的奶奶,轻轻骂了一声,"叛徒。"

"简儿……"母亲忽然醒了,仿佛是被姚久久骂醒的。姚简走到床边,俯身捧住母亲的手。母亲吃力地断断续续地说:"别怪久久,是我叫她去做网约车的……"说完,她又昏睡过去,醒来好像就是为了帮姚久久洗白。

3

病房断断续续来了一些客人,都是姚简昔日的同学与旧交。"你还好吧?"他们反复询问反复打量,充满了对姚简的关切与担心,饱含深深的同情,好像身患绝症的是他而不是奄奄一息的母亲。但是,也有不这问却仍然想表达这层意思的,比如大学同学张文垂。

"哈哈,老同学……"张文垂声音洪亮,戴着两层口罩走进来。

姚简赶紧起身朝他伸手,但他没接他的手掌,而是用手肘碰了一下他的手肘,生怕握手又得洗手。姚简还在愣神,张文垂已经从床底拉出一张凳子坐下,并指着旁边的凳子说了一声"Please",好像他是这个房间的主人而姚简是来客。姚简会心一笑,慢慢坐下,发现张文垂的印堂,准确地说是口罩以上的面部闪闪发亮,由此推断他气血充沛心情舒畅。他说:"快撑不住了吧?"姚简懵圈,想他怎么会用这么不礼貌的语言来问候母亲，难道是为了表示他和我的关系非同一般？他不想回答却又怕失礼，便很不情愿地说：" 目前还算稳定，但不知道能撑多久。"

"再这么发展下去，死定了。"张文垂说。

姚简心头一堵，说："抱歉，你是指我的母亲吗？"

"No，no，no，"张文垂赶紧摇手，"我说的不是伯母。"

"那你说的是谁？"

"你就别装啦，我说的是……"

姚简想说"我没装，我真不知道你说的是谁"，但他像憋屁那样把这句话憋回去，觉得辩解会让他以为他虚伪。如果这是他们做同学那些年的暗语，而自己又偏偏忘了，那岂不尴尬。于是他笑了笑，摆出一副释然的表情。幸好张文垂没追究，而是转移了话题："我知道你在那边混得不好，但前几年我即使想帮你也使不上劲。""还行吧，我觉得……"姚简支支吾吾，仍在揣摩张文垂的言外之意。

"你看你，还在打肿脸充胖子，老弟我现在可是能帮你了。"张文垂拍了拍胸口。

姚简又被他说迷糊了，不知道他要帮他什么，也不知道自己需要他什么样的帮助，眼下除了母亲病危这个难题，他几乎没别的难题。张文垂看他没有领悟自己的暗示，便直接问："你一年的收入是多少？"

"不多，也就十来万美金。"姚简说完立刻后悔，觉得这个数虽然打了折扣，却还是怕对张文垂形成刺激，于是马上补了一句,"不过,这是税前,你知道美国的个人所得税极高。"没想到张文垂一拍大腿,说:"Out 了,像你这样的人才,在国内年薪至少一百万人民币。""真的?"姚简惊讶,觉得张文垂还是一如既往地喜欢吹牛。但似乎是为了证明自己不是吹,张文垂掏出手机,用免提跟西江大学吴校长通话,说要给他推荐人才。吴校长问推荐谁,他说普林斯顿大学化学系的教授姚简。吴校长感叹,说确实是个人才。张文垂问他愿不愿意引进,吴校长说:"引不引进还不是你一句话吗,你说引进我们就立即办手续。"张文垂说:像他这样的专家年薪是不是应该百万?住房是不是应该不低于 160 平米?家属工作也应该一并安排吧?虽然张文垂使用的是问句,但在姚简听来却句句都像命令。果然,吴校长说当然当然,此外还有一笔不小的科研启动经费,还有安家费。张文垂挂断电话,说:"过去我不在这个位置上,不知道人才有多奇缺,那么老同学,这事就这么定了。"

"啊……"姚简一脸的诧异,"这么快就定了?"

"这是我一贯的办事风格。"张文垂想摘下口罩,但摘了一半又重新挂上。

"文垂,这么大的事我得慎重考虑,而且还需要跟夫人孩子商量。"

"有啥好商量的,难道你仇恨钱?"

"那倒不至于……"姚简说完就想,他不是来看望母亲的吗,怎么突然就扯到了人才引进上?我没跟他说过要引进呀。张文垂似乎看出了他的疑虑,说:"你现在就给嫂子洛莉打个电话，要不我先把她引进了再引进你。"姚简摇头，说："别，你先把引进的速度降一降，你嫂子是学美国历史的，把她引进发挥不了什么作用。"

"让她改学中国历史，让她知道我们的历史有多悠久，多博大，多精深。"

"关键是我都适应了那边的生活，况且，当初我那么渴望出去，现在一听说这边有钱就屁颠屁颠地回来，别人怎么看暂且不说，自己都觉得斯文扫地满脸通红。"

"不怪你，当年我们支持出去，现在欢迎回来。"

"请给我一点时间吧。"姚简犹犹豫豫。

"你就是爱面子，放不下身段，不愿意接受我们强大这一事实。"张文垂不耐烦了，起身徘徊，忽然灵光一闪，指着床上说："难道你就不想回来陪陪母亲？她可是为你奉献了一辈子。"

"当初就是她劝我出去的。"

"现在她的态度变了，不信你问。"张文垂走到床边，提高嗓门，"伯母，你想不想让姚简回来工作？"

"想……"母亲回答，调门还挺高，"那么好的条件，为什么不回来？"

"我说对了吧。"张文垂一击掌。

姚简羞愧地低下头，他没想到母亲竟然醒了，竟然听清了他们的对话。先不说自己回不回来，但至少回来这个议题让母亲的心情有了好转。

4

一天，姚简在给母亲洗脸时，她突然把毛巾推开，说："你服侍我这么久，是不是烦了？"姚简说："你给我尽孝的机会，高兴还来不及。""那你能不能回来工作？"母亲认真地看着他，目光里有一丝久违的明亮。姚简不敢回答，生怕影响她的情绪。他想，不是说回来就能回来，就像移栽的树，已经把根扎在新的环境，要想再移栽一次谈何容易。但母亲没有放过他，说："只要你回来，我至少还能活十年。"姚简想如果你能再活十年，那我就是绑架也要把你绑架到新泽西州去，就怕你活不得那么久，就怕你连现在的清醒都是回光返照。

"知道我为什么不愿意跟你出国吗？"母亲突然问。

"你说你不习惯那边的生活。"姚简说。

"那是托词，真实的想法是为了给你留一条后路。"母亲忽然压低嗓门，警惕地看着门口，好像这是一个害怕别人听到的秘密。

"你想多了。"姚简故意提高嗓门。

"但从目前的形势来看，我给你留的这条后路留对了。简儿，实话告诉我，你在那边自在吗？晚上敢上街吗？小偷是不是很多？他们歧视你吗？你是不是买枪了？姚旺没吸毒吧？洛莉没出轨吧？一想到你在外面被人欺负，一想到你每天都过着提心吊胆的生活，我就整晚整晚地睡不着，后悔当初把你送出去,你看你,都瘦成啥样了……"母亲一旦有了精力就会毫不吝啬地用来唠叨,这是姚简熟悉的模式,却不是他熟悉的内容。他觉得奇怪,仅仅一年多时间不见,母亲竟然生出了这么多担心。过去,她可从不担心我在外面的生活和工作,难道是越老越敏感或是越病越糊涂?为了让她放心,他卷起衣服露出腹肌,说:"这不是瘦,是结实,我每天都健身呢。你看你,都瘦得只剩下骨头了,还好意思说我瘦。"母亲露出一丝笑容,是事实被所爱的人揭穿后开心加尴尬的那种笑容。

"老房子我一直给你留着,新房子也给你买了一套。"母亲说。

"去年回来,你不是催我赶紧把房卖了吗?"姚简说。

"卖了你住哪里?"

"我又不是经常回来。"

"你那个张同学不是说要把你调回来吗?"

"前天,吴校长找我谈过引进的事,我已经拒绝了。"姚简觉得有必要跟她说实话,否则会增加她无端的期盼。

她叹了一口长气,仿佛在为他也为自己惋惜。她说:"你连房子都没有,你住什么地方?晚上睡桥洞吗?"说着,她的眼眶忽然湿了。她不停地抬手抹泪,悲伤得像个孩子。他说:"请你放心,我在新泽西住的是别墅。""你的别墅是租的,我这个有房产证,有房产证的住着才像一个家。"她似乎又回到了清醒状态。他说:"我买得起别墅,只是不想买而已,租来住更划算。""又骗我,物价那么贵,你买得起个鬼。你骗别人也就算了，怎么连妈都骗？"她好像又糊涂了。

"我没骗你。"

"你骗我，你一直都在骗我。你骗我说你生活幸福，有房有车有钱，可我一眼都没看见。其实，你什么都没有，一点都不幸福，你就像莫泊桑小说里的叔叔于勒。你骗我说不想回来工作，其实你想回来，只是放不下架子。"

"我的状况我清楚，你不用担心。"

"你不清楚，你好糊涂……"

沉默。他不想跟她争执，知道再怎么争执也改变不了她的看法，因为她似乎在绝症的基础上又叠加了阿尔茨海默病。也许是说累了，也许是对姚简深深地失望，她突然感到胸闷，忽然就不想说话了。护士给她插了输氧管，她安静地躺在床上，她的安静让姚简好一阵不适应。深夜，姚简感到困倦，便伏在床边打盹。醒来已是凌晨四点，他抬头一看，母亲没了呼吸，输氧管已从鼻孔拔出，被她的右手紧紧地攥着。

5

处理完母亲的后事，姚久久开车送姚简回家。车上，姚久久说："叔，我知道是你偷偷拔了奶奶的氧气管。"姚简气得面红耳赤，心脏差点停摆。他吁了一口恶气，说："你的想法比蟑螂还脏。""不只我，所有的亲戚都这么认为。"姚久久双手握着方向盘，仿佛握着真相。"我为什么要拔她的氧气管？难道我就不希望她活得更久一点吗？"姚简按下车窗，急迫地呼吸着外面的空气。

"因为你不想飞来飞去，不想影响你回美国挣钱，不想再支付护理费。"

"停车。"姚简近乎呵斥。

姚久久把车"吱"地停住。"从今以后，再也不要让我见到你。"姚简指着姚久久的脑门一字一句地说完，才打开车门钻出去，"嘭"地把门摔回来。"忘恩负义，我跟你绝交，我们全家都跟你绝交。"姚久久怼了一句，呼地把车开走，好像车比她还生气，好像车不是姚简给她买的。姚简愣住，想，为什么会有这么多的误解？去年回来时不还是好好的吗？他孤独地站了一会儿，百思不得其解，便朝家的方向走去，一边走一边想，还有谁能相信我？白小鹃，他突然想起了他的初恋女友。

他约白小鹃在茶庄见面，等待期间，他隔着落地窗看了好久的草坪和湖水。草不是当年的草，水也不是当年的水，但他假装它们还是当年的，只承认周围的树长粗了，长高了。"我知道你的婚姻不幸福。"忽然传来一个女声。他扭过头来，看见白小鹃坐在对面，脸上还是当年那种高高在上的表情，好像她是上帝专程派来俯视他的。虽然他反感这种俯视，却又不得不承认因为她的漂亮而稀释了对她的反感，就像在硫酸里加碱中和其伤害性。没想到她还保持着当年的脸形与身材，皮肤依然白里透红，就连眼角和脖子也没什么皱纹，也许是因为一直单身，也许是因为注重保养，她看上去显得比实际年龄至少年轻十岁。他一边观察一边想,她怎么一落座就说我的婚姻不幸福?是掌握了确凿的证据抑或是猜测?洛莉不是挺好的吗?她既有事业心也有家庭责任,平时说话轻声细语,哪怕我说了不对的观点她也总是无条件地先说"OK",然后再找机会解释。她懂得管控情绪,从来不跟我发生因文化差异而引起的冲突。她就像我的胃,知道什么时候做中餐,什么时候做西餐,什么时候下馆子。如果硬要说我的婚姻不幸,那也只不过是在白小鹃说出来的这一刻我脑海突然产生的一个概念,因为我从来没质疑过婚姻的幸福。

"你母亲住院后,我常来陪她聊天,她有时喊我小鹃,有时喊我洛莉,有时还喊我儿媳妇。"白小鹃说。

"对不起,她的记忆出了问题。"姚简说。

"也许这是她的真实想法,在她的潜意识里一直反感你跟外国人结婚,尤其是……"没等白小鹃说完,姚简赶紧打断:"母亲跟洛莉的关系很好。"

"那都是装出来的,她每次看见我,就会把洛莉的照片从手机里调出来进行比较,天哪,洛莉怎么胖成那样了?"白小鹃得意地看着姚简。姚简说:"女人嘛,还是丰腴一点好,尤其是到了一定年纪之后。"

"丰腴?"白小鹃张大嘴巴,"那也叫丰腴?叫臃肿好不好?"

"这和婚姻幸不幸福有关系吗?我就喜欢丰腴的。"

"当然有关系,她之所以臃肿是因为有压力,是因为你没有给她幸福,或者说她没有从你这里感受到幸福。"白小鹃一套一套的。

"你说得对。"姚简决定妥协,这几天经历了太多的争论,他不想在离开前再争论一次,于是把茶杯小心地推到白小鹃面前。虽然喝茶能降躁(即降低狂躁),但白小鹃只抿了一口,显然茶量达不到降躁的效果。果然,白小鹃又发话了:"姚简,你好可怜。"他假装没听见。白小鹃盯着他,就像狙击手通过瞄准镜盯着目标那样,盯得他的脸一阵阵辣。他扭过头,回避她的目光。她说:"像你这样的成功人士,竟然连一个情人都没有,好可怜。"

"这恰恰证明我对洛莉的忠诚。"他感动自豪。

"既然你忠诚于她,那干吗还要约我出来?"

"想找你说说话。"

"你想说什么?"

"有人说是我拔了母亲的氧气管,你认为我能做出这样的事情吗?"

"我听说了,亲人群里都在传。"白小鹃迟疑了一会儿,"如果是二十年前,我认为你绝对不会做这种没良心的事,但现在我完全不了解你。再说……你母亲的病一会儿好一会儿坏,这几年你飞来飞去的确实也挺辛苦。这么跟你说吧,我不敢肯定你会拔她的氧气管,但至少你有过拔她氧气管的想法。"

"糟糕,我以为你最了解我,没想到你并不了解,谁会相信我俩曾经在一张床上睡过?"姚简低下头,感到失望。白小鹃感叹,说:"姚简,环境会改变人,况且你出去了二十多年,况且西方根本就不讲中国的孝道,你们对生命的理解完全跟我们不同。"

"可我跟你还是一样的。"

"不一样了。"白小鹃伸手在姚简的下巴上撩了一下。姚简的身子本能地往后一躲。白小鹃说:"你一躲,就说明你不相信我,语言很狡猾,身体很诚实。既然你都不相信我了,凭什么让我相信你?"

姚简无语,嘲笑自己竟然想从抛弃过自己的女人身上寻找安慰,简直就像幻想病毒自行消失那么幼稚。当初,他们也没多大的矛盾,她踹掉他仅仅是因为不同意他出国留学,怕他被洋妞勾引。他忍不住重新打量白小鹃。她看见他抬起头来,忍不住又伸手撩了一下他的下巴,他又本能地一躲。她说:"你看,想重新建立信任有多困难,当初我摸你的任何一个地方,你不仅不会躲反而会迎合。可是现在……"

"现在我已经有老婆孩子了。"

"想不到你们美国人这么保守,姚简呀姚简,无论一个人或一个民族,如果不开放,那就会憋死,难道你不想从我们当初失败的恋爱中吸取教训吗?"

"吸取教训的应该是你。"

"哼……"白小鹃说,"除了对你深表同情,我真没办法救你。"

6

姚简飞向新泽西州，于上午十点回到自家别墅。一放下行李，洛莉就问："亲爱的，这几天你看社交媒体的亲人群了吗？"姚简说："没看。"洛莉说："他们怎么那么邪恶？"姚简问："谁邪恶？"洛莉说："你的中国亲戚，他们说是你拔了母亲的氧气管，让她提前死亡。"姚简说："那不叫邪恶，叫误解或误会，你用词重了。"

"可他们都在污蔑你。"洛莉气得满脸通红。

"他们照顾母亲那么多年，蛮辛苦的，批评几句也是为了宣泄情绪，过一段时间就风平浪静了。"姚简解释。

"我讨厌他们拿母亲的生命来编故事，都是些什么物种呀？"

姚简听得不舒服，便提醒洛莉："亲爱的，请注意你的语言，我们和他们是一样的。"过去，只要姚简一提醒，洛莉会马上说"Sorry"，但这次她竟然没说"抱歉"，说明她骨子里仍然潜伏着天生的优越感，哪怕她平时没有表现，但在不经意间会猛地跳出来。

傍晚，姚旺黑着脸从大学回来了，一进门他就说："爸，你的亲戚为什么总是用恶意揣测你？"姚简说："我的亲戚不也是你的亲戚吗？"姚旺说："什么狗屁亲戚，我已经在网上跟他们开骂了。"姚简心里一沉，后悔没在"亲人群"里及时屏蔽姚旺和洛莉。他怕矛盾升级，劝姚旺停止骂战。姚旺说：

"可是我气得肺都要炸了。"姚简说:"一个人成熟的标志就是能控制脾气。""在谣言面前你不用控制,"洛莉从厨房冲出来,"我支持你骂他们,儿子。"姚简一拍餐桌,说:"你们想没想过明年我们还要回去过清明节?还要跟他们打交道,还要拜托他们照看好爷爷奶奶的骨灰。"洛莉和姚旺沉默了,他们用同情的眼神看着他。姚简发现他们的眼神和回国时亲人们看他的眼神相似。

深夜,姚简偷偷打开手机,翻阅"亲人群"里的信息,看见上面全是"阴谋论"。姚久久说她半夜送夜宵,发现叔叔偷偷拔掉奶奶的氧气管,于是赶紧冲进去制止,但已经来不及了。姚简想,她什么时候送过夜宵?我从来都不吃夜宵。姚老大,也就是堂哥——姚久久的父亲,他说他调看了医院的监控,确证婶婶的氧气管是堂弟亲手拔掉的。姚简想他们家不就是想多挣一点护理费吗,犯不着这样污蔑陷害。表弟说表哥既有作案的动机也有作案的时间,还有作案的环境。姚简想这个表弟是著名的啃老族,在母亲病重期间他连看都不愿意看一眼。姨妈每求他来看一次,他就跟姨妈收一次出场费。除了真正的亲戚,群里还多了一些不认识的人,他们都是姚久久拉进来的。他们不摆事实不讲道理,只是一通乱骂,而姚旺早在几天前就跟他们怼上了。群里塞满了不干不净的语言,每隔两三行就有人问候别人的祖宗。这个"亲人群"是几年前为了方便沟通由姚简搭建的,现在不仅不能在上面友好地沟通,反而成为相互仇恨的场所。姚简很失望,他的手指悬在屏上许久许久，终是下定决心按了下去，就像按下武器的开关。从此，这个群被他解散了，彼此眼不见心不烦。

但是，姚简仍然心事重重，他的脑海时不时会冒出关于氧气管的各种说法，有时候他竟然怀疑母亲的氧气管真是自己拔掉的，甚至会给这种想法配画面，越配越觉得真实。这种想法就像一块创可贴贴在他的脑海，怎么撕也撕不掉。一天午后，他靠在客厅的沙发上打盹，突然梦见了母亲，这是母亲逝世后他第一次梦见。母亲不停地抹着眼泪，说："简儿，氧气管是我自己拔的，你受委屈了。"姚简一个战栗，忽地惊醒，放声大哭。这是母亲逝世后他第一次痛哭，仿佛要哭出全部的悲伤和思念。哭罢，他算了算时差，发现母亲在梦里出现的时间正好是一个月前她离开的时间。

这边午后，那边凌晨。

2021 年 3 月 26 日

天空划过一道白线

杜八又喝醉了，躺在后山的草地上乱喊乱叫，一会儿骂他老婆一会儿骂他儿子。全村人都听得见，但他们听多了听烦了就下意识地屏蔽他的内容而只听他的声音，好像他的声音是一种自然现象，时不时会来那么一下。也有连声音和内容一起听并听得心惊肉跳的，那是他八岁的儿子杜远方。杜八喷出来的每一个字都跟杜远方有关，哪怕他只喷他的老婆或他的命运，那也是指桑骂槐含沙射影。所以，每次杜八开骂杜远方就远远地躲着，把脖子缩了再缩，恨不得一头钻进泥里。杜八的骂声时高时低时远时近，像锋利的钢针扎得杜远方头皮发麻脊背冒汗全身颤抖。直到杜八骂累了，睡过去了，杜远方才踮着脚尖来到他身边，把手指伸到他的鼻孔前试探，感觉还有气进气出，心里便又腾起一丝美好的盼望。他像等待一个即将改正错误的孩子那样坐在一旁等待，有时从上午等到傍晚，有时从傍晚等到深夜，没有其他选项，他就他爹这么一个亲人。

现在是午后，天空一片碧蓝，干净得像用水刚刚洗过，太阳照得地皮发烫，整个山谷瓦亮瓦亮。阳光树叶青草泥土以及水塘的气味混合发酵，一股熏人的杂香弥漫。鸟虫声不时响起，偶尔插入人的呼喊鸡的打鸣和牛马的走动，空气因这些声音的突然闯入产生微妙的气流，即开即合。杜远方坐在后坡的那棵伞状的树下，一团椭圆形的树荫像一滴硕大的墨汁滴在他身上，仿佛一团水珠滴在一只小小的蚂蚁身上。离他十米远的草地躺着杜八，由于担心他被晒坏，杜远方折了一些枝叶把他覆盖。每次折枝叶时杜远方都一边折一边怨自己不够狠心，想这么丢脸的爹醉死他算了晒死他算了，可每次他所做的和他所怨恨的总是相反。

太阳往西偏了一点，树荫大了一圈，热气在风的吹拂下减弱。杜八已经睡了一个小时，胸腔顶着的枝叶一起一伏。透过枝叶的缝隙，杜远方看见杜八额头上大颗大颗的汗珠。他想帮他擦汗但没带毛巾，他想把他叫醒，但试过多少次了，这种时候即使摇他拍他掐他拉他都是白干。他至少要睡到太阳落山，杜远方正想着，却不料杜八忽地扒开枝叶坐起来，大叫一声儿子哎，快来看啊……他一边呼喊一边指着天空，根本没看见儿子就坐在离他不远的身后。可他知道只要他这么一喊，杜远方无论躲在哪个犄角旮旯，准会停下手里的动作抬头张望，跟他分享这份不期而至的眼福，他也会因为儿子能够分享而产生美妙的获得感和幸福感。

一切仿佛静止了，包括心跳和时间，包括听到呼喊的村人和动物，甚至包括植物和风和那些飘荡的气味……杜远方随着他的手势看去，心里顿时涌起莫名的欢喜。他看见天空划过一道白线，那是一道又直又细的白线，像一条雾一束云一根长长的香烟，在碧蓝的天空无声地迅速地划过，最终两边都看不到头。或一年或半载，村庄的上空就会划过一道白线，而每次划过最先发现的都是杜八，仿佛他对这道白线有第六感。大家都觉得白线好看，比什么彩虹什么火烧云都好看，尤其是在碧蓝碧蓝的晴天，但大家都不知道它是什么划出来的。有人说那是超音速飞机划的，可白线的前方却看不见飞机。有人说那是火箭划的，也有人说那是导弹飞过留下的印子，可谁都说得不够自信，下结论时连舌头都捋不直，每个音节都打飘，仿佛它是无法破解的世界第十大奇迹。

奇迹还发生在杜八的身上，无论他喝得多醉睡得多沉，只要这道白线一出现他就立刻清醒，好像它是他的 WiFi，一下就把他激活了。他突然觉得天空是那么漂亮，好看得都想哭，连疙疙瘩瘩的心情都荡平了。他兴奋，好像他是这道白线的发明人，抑或因为自己最先发现它而发现了自己与众不同的天分。我跟他们不一样，他想，我本来就不属于这里，老婆跑了算什么？孤单和被人看不起又算什么？通通都抵不上这道白线，仿佛它把他所有的困难都打败了。

在杜八心情好的时候杜远方会向他打听妈妈的情况。他说你妈好漂亮。说完他得意一笑就咬紧了嘴唇，不愿再多说关于她的任何一个字，好像伤自尊了。但是杜远方忍不住要问，而他有时也忍不住想说，尤其是喝醉以后。于是，他断断续续地像吝啬鬼发红包似的一次说一点点,一次说得比一次信息量少。你妈怪我只讲这里空气好风景好,却没告诉她这里偏僻。你妈是在广东瓦塞皮革厂打工时跟我好上的。你妈说别指望我们家抽屉里会有什么像样的东西,其实我们家连一只像样的抽屉都没有。你妈骂我是酒鬼醉汉。平心而论,你妈没跑之前我也喝酒,可从来没醉过。你妈叫刘丽洲。你妈说我骗了她的感情。儿子哎,长大了你就知道,感情这东西是能骗的吗?谁骗我试试?

从八岁问到十岁,杜远方才获得这些零零星星的信息,但这些信息怎么也不能让他拼凑出一个完整的母亲。他一直在找母亲的照片,装衣服的箱子里没有,装稻谷的木桶里没有,米缸里没有,镜框后面没有,枕头下席子下也没有。家里能藏的就这些地方,他找了不知多少遍,以为只要这么找下去总有一天照片会被感动得跳出来。他找得眼圈都撑大了,眼珠子都定了,杜八才从衣服的夹层掏出一个扎紧的小小的布袋。他接住,手心仿佛被烫了一下,问这是什么,杜八说你妈走之前把照片烧了。他仔细地打开布袋,里面是一撮纸灰。他把纸灰倒到桌上摊成照片的形状,每天要看好几回,幻想纸灰能变回照片,就像幻想衣服能变回棉花。倒腾中,纸灰越来越少,有的沾在桌面再也装不回去,有的被风吹走,于是,他再也舍不得把纸灰从布袋里倒出来,生怕连这一点纪念也会从指缝里溜掉。

一天晚上,杜八又喝醉了。这次他没骂老婆也没骂儿子,而是一把鼻涕一把眼泪地哭，哭得全村人都不适应，好像发生了自然灾难，连牲口和家禽都竖起了耳朵，连树也静悄悄的，没有一丝风。杜远方突然看不起他，觉得他像个小孩自己反而像个大人，他矮下去了自己却高大起来。他说你为什么不骂了，语气里除了不习惯他的不骂似乎还夹杂着一丝挑衅。杜八心里一阵内疚，说对不起，儿子，有时骂不是骂而是爱。杜远方说那你继续骂呗，骂了你心里会好受些。杜八说你都读初中了，再骂人家就笑话你了。杜远方问那你为什么哭，杜八说想你妈了。杜远方说想她为什么不去找她，杜八说我要是去找她了，那你怎么办？杜远方说家里那么多粮食，够我吃两年了。杜八说你当真。杜远方说当真。杜八不信，久久地盯着杜远方的眼睛。杜远方一点都不露怯，跟杜八对视。杜八第一次从杜远方的眼里看到了一股蛮气。

　　几天之后的早晨，杜八背起了行李，杜远方站在门口送行。天亮了许久，但太阳还没露出来。山谷腾起一层层雾，把远山近树都染白了。雾越来越宽越来越厚，朝着村庄缓缓飘移。杜八说只要一找到你妈，我就立刻把她带回来。杜远方问你知道她在什么地方吗，杜八说不知道，然后抬头看了一眼灰蒙蒙的天空，接着说，但我知道她是沿着天空划过的那道白线走的，我会沿着这个方向找下去，直到找到她为止。说完，杜八转身走去，他的背包一耸一耸的，他的铁壳水壶在屁股上一甩一甩的。随着他的远去，杜远方感到左胸被强大的吸力拉扯，仿佛要把他的皮肤撕脱，仿佛要扯出他的心脏。他用意念按住自己的双脚,但双脚却不由自主地飞奔起来。他叫了一声爹。杜八停住,回过头来,说你要上学,你有你的前途。杜远方说可我想跟你一起走。杜八说如果你要跟着走,那我就不走了。杜远方停住。杜八又转身走去,他走一步回一次头,回一次头说一句你回去,像驱赶一只跟随的小狗。他一连说了五次你回去,就被大雾笼罩了。杜远方再也看不见他的背影,只听到噗哒噗哒的远去的脚步声。杜远方想追,但天上忽然哐的一声,太阳冒出来了,它的万道金光像万道金箭穿雾而下,噼噼啪啪地扎向大地,震得地皮都抖了。真好看,雾里有一条条斜斜的金黄的光线,光线里有一团团一缕缕飘浮的乳白色的雾。儿子哎,快来看啊……杜远方听到从远处传来杜八的呼喊,便坚持着仰视。他知道这一刻不能看爹的方向,否则他又会忍不住追上去。

　　从杜八离开的那一刻起杜远方就开始了等待。这天,他眼睁睁地看着日光怎么一点点变淡,又怎么一点点变暗,直至整个被夜色吞没。他没开灯,坐在门槛上盯着黑沉沉的坳口,想象他爹像一盏灯那样突然出现,想象他爹带着他妈像两盏灯那样一起出现,他们一边奔跑一边喊他的名字。可是,坳口没有出现他期待的灯,眼前只有萤火虫在飞舞,它们像他爹发回的信号,左三圈,右三圈,亮一下,灭一下,一共三下。它们重复着循环着,让他升起希望又坠入失望。他提醒自己没那么快,爹最多才走到县城,从县城往前走,一边走一边打听,至少要走一个月才走到海边。即使到了海边他也不一定马上能找到母亲，至少要打听一个月吧。掰着指头一算，两个月过去了，就算他撞了狗屎运真把母亲找到了，但母亲还愿不愿意回来？她有没有重新成家？如果母亲没有重新成家，那得给他三天时间劝她。三天后他把她说服了，他们一起坐车往回赶，这得多少时间？至少也得两三天吧？也就是说他们回来至少是两个月之后的事情。那太久了，他恨不得现在他们就回来，恨不得他们从来就没有离开。

他不停地想，竟然忘记了饥饿，虽然有几个瞬间真切地感受到了饿意，但他不愿意承认，也不想生火做饭，好像只有一动不动地坐在门槛上想，他爹才能快点回来。所以，一旦有了饿意他就赶紧想他爹，仿佛想爹能填饱肚子。他一遍一遍地想象他爹寻找他母亲的过程，从他爹出村时开始，到他们回村时结束，如此循环反复，想象陷入了怪圈。想到天亮，他满怀信心地认为七天，只要七天时间他爹和他妈就会出现在他面前。他甚至认为这都不是想象，而是伸手可及的真实，因为他连他们的声音表情气味动作都想象出来了，虽然母亲的面貌有些模糊。

可是，他等了两年多时间，把自己等高了，把坳口看矮了，把门槛坐光滑了，也没把他爹等回来。他开始担心爹是不是出事了。有人说两年多的时间，即使你爹找不到你妈也应该回来了，他怎么忍心留下你一个人不管？有人说没准你爹已经成了孤魂野鬼，也有人说你爹是不是被哪个女的拐走了……不会的，我爹不会不管我的。虽然他总是这么斩钉截铁地回答，

天空划过一道白线 ‖ 27

但心里却越来越虚,因为他的等待已远远超出了他的预期。他开始感到害怕,害怕自己的等待没有意义,害怕某天突然传来关于爹的坏消息。于是,他自言自语以舒缓压力,有时也跟墙壁说话,好像墙壁能听懂他的心事能录下他的声音。他把想跟他爹说的话全部说完,写了一张字条压在饭桌上,就背起了行囊,锁上了大门。村民们站在路边为他送行,有的人送钱,有的人送食品,有的人送祝福。他把他们送的揣在身上,沿着他爹走的方向去寻找他爹。走着走着,他感到前方的吸力渐渐变弱,身后的吸力却越来越大,忍不住一回头。全村人都在朝他挥手,他们的手像风里翻飞的树叶。而他的家孤独地站在村头,被狂风呼呼地吹着,仿佛快要被吹哭了。

杜家的小屋从此大门紧闭,既没有人的声音也没有烟火气,更没有坐在门槛上的盼望眼神。外墙的颜色越来越深,上面渐渐出现了褐色的水渍。从屋后长出的一株青藤沿着墙壁上爬,即使枯萎了也仍然紧紧地爬在上面,好像那是它的床。小草从地缝拱出,沿着墙边断断续续弯弯曲曲。天黑以后,屋里屋外被夜虫的声音淹没,每当人们经过它们就停止鸣叫,一旦脚步远去,它们又放肆地歌唱。风吹断了屋角李树的两根枝丫,一枝断落了,另一枝还没有完全折断,吊在树上渐渐枯黄。三格玻璃窗被石头砸坏,一些玻璃碴掉进屋内,一些没有完全破碎的玻璃仍卡在框上。路过的村民偶尔会趴在窗口朝内张望,看着满地的灰尘和零星的鸟粪,感叹这一家子就这么消失了,一个都可能回不来了。

嘭的一声，杜家的大门在杜远方出走两年后的一个深夜被打开，打开它的人是刘丽洲。刘丽洲拿起压在饭桌上的字条，拍掉上面的灰尘，看见一行字：爹，饭我帮你做好了，在锅里。刘丽洲转身揭开锅盖，锅里粘着一坨黑，那坨黑变得已无法辨认，就像一团黑炭。她不知道字条是什么时候留下的，没写日期。他的字写得比她的还工整好看。他该长得比我还高了吧？孩子他爹为什么没回来吃这餐饭？明显，这屋里已经很久没人住了。难道他们进城打工去了？也许我不该回来，也许他们并不欢迎我。但大门的锁头还是原来的锁头，钥匙还放在老地方，这钥匙到底是他们为我放的还是他们其中一个为另一个放的？一时间她竟无所适从，好像她不曾是这里的主人，好像他们就躲在某个角落看着她，考验她，继而再决定接不接纳她。生疏了，这地方，这房子，已经没有她的半点痕迹。要不是老高被人谋杀了，要不是老高被人谋杀后突然冒出三个妻子和六个子女驱赶她谩骂她，让她分不到丝毫遗产，甚至怀疑她是凶手，那她是无论如何也没有脸面回到这里的。人就这么贱，只有落难的时候才想起谁对自己好，才知道自己最想依靠谁。她对着空荡荡的屋子叫了一声远方，叫了一声杜八，说了一声我回来了，就像跟他们打招呼或者给自己壮胆，然后放好行李，打开水龙头，清洗落满灰尘和鸟粪的地板。起夜的人听到杜家有响动，看见杜家的灯突然亮了，便悄悄走过来，趴在窗口一看，当即惊叫：天杀的，你怎么现在才回来？他们都去找你了！你怎么现在才回来？你跑到哪里去了？怎么跑了这么多年？她想不清这些问题，更回答不了，只是默默地清洗地板。恍惚间地板一片血迹，她仿佛在清洗老高的被害现场，但再一恍惚血迹消失。

这个刘丽洲和从前的那个刘丽洲有区别了。从前的刘丽洲嫌地面脏整天踮着脚尖走路，既不下地干活又不做任何家务，大部分时间都跷着二郎腿遥望远方，像一只受伤的鸟在积聚起飞的能量。她是因为怀上了孩子才勉强同意跟杜八回乡的，如果他们不回乡而只靠杜八一个人打工挣钱，那是无法应付一个孕妇在城里的开销的，尤其是像她这种喜欢模仿有钱人生活的孕妇。仅凭怀孕这一条，再凭没来之前杜八对家乡的过度美化，她就有资格做个懒人。但是，现在的刘丽洲勤快得像一支秒针，她把杜家荒芜的田地打理干净，种上粮食、蔬菜和水果，希望用丰收的景象迎接他们回来。然而，一年过去了他们没有回来，两年过去了他们仍然没有回来，她开始担心儿子的命运。闲聊时，村民们跟她讲儿子的可爱，讲儿子如何想念她。他们说他在梦里叫妈妈那是再平常不过的事，用照片的残灰想象照片也不算稀奇，最令人震惊的是他整天照镜子想象母亲的容貌，一照就是几个小时，因为他爹说他长得像母亲。村民们说得越是生动刘丽洲就越挂心，她担心他迷路了，遇上了坏人，被人谋害了。当然她也曾想象他在城里打工发财了，娶上漂亮的老婆了。但是担心总是多于放心，于是她出发了，在一个静悄悄的清晨。她决心把儿子找回来，否则这辈子都内心不安。她想象儿子行走的路线，想象他有可能去的地方，想象这个世界到底有多大，想着想着，天就下起了瓢泼大雨，仿佛在阻止她挽留她。可她不但没有回头，反而加快了步伐。

雨断断续续地下了五天，第六天杜八就回来了。村民们说：挨刀砍的，你怎么现在才回来？刘丽洲等了你两年，五天前刚离开。杜八惊呆了，看着刘丽洲留下的字条和那些粮食，满含热泪。这四年多，他找得太辛苦了。他一边寻找一边打工挣钱，干过搬运工、安装工、泥瓦工和油漆工，睡过桥洞、公园和工地。他的皮肤粗糙了，手指变形了，目光里多了一点凶狠或者坚毅。他找到了刘丽洲在海边的家，但她的父母也不知道她去了哪里。他们说她从来没回去过，也不跟家人联系。一个活生生的人失联了，他们竟然说得比丢了钥匙还轻松。他怀疑他们说谎，却没有办法证实。他找到了他们一起打过工的瓦塞皮革厂，她的工友说她回来过，但上了一个星期的班就不再上班了。他每到一个地方就找当地公安局查她的身份证，但都没有查到她活动的痕迹，仿佛连她的身份证都具备隐身功能。他被关于她的假消息指引，又被假消息中的假消息蒙蔽，走了许多弯路，认识了许多不该认识的人。绝望时，他以为她已经退出了这个世界，没想到，真幸运，她还好好地活着，而且还回来了。

这天傍晚他喝了许多酒，喝醉后他就骂老婆和孩子。但他不是真骂，只是用这种方式怀念过去。村庄好久没响起他的骂声了，村民们听得既亲切又伤感。在他的骂声中，西边层层叠叠的山峦上夕阳像一枚软软的蛋黄正在下沉，天边铺出一片霞光，那片霞光像铺满了金黄色稻谷的宽阔无边的晒谷场。在霞光的映衬下，天空忽然划过一道白线，就是过去他经常看见的那种白线。他一激灵，酒醒了大半，对着天空大喊：儿子哎，快来看啊……他一遍一遍地呼喊，越喊越苍凉，仿佛要把杜远方从这个世界的某个角落喊出来。黄昏因为他的呼喊充满感情。

刘丽洲留下的字条是：老杜，别找我，如果三个月之内找不到儿子，我就回来。他把字条装进左胸口袋用力按压，好像那里多长了一块肉。有了这张字条，他的心里多少踏实了一点点，但他不踏实的是不知道儿子在哪里。他以为儿子一直在等他，没想到儿子也离开了。第二天，他到县公安局报案，让他们查查儿子的下落。儿子的下落没查到，杜八又回来了。他坐在门前遥望坳口，等待奇迹出现，甚至把凳子搬到楼顶，好像坐得高看得远就能看到奇迹。可三个月过去了，刘丽洲竟然没回来，他等得脊背直冒冷汗。也许她根本就不想回来，也许她又遇到了合适的男人，也许她被人骗了，也许在寻找的过程中她忘记了寻找，这样的遗忘在他寻找时也曾产生。如果说儿子留下的那张字条是盼望，那她留下的这张字条会不会是阻止？难道她在阻止我去找她？他越想越觉得不对劲，后悔回来的当天没有立刻去追赶她。等待变成了煎熬，继而产生恐惧，同时产生屈辱。他重新出发，谁都拦不住，除了寻找他们还想寻找真相。

杜家的大门再次紧闭，由于没有烟火气，墙壁很快就长出了霉斑，风雨放肆地刮淋，外墙的颜色仿佛人的表情越来越凝重，越来越悲伤，好像谁都可以欺负它。然而，一个寒风呼啸的下午，杜远方回来了。因为风太大，吹得树叶门窗喳喳直响，以至于村民都说他是被风刮回来的。这时，离他爹离开只有三个月的时间，村民们为他们父子的错过惋惜得直拍大腿。杜远方同样惋惜，拿着他爹留下的字条，右手微微一抖却马上稳住。他已经学会了掩饰，甚至学会了忍住眼泪，但他却无法掩饰他的右小手指，那里短了一小截，虽不影响工作却略显突兀。他长高了，留着短发，脸部轮廓柔和，皮肤比过去白，眼神里透射出迷茫与忧郁。他讨厌喝酒，却学会了抽烟。

只要他们还活着就会找到我，杜远方说。他如此有信心是因为他带回了一部手机。他说凡是他经过的大街小巷都贴满了寻人启事，上面写着知道杜八和刘丽洲下落者请拨他的号码，有酬谢。村民们问他有什么酬谢，他说钱，他打工积攒了一些钱，酬谢至少两千块。村里几乎没有手机信号，偶尔有也是一闪即过，就像害羞的姑娘丢给她刚认识且喜欢的男人的眼神。手机一直不响，他每时每刻都盯着，除了睡觉。一天中午，西北风呼呼地刮，他坐在门口遥望枯黄的远山。树叶都落了，光秃秃的树枝张牙舞爪，像坚硬的粗细不一的铁丝在风中震鸣。忽然，他感到脖子的某个点一冷，紧接着脸上也出现了不同的冷点。他缩了缩脖子，知道那是雪。雪零零星星地下着，在风中飘摇，仿佛天上撒落的麦片。这时，手机就像卡了鱼刺似的突然响了半声，他立刻按下接听键，却听不到对方的声音。信号不好,他歪着头用脖子夹住手机,飞快地爬上屋角的那棵李树。当他爬到李树的半腰时声音出现了:儿子哎,我是你妈,你在哪里?他大叫一声妈……失声痛哭,眼泪如雪片簌簌而下。雪越来越大,他就站在雪花飞舞的李树上一边哭一边跟他妈说话。

两天后,刘丽洲回来了,分离了十九年多的母子终于见面。刚见面时他们还不太适应,伸出去的双手只伸到一半就缩了回来,但缩了不到三分之一又立即伸了出去,把对方紧紧拥入怀里。他们有许多话想说却不知从何说起,于是,刘丽洲就变着花样做好吃的,仿佛要用吃的来代替她满腹的语言。他们一边吃一边打量对方,当眼神相遇时都尴尬一笑,都露出友好的表情。几天了,他们仍然没有深度交流,好像交流是敏感部位,抑或彼此都觉得只要待在一起交不交流已不再重要。杜八留下的字条是:找不找得到你们我都会回家过年。离过年还有半月,刘丽洲忙着准备年货清洗被褥打扫卫生。刘丽洲做什么杜远方就跟着做什么,哪怕只需要一个人做的事他也要搭手。闲空时,杜远方会坐下来抽烟。他把香烟叼在嘴里,用镀金的打火机叭地把香烟点燃,又叭地把打火机盖上,仿佛抽烟就是为了听打火机发出那两下动听的金属声,一副很享受的样子。由于他短了一截的小手指过于扎眼,一开始刘丽洲并没有注意打火机。当她习惯了他的小手指后,那只打火机像一声惊雷瞬间把她吓得脸色惨白。

她说:你认识老高?他说我不认识老高。她说老高就是那个死鬼。他说死鬼我也不认识。她说你的打火机是金做的。他说不可能，最多是镀金。她说镀金的哪有这么沉。他掏出打火机掂了掂，说确实沉。她说你在哪里拿到的打火机，他说路过一个砖厂时，在路边的草丛里捡到的。她想说当时她就在那个砖厂帮老高管财务，但她没好意思讲，因为她就是被老高从瓦塞皮革厂诓走的，老高有钱而且还说自己单身。他问你为什么对这只打火机感兴趣，她说你看没看见打火机上印着一个高字。他说看见了。她说那是老高定制的，全世界只有这么一只。他说别人也可以定制，天下姓高的不只他一个。她说老高抽烟时也像你这样叭的一声把火打燃，然后又叭的一声把火盖上。他说难道我要把它还给老高吗，她说你不知道他死了吗，他哦了一声，不再说话。她盯着他的眼睛，他迎着她的目光。她想起跟老高相处的日子，想起老高在砖厂附近被谋杀后，身上唯一消失的就是打火机。想到这，她感到脊背冰冷，率先把目光撤回来。

　　她沉默了，忽然被恐惧笼罩，仿佛有两束刀子般的目光在暗处盯着自己。她害怕了，害怕杜八回来后问她这些年是怎么过来的，害怕杜八喝醉了还会像过去那样骂她，更重要的是害怕杜远方的那只打火机不是捡来的。农历二十八日清晨，她清点完所有的年货后便悄悄地走了。杜远方一起床，就看见了她留在桌上的字条：儿子，我找你爹去了。杜远方想爹不是马上要回来了吗，她为什么还去找他？她在撒谎。杜远方冲出门去，外面已是白茫茫的一片，雪覆盖了山川大地。他沿着她留下的脚印追赶，发誓一定要把她追回来。然而，他们都没有回来。除夕这天，杜八回来了。过完正月十五，他就背上行李去寻找母子俩。

　　杜家的小屋越来越寂静，越来越显得孤独。一年半载，他们中的某位会回来住几天，然后又以寻找其他两位的理由离去。如此循环，他们一个寻找一个，在这个世界上转着圈圈，却没有谁愿意永久地停下来。等待是漫长的，他们没学会等待；寻找是美好的，他们却用来逃避；停止已不适应，他们过惯了流动的生活。每当天空划过那道白线的时候，村民们便倍加思念杜八一家。村民们仍然觉得白线好看，他们仰望着，仰望着，忽然就听到一阵歌声。歌声仿佛来自天上，仿佛是那道白线唱出来的：

　　天空划过一道白线，地面走出许多圈圈……

2022年6月23日

你不知道她有多美

春雷说：

不，我不是那个意思。我不是说废墟有多美，更不会说地震是美的。你只要看一看我身上的这些疤痕，就知道我不会说地震的好话。傻瓜才会说地震有多美、有多震撼。我是说女人，那个叫向青葵的女人。

她是发生地震那年的春节嫁给念哥的，也就是1976年。念哥姓贝，大名贝云念，是我们家的邻居。年初二，我还睡在床上做梦，他就把我叫醒了。他说春雷，咱们接嫂子去。那年头时兴婚事简办，越简办越体现生活作风健康。念哥是等着提拔的机关干部，当然不敢铺张浪费，说实话，他也没有铺张浪费的能力。

他很简单，就踩着一辆借来的三轮车驮着我去医院接嫂子。他身上的棉衣已经半旧，脚上蹬着洗得发白的球鞋，只有脖子上的那条红围巾是新买的。青葵姐比我们起得还早。我们赶到时，她已经在宿舍楼下等了半个小时，连鼻子都冻红了。

念哥把脖子上的红围巾取下来,捂到青葵姐的脸上,驮着她往回走。三轮车被念哥踩得飞了起来,他不时回头看看青葵姐,眼睛笑成一道缝。

我和青葵姐面对面地坐着,头一次离得那么近。我看见她长长的睫毛上像沾着水雾,眼珠子比蓝天还清亮,红扑扑的两腮挂着酒窝,一直挂着,没有停止过。谁都知道青葵姐漂亮,但那一天她是最漂亮的。后来我观察,只有笑的时候她才有酒窝,这证明那一天她都在笑。

念哥的三轮车越快,打在我脸上的风就越大。我的脸好痛。我缩了缩脖子。青葵姐看见了,从包里掏出一盒雪花膏,抠了一点儿抹到我的脸上。她说你看你,脸都冻裂了。她的手像温热的水在我脸上流淌,我舒服得几乎晕了过去,脑海里突然跳出两个字:天使!原来青葵姐是仙女下凡。我甚至想是不是因为有了她,人们才把医生称作天使?现在说出来不怕你笑话,青葵姐这么擦过之后,我三天都没洗脸,甚至还伸出舌头舔了脸上的雪花膏。我一直认为雪花膏的味道,就是青葵姐的味道。

那天,我比念哥还高兴。好多人来吃喜糖。他们来了又走,只有我一整天坐在念哥的屋里。到了晚上,念哥说又不是你娶媳妇,瞎乐什么?快回去睡吧。我恋恋不舍地站起来,怪天黑得太早。青葵姐从里间拿出一个塑料皮笔记本,说你累了一天,这个送给你吧。要知道,像这么高档的塑料皮笔记本那时并不多见。我母亲没有工作,全家靠我父亲的工资,即使看见过这样的本子，我也舍不得买。但这个礼物放在这个晚上给我，我一点儿也不高兴，它像一道逐客令，我收下之后就再没理由待在他们的屋子里了。

很快，整幢楼都知道了青葵姐的美丽。按现在的说法，她很具杀伤力。当天晚上，我的父母就吵了起来。我父亲说你看看人家娶的媳妇，要身材有身材，要胸口有胸口，还是个医生，现在的年轻人真有福气呀！我母亲说人家娶媳妇，看把你急成什么样子了。我就知道你那老毛病没改，想要漂亮的先把我离啦。他们小声地吵着，以为我是聋子。

几天后，三楼的孙家旺也跟她媳妇吵开了。她媳妇怪他看青葵姐看得太傻，看得眼珠子都快爆裂了，说他故意在楼下等青葵姐，还为青葵姐提南瓜。孙家旺可不像我父母那样低声下气，他站在走廊上大声地跟媳妇对骂，其中说得最多的一句就是：我喜欢她，你又能把我怎样？大不了咱们离！那时我觉得孙家旺不要脸，这样的话也说得出口。但到了现在我才明白，他是故意说给青葵姐听的。他是明修栈道，暗度陈仓。大约过了两个月，孙家旺真跟他媳妇离了。后来孙家旺想打青葵姐的主意，我听他对青葵姐说是因为你，我才离的。

这些事我都写到了青葵姐送的笔记本上，但写得最多的还是青葵姐。我想她雪花膏的气味，想她软绵绵的手，想娶她这样的媳妇，想跟她说话，想天天到她家去串门。我还在笔记上画她，开始画得一点都不像，后来越画越像，画得比她的相片还像。如果不是因为崇拜她想做一名医生，也许她送的笔记本早把我培养成画家或者作家了。不知道什么原因，自从青葵姐住进这幢楼，周围的夫妻常常莫名其妙地拌嘴，冷不丁就会从某个窗口传来摔碟砸碗的声音。这是用预制板搭建的大板房，基本上没什么隔音功能。好几次念哥出差了，孙家旺赖在青葵姐的屋里不走。青葵姐就隔着墙壁叫：春雷，你把我的相册拿过来。或者这样唤：春雷，你念哥不是说今天晚上回来吗。

我哎哎地应着，跑到她的屋子里跟孙家旺比坐功。他不离开，我就一直坐着。有时候，那个赖在屋子里的不一定是孙家旺。我不太记得他们的名字了，反正只要念哥一出差，来的男人就特别多，特别复杂，不是孙家旺就是李家旺，不是李家旺就是贺家旺。不管什么男人，青葵姐都叫我过去陪他们，让他们没有下手的机会。青葵姐的那本相册被我拿过来又拿过去，成为到她家去的借口。有好几次那些垂涎欲滴的男人走了，我还不想走，青葵姐就给我热她做的水晶包子，让我一边吃一边听她说念哥的好。我听着，好想让她再给我擦一次雪花膏。但是天气已经不允许了，热了。我的脸也光滑了，再也没有理由了。于是我就装病，不上学也不去医院。母亲没有别的办法，请青葵姐在家里给我吊针。你不知道那样的时刻有多幸福。为了能让她给我扎针，我恨不得天天生病。

当然这不是我接触她的唯一方式。我帮她从楼下提过水，跟她学过打针，为她拆过毛线，还故意站在走廊上朗诵毛主席的《沁园春·雪》。如果我读错了，她会着急地跑出来帮我纠正读音。有时我故意把字读错，她并不知道我的伎俩。但是念哥看出来了。念哥是多么聪明的人呀！他拍着我的脑袋说鬼精灵，你要是跟我一样年纪，那青葵姐就是你的啦。我心里暗暗得意，朗诵的声音越来越高亢。放暑假时，我获得了全校朗诵第一名。我把奖状拿给青葵姐看，她说要不是我指导，你哪会获奖？快请客。

我没钱请她下馆子，就买了一根雪条给她。你没看见她吃雪条的样子，用你们的行话来说，简直是一门艺术。一根雪条在她嘴里比在任何人嘴里待的时间都长，她不像我们用牙齿，而是用舌头慢慢地舔，用嘴轻轻地含。如果雪条融化得太快，她就抽出来让它歇一会儿，等雪条上凝聚了水滴，她又及时把它含住。雪条在她嘴里滚来滚去，直到只剩下那根木片。就是木片，她也要含一会儿才舍得丢掉。我母亲说看青葵吃雪条，就知道她是一个懂得节俭的媳妇。

十天之后，我们唐山就发生了震惊全世界的里氏7.8级地震，你们都应该听说过。即使死了我也不会忘记那个时间：1976年7月28日凌晨3点42分。当时，我不知道自己是怎么醒的。反正我醒了，身上只穿着一条裤衩。父母尖叫着跑出门去，一块水泥预制板砸在他们的身后。泥沙俱下，生死攸关，他们把我这个独生子留在屋里。我并没有急着逃命，真的。我也没有父母那么胆小怕事，好像我这条命不值得珍惜，或者我这条命应该献给什么人。

我闪到墙角，竖起耳朵听隔壁的声音。我想有可能的话，我会冲过去救青葵姐。但是速度太快了，还没等我行动，那边就传出了她的惨叫,紧接着是楼板坍塌的巨响。完啦!青葵姐肯定被砸死啦。整幢楼剧烈地摇晃起来,就像人哭到伤心处发抖那样。我被抛出窗外,和那些泥沙、门板、玻璃一起往下掉。这是一幢四层高的楼房,我们都住在四楼。奇怪的是我掉到地上之后,竟然没有死,只是那些落下的玻璃纷纷扎到我的身上。站起来的时候,我变成了一个长满玻璃的刺猬。这要在平时早就痛死了,但那时我却不知道痛。我看见人们惊慌地从楼道里跑出,看见有的人从楼上摔下,像石头那样嘭地砸在地上,再也没有起来。喊叫声中,我跟着人群跑去,刚跑出去几十米,回头一看,那幢楼就不见了。

除了惊叫和哭泣,就是喊爹叫娘、呼儿唤女的声音。操场上的人越来越多,我也想喊几声,但是我把父母的名字给弄丢了,怎么也想不起来。他们也没喊我。我想青葵怎么就死了呢,她那么漂亮那么水灵怎么就舍得死呢?我试着拔出腿上的玻璃,一股热乎乎的血流下我的小腿肚。我不敢拔了,得等医生来拔,要不然血会流干的。

人们不知道下一步该怎么办。我也不知道。忽然,响起一个大嗓门,他叫大家不要惊慌,毛主席会派飞机来接我们。这句话像炸弹,把人群炸得东倒西歪,稀里哗啦。好多人说那干等着干什么,还不快去飞机场。人群往飞机场的方向走去。我跟着他们。他们越走越快,我越走越慢。我不知道为什么慢,我又不感到痛,为什么会慢?现在我当了医生才知道,肯定是那些玻璃在作怪。你想想肉里戳进那么多三角形的、四边形的、多边形的玻璃,我敢保证,就是施瓦辛格演的"终结者",插上了这些玩意也快不到哪里去。

走了一阵,父母找到我了。他们又惊又喜,摸我的脸,拍我的肩,看看我是不是哪里少了一块。当他们的手被我刮痛之后,才知道我的身上插满了玻璃。父亲想背着我走,但他怕把玻璃压进我的肉里,加剧我的疼痛。母亲想抱起我,但她的手刚伸过来,就听到玻璃砸进肉里的噗噗声。我头上长角,身上长刺,只要什么东西碰上我,那些透明的多边形就会毫不客气地往肉里钻。母亲哭了,父亲叹气。我告诉他们我一点儿都不痛,叫他们别管我。可是他们不听,陪着我慢慢地走。父亲从地上捡起一根别人掉下的三角拐杖,递到我手里。母亲催促我加快速度,说太慢了就坐不上毛主席派来的飞机。

地下又动了起来,后来我才知道这叫余震。人群顿时乱成一团,全都向前狂奔。父母被人流裹挟着往前冲。我听到母亲喊:春雷,你快一点儿,我们在飞机场等你,我们到飞机上去给你抢座位。逃命的人像洪水一样从我的身边拥去,很快就把母亲的声音淹没了。我没他们那么怕死,避到路边慢腾腾地走着。我不知道哪来的胆量,一点也不害怕丢掉性命。青葵姐都死了,我活着还有什么意思?

从医学的角度讲,当你全身都是伤口又淋了一场雨的话,是很容易得破伤风的。这就叫作屋漏又遭连夜雨,行船偏遇顶头风。真倒霉呀!那雨说来就来,也不商量一下。逃命的人在雨里奔跑。那么多雨滴一起敲打我身上的玻璃,好像在演奏一件乐器。我没感到痛，反而觉得雨打玻璃的声音很好听。就是到了现在，我都还佩服那时的勇气。渐渐地大部分的人消失了，只剩下一些老弱病残、行动不便的走在雨里。我听到有人喊春雷，喊了好久，我才明白是喊我。

那不是别人，是青葵姐的丈夫念哥。他的一只小腿被预制板压断了，只能爬行。他的全身都是泥巴，断的地方还流着血。我把手里的三角拐杖递给他。他从地上爬起来，扶着我的肩膀歪歪倒倒地往前走。他的血流到地面，跟着那些雨水往低凹处流去。我说青葵姐死得好可怜，我听到了她的惨叫。他把手从我的肩膀上拿开，用拐杖支撑着单腿跳跃前进。我跟上他，谁也不说话，只听见雨打玻璃。

念哥越跳越快，我被他甩在身后。我说念哥，你等等我。他说不能再等了，再等，我身上的血就不够用了。念哥和他们一样怕死，为什么都那么怕死？他们只管往前跑，却从来没回头看一眼留下来的亲人。念哥为什么不留下来陪青葵姐？我看见一只狗死的时候，另一只狗就不会离开。我像是有点清醒了，对着念哥喊：你一个人逃命吧，我可要回去陪青葵姐。他突然停住，扭头看着我：谁说你青葵姐死了？谁说的？我说是从她的惨叫声判断出来的。他说你的青葵姐没死，她已经跑到前面去了。

我好惊讶，说：她没死吗？没死，她为什么不等你？他说是我叫她先走的，现在关键是看谁能抢到飞机上的座位，毛主席派来的飞机是有限的，只不过才十几架，谁抢到座位，谁就能活命。这么说青葵姐和我母亲一样，是抢座位去了。既然青葵姐还活着，既然她还活着……我的身体立即有了力气，快步追上念哥。两人在积水中吧唧吧唧地蹚着。我仿佛听到了青葵姐的喊声。喊声从前面的人群传来。我说这是她在喊吗，念哥听了一会，说她叫我们走快一点儿。

我们把所有的力气和精力都用来走路。

我说青葵姐的歌唱得真好听。念哥说她什么时候唱歌了，我说晚上呀，难道你没听见吗？半夜的时候她总会唱那么一小段，你睡在她的旁边都没听见吗？念哥说那不是唱，是哼，是哼歌，等你结了婚就明白了，女人都喜欢那么哼。我说别的歌也好听，但青葵姐的是最好听的，虽然没有歌词，就是好听。念哥说你青葵姐不光歌好听，还暖和。我说什么叫作暖和。念哥说像冷天被窝里放了个热水袋，这就叫暖和，明白不？我说明白。念哥说那水晶包子呢，青葵姐做的水晶包子好不好吃？我说你不说还好，你一说我就流口水了。念哥说你青葵姐没一处不好，就连她洗的球鞋也特别白，我妈都洗不过她。她的身子比香水还香。她的眼睛，她的酒窝，她细白的脖子，没有一处不好。她的腰那么细，屁股却那么壮实，人人都说她能给我生大胖小子。算命的说，她至少能活到 80 岁，我会死在她的前头……念哥越说越激动，竟然哭了起来。我说你怎么啦，他说没、没什么，是我的腿痛得太厉害了。

我们默默地走了一程，步子越来越沉重。念哥说等你长大了，我也给你找这么个好媳妇。我说除了青葵姐，谁也不要。

念哥说傻瓜，她已经是我的人了，谁叫你妈不早点把你生出来。我说等我长大了，你能把她送给我吗？他说不行。我说那你能不能不搬家，让我一辈子做你们家的邻居。他说哪里还有家呀，全都塌了。这时我才想起家没有了。我说飞机真的会来接我们吗。他说毛主席的心里装着人民呢。我说毛主席会重新给我们一个家吗。他说会的。我说如果有了新家，你一定要让我住在你们家的旁边。他说就让你住在旁边吧。

雨停了。天边开始露出淡淡的白光。好几次我都想趴下了，但是念哥说，每往前走一步，就离飞机近一步，没准你青葵姐已经为我们占了好几个座位，没准一上飞机就能躺到青葵姐的腿上美美地睡一觉。我想这一次又不是装病，青葵姐准会让我躺的。我好想躺到她的大腿上睡一觉呀。我想着青葵姐的大腿，跟着念哥一步一步地走下去。我们就这样离飞机场越来越近，渐渐地看到了黑压压的人群。当我们走到人群的边缘时，念哥却不行了，他像一棵大树哗啦地栽到地上。他的血已经流干了。他最后对我说：春雷，如果你还能活下去，拜托你找到青葵姐的尸体，替我好好安葬她……

这时，我才确信青葵姐死了。念哥是用她来鼓励我，也鼓励他自己走到了飞机场。要不是想着青葵姐，我准在半路就趴下了，那今天我也不能给你讲这个故事了。我记得当时胸口一阵痛，泪水吧嗒地涌出眼眶。我哭了，在我的哭声中，痛觉一点点地回来，身体像着了火，痛不欲生。我真的看见身体着了火，那是太阳的光线，它们照射到插在我身体的玻璃碴儿上。

我看上去是那么的透明,那么的闪闪发光。在太阳的光芒中,人群围了上来,以我为圆心围成一个圈。这个圈随着人群的加入越来越大。我看见整整一飞机场的人全都没穿衣服,他们冷得瑟瑟发抖。我多么希望青葵姐还活着,她就赤身裸体地站在人群中。我是多么地想看一次她的裸体。

你想想,太阳照着整个飞机场的裸体那会有多壮观。那都是活活的生命呀!半夜里为了逃命,他们根本没顾得穿。后来有人告诉我,发生地震时凡是顾着穿衣服的,基本上都没跑出来,他们一共有24万人。

终于,我听到天上传来轰隆隆的声音。我想那一定是飞机的声音。但是还没等看到飞机,我的腿就软了,就支持不住了。我倒下去,那些插在我身上的玻璃碎的碎,断的断,撒落一地。突然,有一只手,就像青葵姐软绵绵的手,拽了我一下。我飞了起来,在站满裸体的上空。又突然,那只手一松,我跌回了地面。

值得庆幸的是我没有得破伤风。我被帐篷搭建的部队医院救活了。出院后,我回到那个倒塌的家。遍地都是破烂的预制板,水泥块里露出钢筋头。我估摸着,开始在废墟上寻找青葵姐的尸体。我搬开石头、水泥块,挖了三天,把手掌都挖出血了,连青葵姐的影儿都没找到。后来,每年的7月28号我都要到那里去看一次。从那里逃出来的人这一天都会回去,有好几十个。他们默默地站在哪里,悼念死去的亲人。在这些悼念的人群中,我也没有发现青葵姐。当悼念的人们离去后,我坐在废墟的石头上闭上眼睛,就这样轻轻地闭上眼睛,青葵姐准会出现在我的面前:她站在我床头,用软绵绵的手为我扎针。她离我是那么的近,我看见她长长的睫毛上像沾着水雾,眼珠子比蓝天还清亮,红扑扑的两腮挂着酒窝,一直挂着,没有停止过……

　　对不起,每一次我说到这里就抑制不住流泪。当泪水涌出我的眼眶,我就得立即睁开眼睛。这就像影碟机的暂停,我希望青葵姐以这样的画面永远停在我的脑海。事实就是这样,直到今天,我已年过四十都还没娶媳妇。我见过好多漂亮的女人,但没一个有青葵姐漂亮。

私　了

他把存折轻轻放下。黑色的方桌上搁着一本绛色，很扎眼。她没看存折，而是看他，好像他是一个陌生人，需要对他进行检测。他被检测得心里发毛，低下头，看着凉鞋里十根变形的脚趾。脚趾虽然变形虽然黑，但趾甲里没了泥垢，鞋面也还算干净，这都是进村时在井边仔细冲洗的结果。太阳快要落山了，阳光从门框斜进来，照着他们的下半身，把他们下半身的影子拉长，投射到墙壁上。墙壁上，一个腿影不动，一个腿影打闪。

"都15天了，你说你们封闭。李堂封闭还情有可原，你一个种地的，谁会封闭你？"她的声音不大，却一剑封喉。

"能不能先看看存折？"他弱弱地问。

"你都回来了，李堂为什么还不开机？"

他不答，指了指存折，好像答案就在那里。这时，她才把目光移开。目光移开时"哗"的一声，仿佛撕去一层皮，在他的脸上留下了痛感。她疑惑地看着，那是一本新存折，新得都不好意思去碰。她的手指捏着衣襟，捏了又捏，估计把手指捏干净了，才伸出去。

"慢。"他忽然制止。

她把手缩回来，又看着他。

"在翻开它之前，你得有个心理准备，因为……这不是一笔小数。"

"才出去几天，你就把人看扁了，好像我就没见过大数……"她翻开存折的瞬间，声音突然中断，整个人凝固，眼珠子一动不动，呼吸声变得急促。

27年前，她生李堂时差一点就憋死。医生说她的心脏有毛病，能生一个还保命，已是奇迹中的奇迹。从此，她感觉到了心脏的存在。累的时候它重，急的时候它重，来例假的时候它也不轻。每次犯重，她都用右手捂住左胸，仿佛捂住一碗水，生怕一松就漏。现在，她又把手捂在胸口，说："三层，你是不是抢银行了？"

他摇头。

"没抢银行哪来这么多钱？"

"你猜。"

她忽然感到脑袋不够用，而且头皮还略紧。她首先想到的是彩票中奖，但没等他摇头，她就自个摇了起来。她不相信李三层有这么好的手气，更不相信自己有这么好的命水，那么……她"那么那么"，也"那么"不出其他可能，就说"你最好直接把答案告诉我"。

"还是猜吧，答案没那么容易。"他扭头看着门外。

"再猜，我的心脏病就发作了。"

"好东西不能一口吃完，好消息需要慢慢消化。"

"没有答案，再好的消息也折磨人。"

"要不你问李堂。"

"他不是一直关机吗？"

"哦，我差点忘了。"他一拍脑门，仿佛从梦中惊醒。

"他为什么总是关机呀？"

"你先猜钱是怎么来的，然后我再告诉你他为什么关机。"

"讨厌，你都快把我急死了。"

"路得一步一步地走，事得一件一件地办，急不得。"

她重新翻开存折，看了一会："这钱是李堂挣的吗？"

"你说呢？他一个单位里的跑腿，才两年工龄。"

"莫非是你捡到的？"

"我说是，你也不会信吧。"

"天老爷，"她倒抽一口冷气，撩开他的衣襟，摸着他的腰部，"你不会把肾给卖了吧？"

"肾哪能卖这么贵。"

她低头查看。他的腰部没有伤疤。他说"我的肾好着呢"。她直起身："那就奇怪了，难道你傍上了大款？"

他把头扭过来，发现她的面肌开始松动，像有一颗石子砸进水面，渐渐泛起涟漪。这是严肃后的一丁点活泼迹象，是由对立走向和解的信号。他稍微放松警惕，仿佛有一根绑着的绳子从身上掉落。他说"除非碰上一个刚从牢里放出来的女大款,否则我傍不上"。

"你不是说你肾好吗?"

"光肾好有什么用?人家还要看皮肤白不白。"

"想想也是,谁会看上你这副黑不溜秋的皮囊?"她的脸上埋着讽刺。

"但是李堂好白,白得就像水泡过似的,一点都不像我。"

她双手一击,恍然大悟:"莫不是李堂傍上了女大款?"

"你觉得有可能吗?"

"怎么没可能?他一表人才,口齿伶俐,就是县长的女儿喜欢他,我也不奇怪。"

"有道理。"他微微点头。

"这么说我猜中了?钱是那个女大款给我们的。"

"别叫得那么难听,富二代好不好?"

"有区别吗?"

"当然有了。一般女大款年纪都偏高,但富二代年轻。我们家李堂怎么可能为了钱去傍老女人。"

"那是。我们家李堂可讲尊严啦。记得他八岁时,李侯衣锦还乡,给每家的孩子都发了一把奶糖,别家的孩子恨不得要两把,但我们李堂一颗都没要。十岁那年,罗老师把他小孩穿过的一双半旧皮鞋送给他,他硬是没接,虽然他的球鞋都被脚趾顶出了两个窟窿。"

"这叫骨气。"他竖起大拇指。

"所以，不是我们家李堂要傍富二代，而是那个富二代倒追我们家李堂。"她把存折丢到桌上。

"知子莫如母，这事还真被你猜对了，是女方主动。"

"可是，李堂他交了女朋友为什么不告诉我？这么好的事，有必要隐瞒吗？二十多天前我跟他通电话，他也只说旅游，没说交女朋友。"

"他……他想给你一个惊喜。"

"他们是什么时候认识的？"

"你猜。"

她盯住他，像盯住一个怪物："动不动就你猜，哪里学来的臭毛病？"

"封闭时学来的。"

"到底是谁让你们封闭？"

"你先猜他们什么时候认识的。"

"神经病。"她骂了一句，朝厨房走去。厨房的灶台上煮着一锅水，现在正"扑哧扑哧"地冒着热气。她往热水里倒了一筒米，用铲子在鼎罐里搅了搅，把多余的水舀出来，然后从灶里抽出两根柴，让小火慢慢地焖饭。他走进来，倒了一碗凉茶，"咕咚咕咚"地喝下。喝茶声比脚步声还响。她扭过头来："喂，这么多钱，你打算拿来起房子或是存定期？"

他抹了一把湿漉漉的嘴角："你猜。"

她用手指点了一下他的嘴巴，说"你能不能不说这两个字"。他不动，呆呆地立住，看着正前方。正前方一片虚焦，他什么也没看见，只是摆了个看的样子。她扳扳他的下巴，又拧拧他的面肌，但他始终没动，好像变成了植物人。她用力捏他的鼻子，说："你怎么变傻了，李三层，你是不是吃错药了？"

"你猜。"他还没转过弯来。

"猜你为什么变傻吗？"

"不，猜他们是什么时候认识的。"

她抽了抽鼻子，扭过头去，揭开锅盖，饭还夹生，于是把刚才抽出来的那两根柴又塞进去，灶里多了一抹火光。她走到洗手池，洗了洗手，又抹了几把额头上的汗，看见他还在原地站着，就说"李三层，我算是服你了"。

"光服不行，还得猜。"

"笨蛋，他们不是三个月前认识的吗？"

"为什么是三个月前？"

"李堂回来过春节时，没说交女朋友，现在突然冒出个富二代，不是春节后认识的那会是什么时候？"

"没想到你还能推理，原来你不傻呀。"

"你妈的，到底是你傻还是我傻？"

"猜。"

"这还用猜吗？"

"时间是猜对了，但你还没猜他们是怎么认识的。"

"老娘没这份闲工夫，改天我直接问李堂。"

"也好。"说完，他转身走出去，走到堂屋，走出大门，一直走到汪槐家，他才发觉自己的手里还拎着那个茶碗。

他逢人便说"你猜"。全村人都知道他变傻了,但谁都不知道他是如何基因突变的。她背着他天天拨李堂的手机号码,但电话里天天都是那个声音:"该用户已关机。"

"李堂为什么还关机呀?"夜深人静的时候,她用手指戳他的后腰。他翻了一个身:"你先猜他们是怎么认识的。"

"说话当放屁。你说过只要我猜出钱的来历,就告诉我……"

"可当时你没乘胜追击,过期作废,现在我得加大问题的难度。"

她踹了他一脚:"你没傻,你是癫。你是被钱吓癫了。"

"必须承认,钱不是个好东西。"

"可一旦缺钱,你什么东西都不是。"

"哎……"他长长地叹了一口气。

她抚摸他的身体。她已经好久没抚摸他了,感觉他的肉越来越少,骨头都多得有点刺手了。她说:我对你好不好?

"没得说的。"

"那你为什么还让我猜这么多问题?你知道我最怕动脑筋。"

"我是想让你分享他们的幸福。"

"他们幸福吗?"

他点点头。即便是在黑暗中,即便都平躺在床上,她也感觉到他点了点头。她看着黑乎乎的天花板,脑海里一片花花绿绿。她说:他们是怎么认识的?是在公交车上或是火车上?既然要认识,总得先有一个地点吧。

"人家是富二代,既不坐公交也不坐火车。"

"那就是自己开车喽。"

"还用说吗?"

她的脑海浮现一辆小汽车。太好的汽车她想不出,拼尽脑力,也只想象出一辆像王东帮人拉新娘那样的。汽车在她的脑海里"呼呼"地飞奔。她说:"有一天……富二代开着一辆很贵很贵的车,在十字路口等红灯,忽然看见我们家李堂从斑马线走过。你想想李堂那身材,想想他的大长腿,只要往人群里一站,就相当于杉木站在茶林,马上就能吸引别人注意。我要是那个开车的姑娘,眼睛一定会发亮,心里一定会发烫……"

"我认为除了身材,她还看上了李堂的气质。"他打断她。

"还有才华,你别忘了,我们家李堂语文经常在班上考第一。"她说。

"然后呢?"他期待她往下讲。

"那个富二代叫什么名字?"她问。

"叫……叫,叫丽莲。"他"叭叭"地拍着脑门。

"没姓呀?"

"姓马。"

她看着黑乎乎的天花板,仿佛看着城市的街道:"当马丽莲一看见我们家李堂,就觉得过了这个村便没那个店,她不想让机会溜走,跳下车,拦住李堂假装问路……"

"不可能。十字路口不能停车,她走人那是违反交通规则。"他反驳。

"人家一个有钱人,还在乎交通规则吗?大不了罚款。我跟你讲,人一旦爱上人,跳火坑都愿意,更别说跳车。"她争辩。

"那车怎么办?"

"让警察拉走呗,想要就第二天花钱去取,不想要就让它烂在停车场。"

"你不是说车很贵很贵吗?"

"对有钱人来说,贵算什么?感情才重要。"

"也是。她不跳车,怎么能体现我们家李堂的魅力?"他认可这个答案。但是她忽然产生疑问:"难道李堂不会拒绝吗?"

"为什么?"他张大嘴巴。

"万一她长得不漂亮呢?李堂可不是那种只爱钱的人,他不会因为金钱降低对外表的要求。"

"恰恰相反,她长得太好看了。"

"为什么不带张照片回来?"

"说好要带,临出门又忘了。"

"她长得像谁?有她未来的婆婆好看吗?"

"好看一万倍。"

她用力掐了一下他的大腿。他竟然没喊痛。她说这是哪世修来的福,李堂竟然交了一个既有钱又漂亮的姑娘。

"而且还是倒追,"他赶紧补充,"早上,马丽莲开着豪车送李堂上班；晚上，她又开着豪车把李堂接到家里。"

"他们住在一起了？"

"可不是吗，李堂直接住进了马家的别墅。"

"也就是说他们睡在一块了？"

"你猜。"

她沉默。她的沉默让夜晚安静，安静得可以听见虫鸣，听见丝丝的风声，甚至还听到一两声狗叫。她说："这么重大的事，他也不征求我们的意见？"

"当初我们睡在一起的时候，你征求过你妈的意见吗？"

"讨厌。"她又用力掐他的大腿，他还是没喊痛，好像肌肉是塑料做的，和他已没血肉关系。她沉浸在想象中，呼吸变得越来越均匀，很快就睡着了。不知过了多久，她突然"嘿嘿"一笑。他睁开眼，天色已白。晨光从窗口射进来，照着她酣睡的脸庞。她竟然在梦中笑了，这是多少年都不曾发生过的美事。

有那么几日，他们忙于农活，把李堂的事暂时抛到脑后。小暑那天下午，他们决定休息。人一休息，脑袋就放空，脑袋一放空，许多事就奔涌而至。她说："李三层，你这个骗子，几天前我猜出了他们是怎么认识的，但你却没告诉我李堂为什么不开机。"

"那还得往下猜。"他说。

"凭什么？"她说。

"因为你没抓住机会。"

她转身进了卧室,开始收拾行李。他跟进来,问她想干什么,她说既然电话打不通,就得亲自跑一趟,"我想李堂了,也想提前看看儿媳妇。"

"他们不在城里,他们出门了。"他说。

"怎么会出门一个多月?而且还关机。"她一屁股坐在床上。

"因为他们要享受两人世界,不希望别人干扰。"他坐到她的旁边。

她用手指点他的脑门:"你呀你……真是个闷葫芦。这么好的事,为什么不一锅端?而像挤牙膏,挤一点,讲一点。"

"我要是一次讲完,今天就没得讲的了。什么事都是一个过程,讲慢点,短的显得长;讲快点,长的显得短。"

"他们去这么久,是出国旅游吗?"

"你猜。"

"猜你个头,再猜我就私奔。"

"可是,我已经给自己定了一个规矩,你不猜,我不讲。"他扭头看着窗口。

一只鸟飞来,落在窗台,好奇地看着他们,但几秒钟之后,它又飞走了。他们的目光追着那只鸟,那只鸟拐弯了,他们的目光没拐,而是直直地落到天边。天边,刚刚还洁白的云朵现在全变成了彩霞。落日悬在远山,像个句号。

"一个月,如果不是出国,那他们就是自驾或是徒步?"现在她才发觉不想猜只是表面现象,其实骨子里充满了好奇。

他摇头。

"难道是豪华游?"她问。

"差不多了。你想想游字的偏旁部首吧。"他提醒。

"三点水,他们是在水里吗?是坐轮船。"她预感自己找到了答案。

他点头。

"是不是在海上?"

他摇头。

她一拍大腿:"我想起来了,李堂好像在电话里说过,他要去看长江。"

他点点头。

"哈哈,我终于猜对了。"她高兴得像个刚刚考了一百分的小学生。

"他们定了一个豪华包间……"他忍不住。

"别,还是让我来猜吧。"她制止。

他看着她。她看着窗外。她满脸笑容,这个迟到的消息让她兴奋,激动,好像豪华游的不是李堂,而是她自己。她说游费是马丽莲出的,李堂一个穷小子住不起豪华包间。"这么说马丽莲真的喜欢我们家李堂,否则她舍不得花这么一笔大钱……"

"她对他好呀,一有空就给他按摩。"他说。

"还三天两头给他炖鸡汤。"她说。

"她给他买了好多好多名贵的衣服。"

"我知道了,上船之前,她肯定还是个处女。他们之所以要豪华游,就是想在船上入洞房。"她有一丝得意。

"你是怎么知道的?"他暗暗佩服她的想象力。

"我猜的。"

"八九不离十,"他说,"一天,船到了中游,两岸的山越来越好看,他们拿着手机来到船边自拍。自拍是什么你知道吗?"

她点点头:"就是举着一根长长的杆子给自己照相。"

"照了几张,马丽莲都不满意,她就坐到栏杆上。不巧,一阵强风刮来,船身一斜,马丽莲掉了下去……"

"啊……"她倒抽一口冷气,"快救她。"

"她在翻滚的江水里挣扎,不停地喊李堂李堂。她的头发乱了,衣服湿了,眼看就要沉下去了……"泪水盈满他的眼眶。

"快去救她呀,李堂。"她攥紧双手,仿佛就站在船边。

"采菊,情况这么紧急,你说救或是不救?"

"救,那么好的姑娘,如果不救,我们会一辈子良心不安。"

"我就知道你是个善良的人,"他抹了一把眼眶,"李堂也是个善良的人,他几乎没有犹豫,就咚地跳到江里去救她。可是李堂忘了,我们也忘了,他……他不会游泳呀!"说完,他放声大哭。

她一愣,身子一歪,往床上倒去。他双手接住,把她搂在怀里。他紧紧地搂住她,一直搂到深夜,她才醒来。醒来时,她长长地叹了一声:"天哪……你怎么不早说呀?你要是早说,我还能见儿子最后一面。"她一边哭一边捶打他的胸口。

"不瞒你说,因为台风,整条船都翻了,死的不光是我们家李堂。你要想开点,这是天灾,不是人祸。"

"那你为什么不让我去见他最后一面?"她继续捶打着他的胸口。

他一动不动:"几天之后,才把他们打捞上来,全都认不得谁是谁了,我怕你受不了刺激。"

"那马丽莲呢,她活着还是死了?"

"你猜吧,采菊……"

她的哭声停了一下,接着是更揪心的哭:"马、马丽莲根本就不存在?"

"对不起,采菊,我只不过是想减轻一点你的痛苦……"他的泪水滴落在她的泪水上。

2016年1月

我们的父亲

某年某月的某一天，我们的父亲来到我居住的城市。那时我的妻子正好怀孕三个月，每天的清晨或者黄昏，我的妻子总要伏在水龙头前，经受半个小时的呕吐煎熬。其实我妻子也吐不出什么东西，只是她喉咙里滚出来的声音一声比一声响亮，一声比一声吓人。

我们的父亲就在我妻子的呕吐声中，敲响了我家的房门。我看见我们的父亲高挽裤脚，站在防盗门之外，右边的肩膀上挎着一个褪色的军用挎包。看见我们的父亲，我像从肩上卸下了一副沉重的担子。我对我们的父亲说，过去母亲怀上我们的时候，是不是也呕吐不止？你们生养了三个小孩，对于呕吐一定有经验。我们的父亲摇摇头，说你们的母亲好像从来没有呕吐过。沉默了一会儿，我们的父亲接着说，或许你们的母亲也曾经呕吐过，只是我记不清楚了。

我们的父亲把他的军用挎包放到沙发上，我的手情不自禁地伸到挎包里。过去，我们的手从挎包里掏出糖果、角票、铅笔、作业本以及《毛泽东选集》，现在我从挎包里掏出一杆黑色的弯曲的烟斗和一小袋烟丝。我们父亲的目光紧紧地盯着我的手，我赶快把烟斗塞回挎包里。挎包上绣着的八个字，像八团火焰照亮我的眼睛，那是草书的"一不怕苦，二不怕死"。

妻子的呕吐声不时地从卫生间里传出来，我们的父亲被这种声音吓得手忙脚乱，从沙发上站起来又坐下去。他的手落到一本杂志上，捡起来翻了几页，便慌慌张张地丢回原来的位置。他的双手不停地搓动，偶尔也腾出一只手来抓抓花白的头发。在我们的父亲看来，我妻子古怪的声音不亚于一声声惊雷。最后，我们父亲的手落到挎包上，他才变得镇静下来。他掏出烟斗和烟丝准备抽烟。我说你的儿媳已经怀上你的孙儿，屋内不准吸烟。他的脸上挤出一丝苦笑，烟末从他的指间滑落。他只好离开沙发，走到阳台上。

我猜想我们的父亲会站在阳台上抽一杆烟。但是等了好久，我没有看到烟雾从阳台上飘起来。我们的父亲在阳台上喊我。他没有喊我现在的名字，而是喊我的小名。我应声来到阳台。我们的父亲从头到脚把我认真地看了一遍，然后把填满烟丝的烟斗递给我，说我没带什么东西给你，装一杆烟给你抽吧。

我接过烟斗，狠狠地吸了一口，那些烟雾沿着我的脸庞往上爬，一直爬进我的头发里。我们的父亲站在一旁盯住我的嘴唇，看我吸烟。我发觉我们的父亲根本没有把这里当作他自己的家，他有些紧张、羞涩和不习惯。我吸了几口之后，把烟斗递到我们父亲的嘴里。我们的父亲吸了两口，又把烟斗递给我。就这样我和我们的父亲一人一口，轮换着把那锅烟抽完。

这时，我听到了电话铃声。电话是A打来的，A是我的领导。A问我吃过晚饭没有，我说吃过了。A说吃过了就好，你马上收拾一下行李，跟我出差。我想对A说我们的父亲刚来，我的妻子现在正在呕吐，出差能否推迟到明天？但是我想了想，还是没有把想说的话说出口。

搁下话筒，我把目光投向我们的父亲，说小凤就拜托你了。小凤是我妻子的名字。我们的父亲举起那根烟斗轻轻地一挥，说你放心地出差吧，把差出好啰。

事实上，我和A以及司机这个晚上并没有离开我们居住的城市。我们躲在长城酒店的一间小包厢里唱歌跳舞。这是A的有意安排，A迷上了酒店里的一位小姐。我虽然跟随A多年，但始终揣摩不透A的心思。我不知道我们的出差是到此为止呢，还得继续走下去。A似乎看出了我的疑惑，说等出完这趟差，你的事情就解决了。我说什么事情，A说提拔的事。A说这话时，我突然觉得A像我们的父亲。于是我抓起话筒，拼命地歌唱。我的声音一个一个地钻进话筒，然后变成炸弹，在话筒的另一端炸响。声音如水，淹过我们的脚面、颈脖和头顶，最后把整个包厢淹没。A朝我露出宽慰的笑，呐喊声使我们彼此感到安全和信任。

从这个晚上开始，我跟A就算正式出差了。转了几天，我们转到了湘西张家界。A对我说，不要往家里打电话，不要让单位和家里知道我们在什么地方。A的游兴极佳，我只好陪着他高兴，但我的内心里却忧心忡忡，担心我的妻子和我们的父亲。有时，我的胸口会莫名其妙地慌张。我想对 A 说我们快点回去吧。这样想了好几次，又犹豫了好几次，最终还是不敢跟 A 说。A 甚至不让我离开他半步，他把我当成他的心腹，就连玩女人和拉尿，他都不回避我。

二十多天之后，我才回到我的家里。看见我的妻子小凤精神抖擞地站在厨房里炒菜，我于是长长地松了一口气。小凤看见我，脸色刷地发白，捏在手里的汤瓢当地掉到地上。小凤说我们的父亲不见啦。我说我们的父亲好好的怎么就不见了呢，他会不会在姐姐家，或者大哥那里？小凤说都不在，我已经给他们分别挂了电话，他们都说不在。他们还在电话里责怪我们。

小凤对我说，大约在你出差的第三天，我们的父亲开始变得狂躁不安。他从客厅走进你的书房，又从书房走到客厅，整整三天时间他没抽一杆烟，没喝一口酒。我对他说，父亲你要抽烟的话你尽管抽，你要喝酒的话酒柜里有。我们的父亲说这几天我没有什么胃口，就是想你的姐姐和我的外孙，明天我就回县城，到你的姐姐家去住几天。

（后来我才知道，小凤当时并不是这样说的。小凤当时说爸，如果你的烟瘾发作了，你就到阳台上去抽。要想喝酒的话，自己拿，酒柜里有。我们的父亲说，我这一辈子什么都不瘾，就瘾一口烟。现在你怀上我的孙子了，我也不好在你这里抽烟，明天我就回县城，到你的姐姐家去，她的儿子已经五岁了，估计她会让我在家里抽烟。小凤当即从小提包里抽出一百元钱,说爸,如果你实在不习惯这里,还不如到姐姐那里散散心。这一百块钱,你拿去做车费。我们的父亲第二天早上离开我的家,他把那一百元钱压在了冰箱上。)

我赶到姐姐家的时候,姐姐一家人正围在饭桌边吃晚饭。姐夫是县医院的院长,我的到来并没有引起他多少注意,仿佛我们的父亲不是他的岳父,我们父亲的失踪和他没有任何关系。他把头埋在碗里,只顾大口大口地吃饭,连眼皮也不抬一抬。两分钟之后,姐夫放下碗筷,说还有一个手术等我去做,你们姐弟慢慢聊吧。姐夫一边说话一边走出家门。我看见他朝我古怪地笑了一下,顺手把门带上。

姐姐仍然坐在饭桌边,她正在督促她的小孩陈州吃饭。陈州的目光不时从餐桌边跑过来,他嘴里含着饭,但还不停地叫我舅舅。姐姐说爸到我这里的时候,已经是下午六点了。当时我正在厨房里做饭,听到门铃响了三下,我就跑出来开门。我看见爸满身尘土,什么也没带,只带了一只军用挎包。我叫爸坐到沙发上,打开电视让他看。在我做饭的过程中,爸曾两次跑到厨房门口看我。我说爸你是不是饿了,爸说没有,我看你一眼就走,我还是到你哥那里吃饭算了。我说饭快做好了,你就等一等,吃完饭再走。爸拎起他的军用挎包,说不用啦,我走啦。那时我的手里正端着一碗汤,你的姐夫还没有下班。

(后来我才知道,那个傍晚,我们的父亲曾经坐到姐姐家的餐桌边。姐姐家的餐桌上摆满饭菜,姐夫、陈州、我们的父亲和姐姐都端端正正地坐到餐桌边。大家的目光都落到姐姐的手上，姐姐正在用酒精棉球为筷条消毒。姐姐擦干净第一双筷条，把它递给姐夫。第二双筷条，姐姐递给陈州。第三双筷条，姐姐自己留下。第四双筷条，姐姐没有擦酒精，她直接把它递到父亲面前。父亲接过筷条，重重地拍了一下桌子，然后离开。）

　　我暗自揣摩我们的父亲离开姐姐家时的心情，我甚至想重走一下姐姐家与大哥家之间父亲走过的路线。我们的父亲离开姐姐家时已是黄昏，夜幕盘旋在他的头顶。他会选择一条什么样的路径从姐姐家走到大哥家呢？最近的或是最漫长的？

　　跨进大哥的家门，大哥正在擦手枪。大哥看了看门框下站着的我，突然把手枪举起来，对准我的胸膛。大哥是县公安局局长，他经常把他的手枪指向他想指的目标。大哥的手枪在灯光之下发出幽蓝的光。我说大哥，是我，我是老三。大哥缓缓移动手臂，直把枪口对准他家的那一台画王彩电才停住。大哥说我想杀人。大哥的说话声中夹杂着手枪的一声空响，而电视荧屏上此刻正在播放一条各国首脑会晤的消息，新闻联播已进入尾声。

　　我说大哥，你知不知道我们的父亲失踪了？大哥把他的头埋在他的手掌里，说怎么不知道，许多失踪的人包括那些被拐卖的妇女儿童我都曾经把他们找回来，可是对于我们父亲的失踪我却毫无头绪。我说父亲是从你这里失踪的，你必须把他找回来。大哥不停地摇头，摇得很勉强很生硬，好像他的头不是自然晃动，而是有两只手强行扳动似的。我问大哥最后一次见我们的父亲是什么时候,大哥说他记不清楚了。在大哥的印象中,我们的父亲根本没有来过他这里。我想这不大可能,我们的父亲不会无缘无故地从这个世界消失。

嫂子从卫生间里走出来,她刚淋完浴。嫂子用手拢了拢她的头发,坐在大哥的身边,一股特别的浓重的香味从她身上散发。嫂子说我们的父亲曾经来过,大约是十天前。那时大哥不在家,我们的父亲很晚了才敲开大哥家的门。嫂子问我们的父亲吃过晚饭没有,我们的父亲说吃过了。我们的父亲一边说吃过了,一边朝卫生间张望。我们的父亲动了动嘴唇,对嫂子说:老大他真的不在家?嫂子说真的不在。

我们的父亲当时很失望,说他不在就算了,我上一下厕所。我们的父亲冲进厕所里,大约蹲了半个小时才从厕所里走出来。嫂子说我们的父亲当时气色很好。我们的父亲并没有在大哥家住下来,他说明天要赶早班车,今夜必须住到旅店里。嫂子问他明天要赶到哪里去,我们的父亲说他要到城市里找我。他说老三的爱人快要生小孩了,我去看看他们,顺便带两套小孩的衣服给他们。嫂子说我们的父亲还把那两套黄色的小人衣服掏出来给她看,问她颜色好不好,适不适宜初生婴儿穿戴。

我们的父亲就这样挎着他的军用挎包,走进夜色浓重的县城,走向了我们不知道的地方。

第二天中午,我坐在县城一家小炒店里吃午饭。我拒绝了大哥、姐姐以及朋友们的邀请,独自一人坐在小炒店里。一个留着披肩长发穿着拖鞋的人走到我面前,叫了一声叔叔。我抬起头,认真地打量他。他的头发上沾满尘土,衣服敞开着露出棕黑色的长毛的肚皮,嘴里叼着一支香烟。他用右手的拇指和食指把烟从嘴里拉出来,咧嘴一笑,说你不认识我了,叔叔。他的笑使我想起远在故乡的一个远房哥哥。我终于记起他来了,说庆远,你跑来县城干什么?他说打工。他说这话时,又把香烟塞进了嘴里。

我让他坐在我的对面,给他添了一只碗一双筷条。他说叔叔,我想喝一杯白酒。我又叫服务员给他添了一只杯子。我问他在县城里都干些什么工作,他说扛麻包、卸货、埋死人,只要有钱,什么都干。

我告诉庆远这次从省城回县城,是为了寻找我们的父亲,他的叔公。庆远喝了一杯酒,脖子和脸全都红起来,似乎是来劲了。他说十多天前,我埋过一个人,倒有点像叔公。我问他从哪里拿出去埋的,是谁叫他扛去埋的。他说是从医院的太平房扛出去的,那几天天气很热,那个人已经发胖而且有一点儿发臭了。据医院的人说,他是在街上摔死的,没有家属认领。我问他不至于不认识叔公吧。他说死人的身上裹着一床席子,直到把他丢进土坑的那一瞬间,我都还想打开席子看看那人的模样,但他的气味太重了,我最终没有打开席子。我不知道他是叔公,是用脚把他踢进土坑里的。埋到一半的时候,我发觉死人露出来的一只脚上挂着一只布鞋,那布鞋很像叔公平常穿的。

我把杯子里的酒泼到庆远的脸上,说你为什么不打开看一看,你为什么这样对待叔公。庆远举起双手,在脸上抹来抹去，似乎是很委屈。庆远说我不确定他是叔公，我只是猜测。

我抓起庆远，两人直奔县医院太平房。太平房的门敞开着，里面烟雾缭绕，有几缕断断续续的哭声夹杂在烟雾里。屋里的灯光很暗，我站了好久才适应过来。我看见五六个年轻人相拥而哭，他们的亲人躺在水泥平台上，上面盖着一张洁白的床单。我走到水泥平台边，揭开覆盖死人的床单，看见死的是一位中年妇女而不是我们的父亲。那些哭泣的人都把脸转向我，他们哭泣的、悲伤的面孔变成了愤怒的面孔。

庆远把我引向一个角落，我看见一只军用挎包，上面绣着"一不怕苦，二不怕死"八个金光闪闪的大字。我打开挎包，终于看见我们父亲的烟斗、烟丝以及两套黄色的童装。我用挎包捂住脸，泪水夺眶而出。

我把我们父亲的那只军用挎包砸到姐夫的桌子上。姐夫的眼皮猛地跳了一下，身体随之颤抖起来，一种悲伤的神情在姐夫的脸上停留了大约几秒钟。姐夫说，近一个月来，几乎每天死一个，我怎么知道摔死的是我的岳父？我说你是院长，我们的父亲就躺在你的太平房，躺在你的眼皮底下，你都不知道。我不知道我的姐姐当初怎么选中了你？姐夫突然冷笑一声，说这与爱情无关。

看得出姐夫不想跟我争论，他说，不就死了一个人吗？在他眼里，死岳父和死一个陌生人是一回事。

我跟姐夫、庆远赶到大哥的办公室。大哥看见我的手里提着我们父亲的那只挎包，目光刷地拉直了。大哥夺过挎包，说出什么事了，姐夫说爸死了。大哥的牙齿咬住下嘴唇，咬了好久。但大哥没有哭，眼眶里没有一点水分。姐夫说爸是摔死的，你们公安局一定有记录。

大哥调来电话记录本，一页一页地往下翻。翻着翻着，大哥的手僵住不动了。我和姐夫凑到电话记录本上，看见县公安局9月16日的电话记录：

发话人：河西派出所付光辉。

接话人：谭盾。

内容：今夜8点40分（20点40分），我在十字街口下坡处发现一摔倒的老头。当时围观者众，当我挤进人群后，看见一踩三轮车的中年男人把摔倒的老头抱上三轮车，并送往县医院。老头头发全白，身高1米65，身穿浅灰色衬衣，黑色裤子，脚蹬一双布鞋。半个小时后（21点10分），医院打来电话，说该老头送到医院时已断气，无法抢救，现停在医院太平房里。老头随手携带一只军用挎包，内有一个烟斗、小袋烟丝、两套黄色婴儿衣服。

领导签字：请河西派出所派人到医院拍照、验尸，并以县公安局名义发协查通报。

东方红

东方红是我大哥的名字。这个响亮的名字是我们的父亲为他取的。现在他的名字仿佛签到了我们父亲的尸体上。

大哥的目光停在这一页电话记录上，久久地没有移开。大哥说从这页记录上看，怎么也看不出是我们的父亲。老三，如果你当公安局局长，你能从这百来个字上面看出我们的父亲吗？大哥用一种哀求的目光看我。我一言不发。

星期天早上，我和姐夫、大哥以及庆远抬着一口棺材上了县城的后山坡。我们决定把我们父亲的尸骨挖起来，装进棺材里，然后重新安葬。我庆幸这个小小的县城至今还未实行火葬，我们的父亲因此而没有那么快变成土地的肥料。我们至少还可以看到我们父亲的尸骨。

大约走了一个小时，我们来到埋葬我们父亲的土堆边。庆远指着那一堆崭新的黄土说，就在这里面。

我们小心翼翼地扒开泥土，都憋住气等待我们的父亲出现。可是，把那些松动的新泥扒完了，我们仍然看不到父亲，土坑里一无所有。我们用疑惑的目光盯住庆远。庆远左右上下看了看，坚定地说是这里，没错，是这里，我是用脚把他踢下坑里去的。庆远说着，把头扑到土坑里，鼻子抽了抽。庆远抓起一把泥土，茫然地站着，说奇怪啦，我明明把叔公埋在这里，怎么就不见了呢？如果不是埋人，谁会来这里挖这么大一个土坑，又垒这么大一堆黄泥呢？

我们的双腿突然软下来，一个一个地坐在新翻的泥土上。四双眼睛盯住那个土坑，谁也不想说话。我们似乎都在想同一个问题：我们的父亲到哪里去了？

蹲下时看到了什么

只要张五蹲到猪圈上,收音机里准会"嘀"的一声。"刚才最后一响,是北京时间六点整。"他每天早上的排泄准确得就像闹钟,误差不过几秒。这时天刚麻亮,很少有人起床,他尽可以放心地裸露。猪圈上没有遮挡,空气清新鸟声悦耳,微风送来泥香。这是他一天中最放松的时刻,也是他最美妙的十分钟。每次他都会闭着眼睛享受。但是今天有些意外,他刚一闭眼就听到了脚步声。跳下猪圈已来不及,更别说提裤子了,他只好硬着头皮迎接。脚步声从屋角扑来,紧接着他就看见了侄女张鲜花。鲜花本能地想刹住速度转身,但既然都已经看见了再转身似无必要,况且她还要急着到乡里赶早班车。鲜花没有选择,只好打声招呼:"满叔,你拉呀?"张五也没有选择,说:"嗯,鲜花你赶街呀?"

尽管张鲜花差不多走到了八腊乡,但张五还蹲在猪圈上。他不甘心,试图要把被打断的美妙找回来,因为这关系到整天的心情。如果一天没有一个好的开始,那他就会郁闷,会一直郁闷到第二天早上重新蹲上猪圈之前。所以，他不停地变换姿势，放松肌肉，但始终无法复制那种美妙。他的美妙被惊吓，就像挨打的孩子远远地跑开，一时半会找不回来。终于，腿脚麻木了，仿佛爬上千万只蚂蚁，天也大亮，他不得不从猪圈上跳下。

果然，这天他跟老婆吵了一架。吵架的原因是他在收玉米的时候不停地闪躲，一闪就半小时。老婆经过多次深呼吸之后忍不住开骂，说他不好好干活就懂得偷懒。张五不服，说自己是去蹲坑。老婆不信，说又不拉肚子，半天不到怎么就蹲了四回？张五支支吾吾。老婆提高嗓门，说偷懒就偷懒了还不肯承认。老婆喋喋不休地骂着。张五腹部一急，丢下背篓又跑。老婆悄悄跟踪，看见张五蹲在地头的一棵玉米下，半天都无动静。她说偷懒就偷懒了，何必脱裤子？张五吓得原地跳起。老婆指着没有污染的地面，问他怎么解释。张五说奇怪了，明明有拉的欲望却没拉的实力，我的节奏全被张鲜花打乱了。老婆说明明没有拉的实力却还要装拉，这不是偷懒又是什么？真是拉屎不来怪地硬。

张五早蹲的习惯坚持了三十多年，直到今天才被人撞上一次，他认为此事纯属巧合。既是巧合就不必惊慌，酒照喝、牌照打、活路照干、猪圈照蹲。但他没想到一周之后又被刘白条撞上了。刘白条是他的牌友，原名刘青岗，因打牌时经常输钱，输钱之后又无力支付就给人打白条，于是有了这个外号。刘白条看见张五蹲在猪圈上，两眼像摸到好牌那样顿时贼亮。张五低头故意不吭声,希望他快点滚蛋。但他不仅不滚,反而靠近一步,浮夸地"呀"了一声,说张五你的屁屁怎么不见了。张五说你这个卵仔平时总挺到太阳晒屁股了才起床,今天发什么癫起这么早?刘白条说要不是为了去借钱,老子会起这么早吗?张五说借钱就赶紧走人,晚了别人一出门就借不着了。刘白条说不急。张五说不急你也别站在这里看我呀。

刘白条掏出一支烟来,点燃,叼在嘴上,问张五要不要来一支。张五摇头。刘白条抽了一口,说你这么蹲着的时候,要是点上一支烟那就完美啦。张五不说话,也不想跳下来。不想跳下来是因为他不好意思当着刘白条的面擦屁股。刘白条站在那里继续抽烟,根本不把张五的光屁股当回事。张五说你又不是狗为何要守着茅坑。刘白条说,要不……你借点钱给我?省得我跑路。张五说老子没钱。刘白条不反驳,站在那里慢条斯理地抽烟。张五实在受不了他放肆的目光,问借多少。刘白条的眉毛一抬,说就一千,不多。张五说又是借来打牌吧,刘白条说借来还债,债主家里死人了。张五说想借钱你就给我消失。刘白条说我就知道你善良。话音还在,人已拐过了屋角。

为了防止再被人撞面,准确地说是撞屁股,张五用一张半旧的席子围在猪圈上方,对茅坑实行遮挡。这一挡,同时挡住了空气流通,也挡住了他的视线。他试图说服自己适应,还闭上眼睛想象面前一望无际。但席子的味道近在鼻前,每一缕吹来的风都被反射,空气不是原来的味道,风的力道也发生了改变,就连负氧离子的多少、光线的明暗、声音的强弱都陌生了,而那些鸟鸣,也因为压迫感再也没心思聆听。他的身体像一株敏感的植物对环境提出抗议。蹲坑已不是享受而变成单纯的新陈代谢,这生活还算他妈的生活吗?席子只围了两天,张五就把它撤了。他迷信一个人不可能连续三次倒霉,既然自己已被人撞了两回,那第三次至少不会马上到来,运气好的话也许是三五年甚至十年之后的事。第三天清晨,当他蹲在猪圈上正这么想着的时候,忽然就听到了女人的哭泣,接着就看见汪冬抹着眼泪从屋角跑过来。由于眼前景象出乎意料,汪冬迟疑了片刻,被追来的王冬一把扭住。两人厮打。王冬抓汪冬的头发,汪冬抓王冬的私处。骂声哭声和疼痛声扭成了麻花。王冬的私处似乎被抓惨了,他勃然大怒,拎住汪冬的头嘟嘟嘟地往墙壁上撞,就像砸西瓜,震得墙上的泥块纷纷坠落。汪冬发出凄厉的叫喊。张五大咳一声,说撞死人不关我的事,但撞垮我的墙壁你得赔。

  王冬住手,这时才发现猪圈上还蹲着一个人。他说这骚婆娘天天跟我闹离婚,不撞她几下她还以为自己是明星。汪冬说我都被他骗过来五年了,一次都不让我回娘家,没有比这更冷血的女婿了。王冬说知不知道你回一次娘家要花我多少钱,光来回机票就好几千块,老子又不是贪官,哪有能力让你坐飞机?张五说蠢仔,你就不懂得让她坐火车吗?王冬说火车也不能坐,你不知道她的策划,更不懂她心肠的那个狠,只要她一回去肯定就不会回来,到时我连去找她的路费都没有。张五说谁要是对我这么暴力我也会跑。汪冬啪嗒一声跪下,眼泪汪汪地看着张五，说我嫁过来这么多年，总算有人讲了一句公道话，五哥，哪天我跟这个黑社会上了法庭，你可要给我作证呀。张五说起来，连黑人都能在美国当总统了你还跪什么跪？他要是再敢打你，我就帮你出官司钱。王冬说你引诱她离婚是想娶她吧。张五说放屁，我是凭良心说话。

王冬和张五的争吵惊动了张五的老婆。她从门框里跳出来，说张五，你能不能先拉完再断案？张五说都快出人命了我能不发声吗。她转而面向王冬与汪冬，说没看见人家正在拉吗，有事找法院去，别来找我家茅坑。王冬与汪冬被张五的老婆赶走。但张五再也拉不出来，刚才生气搞乱了他的内分泌。张五的老婆把席子重新挂上猪圈。看着那张迎风招展的席子，张五说我三十年都没被人撞上一回，怎么这半月就被人连撞了三次？老婆说因为早起的人越来越多，跑路的人越来越多。

张五还是不愿意被席子圈住。第二天清晨，他钻进了屋后的茶林。茶林长得密实，枝叶连着枝叶，就像一把巨盖。由于阳光常年不能到达树下，地面寸草不生，是理想的拉撒之地。周围除了鸟鸣没有其他动静，也没看见张鲜花家那只恶狗。他放心地用力地呼吸，草木泥土混杂的芬芳直戳肺部，整个人像重新又醒了一次。远处传来六点钟的报时。张五就地蹲下，以为蹲在这么隐蔽的地方会像蹲在自家猪圈上那么顺利，甚至有了"比蹲在自家猪圈上还要美妙"的期待。他的所谓美妙就是能在这十分钟里呼吸新鲜空气，视野不被遮蔽，身心放松没人干扰，思绪漫无边际地飞转。但这个清晨，他的美妙再次被新的环境否决。他的皮肤像涂了胶水那样绷着，器官像请了公休假。由于地势不平，他必须踮起脚后跟。一踮脚后跟，不仅臀部，就连整个肌体包括头发都处于战备状态。虽然耳里充盈鸟声，虽然目光透过树叶缝隙落在了谷底的炊烟上，但他就是美妙不起来。他想到了张鲜花和刘白条，想到了王冬与汪冬，想到了许多相干和不相干的往事，甚至还想到了死去的爹妈以及政府……难道自己坚持三十多年来的习惯，就这么轻易地被几个混球破坏了？难道今后每天早上都要躲到茶林里来？而且风雨无阻。他的脑海里电光石火，天上一脚地下一脚，越想越泛滥，越想越无语，竟然把排泄这事都给忘了，好像脱裤子蹲着仅仅是为了想事。

带着不爽的心情，张五站在自家门口对着屋坎下喊话。他说鲜花，把你家那只黑狗给我拴住喽。鲜花说拴好了，张五才敢从坎上走下去。即便是链子拴着，黑狗仍然冲着他龇牙。鲜花呵斥黑狗，却忘了呵斥黄狗和花狗，它们咆哮着朝张五扑来。幸亏牛奋来得及时，他两脚就把黄、花二狗踹跑。张五惊魂未定地坐下。牛奋给他倒了一杯米酒。米酒下肚，张五慢慢恢复神气，问鲜花那天早上为什么要从他家门前经过。鲜花说那天起得早是因为要赶去县城办事。张五说我不问你为什么起得早，而是问你为什么要从我家门前经过。你家不是离大路最近吗？鲜花说因为出发前我先到刘白条家收欠款，收到欠款后就拐从你家门前经过。张五说，刘白条家不是也可以直通大路吗？虽然他家到大路是弯了一些，但也比你从他家再拐到我家近多了。鲜花说我就走个习惯，谁会把距离算得那么精准？

干坐了一会。鲜花说叔你要是没事，我就跟牛奋收玉米去了。张五赶紧跟鲜花商量，能不能把经过村子的路改从她家门前？因为这么一改，从村西到村东的路就变得更直。鲜花说大家都走习惯了，为什么要改？张五说那天早上你不是撞上了吗，再不改你叔的屁股就比脸还要出名了。鲜花说，一泡尿的事也犯得着改路？这得闹多大动静？张五说路本来就在，而且你家门前这条比我家门前的还宽阔，谁都愿意走大路抄近道，改改路线死不了人。鲜花说这事你问问牛奋吧。张五征求牛奋的意见。牛奋说我一上门女婿，叔你想怎么改就怎么改。

张五做了一块指示牌立在岔路口，牌上写着："前方不便，请走近道。"文字下一箭头直指鲜花家。途经村庄的人沿着箭头走去，但他们被鲜花家的三只恶狗追得纷纷跳下坎去，跑得慢的连裤脚都被狗撕破。过路的人们只得回头，绕过指示牌，重新走张五家这条线。指示牌虽然还立在岔口，但它已经丧失了指示功能，像个笑话。几天之后，指示牌被人丢到坎下。张五的老婆把指示牌捡回来。张五怪她没信心，说任何改变都需要时间，更何况是一条大家走惯了的老路。老婆骂张五装嫩，说你都三十有八了还指望一块牌牌来改变路线。这年头，文件催不来欠款，情书追不到爱情，就连发誓都是假的，你还相信指示牌？张五说最大的障碍是那三只恶狗。老婆说你还是蹲着想吧。张五说这么简单的问题还用蹲着想吗。老婆说因为你没想明白。

张五真的蹲下,脑袋瞬间活跃。鲜花家养狗是从她爷爷开始的。她爷爷养的是两只猎狗,为了让猎狗更加气势汹汹,她爷爷经常用马蜂壳拌饭喂它们。马蜂壳把猎狗搞得心急火燎,它们见鸡就咬见人就扑。从那时起,再也没人敢路过她家门口,途经村子的路慢慢地就从她家门前改到了张五家门前。此路一走几十年,张五家的鸡、鸡蛋、农具和蔬菜经常莫名其妙地消失,屋角的李子刚刚成熟就被人摘光,甚至连水缸里喝水的瓢也被人顺手牵羊。半夜里常有途经的醉鬼借宿,也有饿扁的路人拍门讨饭,弄得张五家像个免费客栈或临时收容所,而鲜花家却落得清净安然。张五说原来这是一个计谋,难怪她家养的狗一代比一代凶。老婆说所以,这条路根本改不动。张五说除非把她家的狗灭了。老婆说你没这么狠的心肠。

每天清晨,张五都蹲到猪圈上的席子后面,虽然勉强能解决问题,但每次他都有压迫感。席子仿佛是一面墙,似乎要把他吸进去。他的身体好像被捆绑了,连呼吸都不顺畅。一不顺畅,他就恨鲜花的爷爷养狗改路。一恨鲜花的爷爷,他就连鲜花的父亲和鲜花一起恨。一恨,他就更不顺畅。同样都是张姓,凭什么这个张不如那个张聪明?凭什么这个张被那个张耍了还蒙在鼓里?他越想越不服气,越不服气就越堵。越堵就越蹲得不爽。不爽,就给整天带来后遗症。白天他打哈欠,晚上他失眠。一怒之下,他把猪圈上的席子扯了,并警告老婆再也别挂,我就不信我蹲个坑还被席子管着。老婆说我不希望每天早上都有人跟你的屁股打招呼,要么改路,要么改掉臭毛病。

张五说这不是毛病，于个人是习惯，于集体是风俗，于国家是原则，于民族是传统，于宫廷那就叫礼仪。老婆说你又不是县太爷，又不是白金汉宫里的，有什么资格保持习惯？张五说我就这么一点点权利了，谁也别想剥夺。两人都找不到解决问题的方法。忽然，老婆一击掌，说：你能不能把时间从清晨调到晚上？晚上不仅很少有人经过，而且即使有人经过只要你不吭声也不会被察觉，即使有人察觉也不好意思用电筒照你，即使有人用电筒照你也只会照你的脑袋而不会照你的下身。张五觉得这是一个不错的主意，开始在晚餐时增加饭量。老婆说你活没多干，饭量倒增加不少。张五说你想让我调整时间，又不想让我多吃，哪有这么好的事？

晚十点，村子里安静下来，就连鲜花家的狗也匍匐了。张五因为吃得太多而胃胀，于是蹲上了猪圈。虽然空气没有早上清新，视线也被黑夜限制，但毕竟面前没有遮挡，姿势没变，声波没变，风力没变，因此他能适应。为了这一可行性方案，他不仅用身体奖励了老婆，还在奖励之后兴奋得失眠。大约到了五点钟他才入睡。然而，快六点时生物钟把他叫醒。尽管昨晚已经排空，但他还有蹲坑的强烈愿望，似乎不从床上弹起来就一辈子不能原谅自己。他飞快地起床，像白领上班打卡那样准时蹲上猪圈。一蹲下，他的心立刻就踏实。原来习惯如此强大，哪怕是做做样子也有安神补脑的功效。忽然，他听到了马蹄声。两名挎枪的士兵首先从屋角拐过来，后面跟着一列驮队。马背上驮着奇形怪状的金属外壳。每走过一匹驮马，那些奇形怪状的金属就蹭一次墙角。墙角上的泥块掉得越来越多。再这么蹭下去厢房就要垮塌了,张五忍不住喊小心小心。赶马人小心地护住墙角,但由于拐角处路太窄而金属壳又过于张牙舞爪,墙角又被狠狠地蹭掉几大块。张五感觉厢房摇晃了一下,问赶马人你们得帮我修复墙壁吧。赶马人指了指身后。张五看见乡书记、乡长和几个军人雄赳赳地拐过来,羞愧得赶紧埋下脑袋。书记说老乡你早。张五说书记早。书记看着伤痕累累的墙角,说你要不要乡里派人来帮你修复,张五说不敢。书记说这墙壁快支撑不住了,你得推倒重建,否则哪天砸伤路人就算本乡的一个事故。张五说好的,问书记马背上驮的是什么,书记说你没看电视吗,昨晚西昌发射了一颗卫星,马驮的都是卫星甩下来的外壳。张五啊了一声,说原来是高科技,怪不得这么威风。一行人马浩浩荡荡地过去。张五的老婆从门里跑出来,说张五呀张五,你竟敢光着屁股跟领导说话,你把张家祖宗十八代的脸都丢尽了。张五说领导只叫我修厢房,并不反对我蹲坑。

  自从强行调整了蹲坑时间,张五一天得蹲两次,早晚各一。晚上是实蹲,清晨是虚蹲。实蹲是为了新陈代谢,虚蹲是为了精神安慰。但很快实蹲不实,它被多年的习惯纠正,虚与实的任务又全都回到了早蹲上。既然不能改习惯,那就下决心改路。张五请示老婆,拟把驮队蹭得摇摇欲坠的厢房推倒,改为砖砌。老婆同意。他们合抱起一根腿粗的木柱,冲着厢房的墙壁喊一二三。柱子嘭地撞击墙壁,溅起一团泥尘。他们又喊了两次一二三，墙壁被柱子连撞两下，哗的一声倒塌，把拐角的路全部堵死。张五把原来那块指示牌又摆到岔路口，牌上的字改为："前方施工，请绕道而行。"这次，张五没有指路，而是让路过者自由选择。鲜花家是一条道，刘白条家也是一条道，如果不怕绕，甚至王冬与汪冬家也是一条道。其实世上没有唯一的路，就看你喜欢哪一条。

路人一听到鲜花家的狗叫，自然不敢走这一条。他们经过目测，发现从张五家后面的刘白条家经过并不算绕，也就多了一百来米距离，上个小坡，下个矮坎，仅多三百步左右。于是，人啊马啊牛啊都在岔路口左转上行。刘白条是懒觉大王，他被早行人的脚步声、说话声和拍门声弄得很不爽。刘白条还喜欢邀人小赌，以前他偶尔能赢，但自从村路改从他家门口过之后，他基本上就和赢告别了。路过的脚步声常常吓得他把牌桌上的钱藏进米桶，特别是夜深人静的时候，他会把每个途经的人都当成抓赌的警察。刘白条家的房子在村里倒数第一，窗口没几块完整的玻璃。好奇的路人经常伸头探望，把他家的烂棉胎、破锅头和掉门的衣柜尽收眼底，并且到处流传。途经的牛马踩烂了他家门前没有硬化的土坪，纵横交错的蹄印里集满雨水，牛马的粪便堆叠在蹄印之间，就连他和家人进出都得抬脚找路。每次踩到牛粪，刘白条都气得脖子上的青筋一根根暴凸。

深夜，刘白条打牌又输了。他踩着牛粪气呼呼地来到张五家，质问张五什么时候能把厢房修好。张五说砖头都还没买够,早着呢。刘白条说你真他妈缺德,竟敢把路堵了,就不怕后代长尾巴。张五说我是堵路吗,我是修房子。我要是不修房子,乡领导都不同意。刘白条说你能不能加快点速度,张五说想加快速度就得请人帮忙,请人帮忙就得花钱,要不你把借我的那一千块钱还了?一讲到还钱,刘白条顿时腿软。他说你这条路一堵,就把麻烦全部转移到了我家门口。张五说我家门口不就这么熬过来的吗,凭什么我家门口能够做路,别人家的门口只能做地毯?都几十年了,也该轮到你家了。刘白条讲不过张五,拢着手回去。但走到半路他又轻轻地折回,把鞋底上的牛粪悄悄地刮到张五家的门槛上。

一天上午,张五和老婆正在坡上收玉米。他们看见途经村庄的人纷纷往坡下走,似乎是要绕道王冬与汪冬家。王冬与汪冬家在村庄底部,路人要先在岔路口右拐下行,经过王冬与汪冬家门前之后,再上行回到大路。这一绕至少要多走五百米,而且还七弯八拐。路人们一边走一边骂,缺德呀,没良心呀,变态呀,痴呆呀,脑残呀,竟然把路全都堵死了,谁堵路谁就断子绝孙,谁堵路谁就癌症晚期……每一声骂都像烧红的铁块烙在张五的皮上,吱吱地直冒青烟。他听得全身起了鸡皮疙瘩,甚至免疫力下降、喉咙发干,好像连癌症晚期的迹象都有了。他丢下背篓,直奔刘白条家,看见门前架着一根红白相间的木杆,木杆上挂着一块纸牌,纸牌上写着"一人一杆,一杆2元"。张五叫刘白条。刘白条嬉皮笑脸地从屋里出来,说你要过去吗,过去就得交费。张五说你怎么能这样。刘白条说你都能那样我怎么不能这样。张五说我不是修房子吗，你就不能忍几个月？刘白条说你修你的房子，我收我的过路费，不相克。张五说你这么做把全村人的名声都败坏了。刘白条说城里人都这样设卡收费，他们都这样拦住我们进城，他们的名声败坏了吗？张五说人家设卡收费是为了集资修路。刘白条说那我设卡收费，是为了集资硬化门前土坪。张五说你听没听见路人怎么骂你。刘白条说那是骂我吗，我怎么没听出来。张五说就算是骂我们两个吧。刘白条说不一定，你说村里最直最近的路应该是从谁家门前经过？张五说她家不是养了几条恶狗吗。刘白条说那也是故意挡道，只不过她比我们挡得狡猾。本人认为路最应该从哪家门前经过，哪家就最应该承担骂名。张五觉得此话有理，强烈的愧疚感立刻被稀释。他甩手离开。

每一个途经村庄的人都在骂娘，但谁都不觉得是在骂自己。路人的骂声除了惹起狗叫，没在人的身上发生化学反应。他们即便是骂得再大声再尖刻，即便是骂到指房子跳脚，但骂完之后还得乖乖地绕道而行。久而久之，村里人如果哪天听不到骂声，反而不习惯了。骂娘变成一种仪式，听骂变成一种享受，二者相安无事。但一天早上，当路人们走到离王冬与汪冬家十米远的地方时，发现路不见了。一面密不透风的铝板墙挡在路口，上面印着两行白色宋体："本处市政工程，不便敬请谅解。"有人凑到铝板上想看看那边，可铝板上连一道小缝都没有，那边变得无比神秘。有人踹了一脚铝板，立刻传来王冬的警告："找死呀！"接着传来汪冬的附和："投胎呀！没看见这是形象工程吗?"路人们真的无路可走了。有人提着打狗棍强行通过鲜花家门口,有人施展攀爬本领翻过张五家垮塌的墙头,那些既怕狗又不能翻墙的老者、孕妇和残障人士只得乖乖地向刘白条交费。三条路三种走法,路人各取所需。

邻村的莫光娶老婆,迎亲的队伍来到村头岔路口停住。交钱他们不愿意,爬墙头更不可能。他们商量了一会,就朝鲜花家门前走去。由于队伍庞大,唢呐声和锣鼓声过于响亮,鲜花家的狗都沉默了。这支迎亲的队伍用实际行动证明,从鲜花家门前经过是安全的,但必须有够多的人结伴。眼看迎亲的队伍喜气洋洋地就要出村,鲜花家的黑狗忽然蹿出,照着新娘的小腿咬了一口便钻进了茶林。新娘的哭声立即盖过唢呐。新娘的亲人们要回头砸鲜花家的房子,莫光的亲人们则把他们按住,说这一仗迟早得打,但不应该是现在。如果现在开战,婚礼就办不成了,喜气就被冲掉了。拖战派说服立战派,新娘被人背起,队伍继续前行,只是唢呐声里多了一些颤音。

这个傍晚,张五蹲在坎上悄悄观察鲜花。鲜花不但不反省,不但不紧张,反而高调地给黑狗加了一碗米饭和一块腊肉,并在米饭和腊肉上撒满马蜂壳。黑狗吃得满嘴流油,而黄狗和花狗像张五那样蹲着,只有看的份。鲜花指着黄、花二狗,说你们要是能有大黑一半的智商,我就给你们加菜。知道吗?大黑懂政治,它不咬则已,一咬就咬女主角。大黑还懂法律,它晓得转移现场,不在家门口作案。别看它平时不吭声,但谁要是敢藐视它得罪它,它就会暗暗记住,寻找机会报复。

对外人它敢叫敢咬，对家人它无限忠诚。这么好的狗，想不表扬都难……此话显然不是说给黄、花二狗，而是故意说给蹲在坎上的人听。张五憋了几天实在憋得伤身，就把这些话转告了老婆，还说见过表扬狗的，但没见过这么肉麻的表扬，简直像拍领导的马屁。张五的老婆把这当笑话，又转告了刘白条的老婆。刘白条的老婆把这当商业信息告诉刘白条。刘白条像打广告那样把这些话大声发布。从此，鲜花家门前再也没人敢走，而刘白条收的过路费却天天看涨。路人和村民个个恨得咬牙。有人半夜摸到刘白条家门前，想偷走那根拦路杆。他抓住杆子的这头轻轻一拉，竟然拉出刘白条的一串喝问："你是谁？你从哪来？你要到哪里去？"每一问都是哲学，吓得偷杆人转身便跑。原来，刘白条为了堵住夜里的过客，他竟然用绳子把拦路杆的那头连到自己手上，通宵坐在门前睡觉。任何人任何时候都别想从他这里免费通行。

张五觉得刘白条过分了。他来到卡前，一脚把拦路杆踹掉。刘白条说，你想强行闯卡？那是要罚款的。说着，又把杆子架起来。张五说你收费的理由是什么，刘白条说集资呀，硬化土坪呀。张五说：集了多少？硬化土坪的资金够了没？刘白条不语。张五说如果够了，那你就没有再收费的理由了。刘白条说不是还欠你一千块吗，张五说只要你现在撤卡，我那一千块免了，就算免除非洲债务。刘白条说：那我欠张鲜花的三千、王冬的两千呢？他们可没你大方。张五说你他妈也欠得太夸张了，牌技那么差还赌？刘白条说即使不欠他们，我也还要收建房费、养老费,没看见我家房子拖了全村的后腿吗?张五说:知不知道你这是非法集资?刘白条说弱智,你看没看电视?全国多少收费站早就收回成本了,甚至都收了超出成本十倍百倍的钱了,但现在他们还照收不误。噢,人家不非法就我非法?我收这点算个屁,一人才二十毛,就等于在城里上一次五星级厕所。张五说人家收费有批文,你有吗?你想收费,首先得有弄到批文的那个本事。刘白条说我在自家门口收费,就像你在你家侧门蹲坑,也要批文?张五说虽然这里貌似你家门口,但土地是国家的你懂不?刘白条说瞎掰,这是我私人领地,神圣不可侵犯。张五说你以为你是谁呀,都神圣不可侵犯了。人家西方才有私人领地,我们这是东方。刘白条说那你为什么把国家的路给堵了,张五说又来了,我不是要建房子吗?刘白条说屁,你砖头都买齐了,为什么迟迟不动工?张五说我在等砌匠,他们要收完粮食以后才有空。刘白条说你是不想让大家走你家门口吧,张五说这才叫正宗瞎掰。我的房子总得建吧?房子建好了门前总得让人走吧?刘白条说到那时大家都走惯了我家门口,谁还走你家?你就是想拖时间改路,别以为我看不透。张五说正儿八经的事,一到你嘴里就念歪。刘白条说打铁还需自身硬,你自己都不硬,还想来敲打我?真是一枚笑话。张五说你不听劝,弄不好是要坐牢的。刘白条说你想不想让我坐牢,张五说我还没想清楚。刘白条说谁敢让我坐牢我就杀他全家。张五说你不敢。刘白条说你试试。

张五急步出村,要去乡里告刘白条,但走着走着脚步就放缓了。他不是怕刘白条杀人，而是觉得自己的心里不那么能见光。虽然推倒厢房是为了重建，但推墙的时候他确实希望趁机改路。虽然买好砖头不动工是为了等砌匠，但只要肯加钱砌匠还是随处可请。不得不承认，自从那堵墙推倒后，他的早蹲又变成了一种享受。他甚至有心情欣赏屋角李树上的残果，甚至能听出鸟们的嗓门一天比一天大。鸟们的嗓门为什么大呢？因为玉米和稻谷都先后成熟了，它们有足够的补给。他甚至还有心情观察山谷里腾起的团团白雾，茫茫一片，像白云，像魔女的白发。它们时而缠住山头，时而又把山头放开。雾填平了所有的沟壑，就像在村庄面前铺了一层厚厚的望不到头的棉花。谁看谁喜悦，谁看谁有做地主的错觉。这算得上是个美丽的地方。当初王冬就是用风景把汪冬从浙江骗过来的，据说王冬在"美丽"的后面还加了"神奇"。张五笑了一下。他想一个人每天清晨能蹲在猪圈上看这么美的风景，想这么美的事而又不被打扰，应该算得上是一个既得利益者了，一个既得利益者为什么要去告一个欠债大户呢？如果刘白条家里不穷，他会架杆子收费吗？不会。张五自己把自己给说服了，从半路折回。

鲜花家的三条狗被毒死了。鲜花是在早上打开门的时候才发现的。狗们躺在门前，头朝狗洞，满嘴白沫。悲惨的场面使鲜花失控，她发出一声刺骨的尖叫，像死了亲爹那样当即晕倒。牛奋对嘴呼吸才把她弄醒。醒来后，她请木匠做了三口狗棺材，分别把狗装进去，然后又分别在棺材上盖了一块红布。灵柩一字排开，拦在门前的路中央。鲜花誓言不抓到投毒者决不下葬。她去了一趟莫光家，莫光说他结婚不久，还在蜜月期，傻瓜才惹这种麻烦事。况且鲜花早就赔偿过他老婆的药费和精神损失费，他还有什么理由投毒？莫光一脸真诚，弄得鲜花反而不好意思。会是谁呢？鲜花想得脑门都起了皱纹。

清晨六点，鲜花和牛奋爬过张五家墙头，三下两下跳到猪圈边。张五的身体一紧，说没看见我正在蹲吗。鲜花说就是看见你蹲我们才来的。张五说喜欢闻味还是寻早餐，鲜花说想问叔几个问题。张五说有这么急吗，鲜花说怕叔讲假话，所以才挑着时间问。张五说你叔什么时候说过假，鲜花问那你是不是讲过要把我家的狗灭了。张五说你听谁讲的，鲜花说你跟婶娘嘀咕的时候我正好路过你家门口。张五说这话我是讲过，但我没有做。刘白条讲他要杀人，你也信？鲜花问那你是不是有投毒的动机。张五说动机算个屁，最终还得看动作，而且村里的人、过路的人，这么多人，难道就我一个人有动机？鲜花说王冬与汪冬已经把经过他家的路拦死，他们不会投毒；刘白条已经架杆子收费，我家的狗叫得越凶他收的费就越多，他也不会投毒。张五说排除他们不等于就是你叔。鲜花说你一直想把路改从我家门口经过，当时我们同意了，但狗没同意，所以你就喂它们吃老鼠药。说到此处，鲜花顿了一下，眼泪吧嗒吧嗒的，她为那几只可怜的狗狗伤心地哭了。张五说你叔没这么硬的心肠，否则狗们活不到现在。鲜花抹了一把眼泪，说有人看见你去乡里了。张五说谁规定我不能去乡里了，鲜花说有人讲你去乡里是为了买"毒鼠强"。张五说放狗屁，人家只跟你讲我往乡里走,却没跟你讲我半路杀了回马枪。鲜花说原来你在半路买的"毒鼠强",张五说我看你是"毒鼠强"吃多了。鲜花说那你为什么杀回马枪,难道是去散步吗?张五说我想去告刘白条乱收费,但走到半路气就消了。鲜花休息一会,问:真不是你毒死的?张五说你去问问,看有谁在蹲坑的时候还有心情说假话。鲜花说叔,不管怎么讲,我家的狗被毒死,根源还是在你这个地方。张五说你这是突击审问、非法逼供、双规,还有完没完?鲜花说如果你不推墙拦路,刘白条就不会架杆收费,刘白条不架杆收费,王冬与汪冬就不会搞什么豆腐渣工程。都是你逼出来的。如果大家还有一条路可走,谁会狗急跳墙到下毒?张五说能不能反过来讲,如果你爷爷不养猎狗,不喂它们吃马蜂壳,那这条路是不是在你家门前?你不能光讲现实,也得讲点历史。鲜花说都几十年了,你家门前这条路也算得上历史悠久了。张五说你家那条路更古老,都有上百年的历史了。鲜花说报纸上不是讲不走老路吗,张五说还讲了不走斜路。知道什么叫斜路吗?就是不直的路,而你们家门前那条最直,最不斜。忽然,牛奋插话,说叔你弄错了,不是倾斜的斜,而是邪恶的邪。张五说一个音,意思差不多,各人根据各人的需要引用。鲜花说争来争去的,也不是个办法,叔,你看这样行不行?你把你家这堆废墙搬走,我把我家的狗狗埋了,让大家自由选择,爱走哪条走哪条。张五说若要讲公平,除非今后你家不再养狗。鲜花说先这么定吧。叔你要是同意我们就走,你要是不同意,我们就看到你同意为止。张五说简直是趁火打劫。鲜花说，那你到底同不同意？张五说再不同意我都快憋死了。

　　鲜花把三只狗埋进菜园。她家门前的路算是畅通了。但张五和他老婆一共才两个劳力，搬运废墙的速度就像蜗牛爬行。鲜花跟村民们打了一声招呼，除了刘白条家，家家户户都派出人力来帮忙张五搬运，甚至外村的人也纷纷加入。半天工夫，张五家厢房的旧墙就全部清理完毕。鲜花说叔，这就像投票，来帮忙的人越多就说明想走你家这条路的人越多。他们都是你的粉丝，代表民意。张五说讲好了，你不能养狗。收工后，鲜花把那块"前方施工，请绕道而行"的牌子拿掉。路人们又开始走回张五家这条路。十天过去了，一个月过去了，张五家门前的人流量同比上升百分之五，相当于当月的物价上涨指数。而鲜花家那条路始终无人问津，尽管她家已经不养狗了。张五蹲在猪圈上想什么叫习惯，这就是。人们习惯走老路，而我习惯敞蹲。正这么想着，他忽然听到从自家门前传来一串噗噗的脚步声……

2012 年 11 月 17 日

请勿谈论庄天海

孟泥噘着嘴走进来,问:"小尚,我们是怎么认识的?"王小尚拍拍她的小脸,说:"你不会连这都忘了吧?"

"那别人为什么说我俩是庄天海介绍的?"

"庄天海是谁?"

"谁知道他是谁呀?我还以为你们认识。"

"不认识。我俩不是一见钟情吗?关别人什么屁事?"

"可大家都在说,没有他我就不会认识你,你也不会喜欢我,我们就不会恋爱,不会幸福。"

"这泡泡也吹得太大了吧。"

"所以,我觉得奇怪。我们是怎么认识的我们还不清楚吗?"

"是不是他们认错人了?"

"不可能。他们说得有板有眼,连眉头都没皱一下,每个字都是牙齿咬过之后才蹦出来的。"

"那就让他们嚼呗。我就不信他们能改变事实。"

说完,小尚把孟泥揽入怀里。被亲热的孟泥忽然骂了一声"我抽"。小尚问:"骂谁呢?"

孟泥咬牙切齿地:"骂那个吹牛不要脸的庄天海。"

第二天傍晚,当孟泥推开小尚的房门时,她瞬间石化。屋里除了一张光溜溜的床架,能搬的全都搬走了。连"喂"都没"喂"一声,他竟然就搬走了?孟泥仿佛灵魂被盗,痴呆了好几百秒。她掏出手机来,按王小尚的名字。手机响起"该用户并不存在"。她不相信,反复地按"王小尚",声音反复地回荡,一次比一次虚幻。

房东进来,说:"妹子,他说有一把钥匙在你手上。"

"哦,"孟泥回过神,"你知道他的去向吗?"

"不晓得。他没告诉你吗?下午来了一辆厢车和四个人,三下五除二就把房间腾空了。"

"我抽。"她骂了一声,把钥匙交给房东。

"别为这种男人伤心,不值得。"

"为什么要伤心?有这个必要吗?你看看他的鼻子眼睛,哪一个器官配得上我?再查查他的银行卡,连房子的首付都不够。才华算个屁呀。要不是中了言情片的毒,我早劈腿了。你不知道吧,他晚上睡觉磨牙,好烦人的……"

"那就好。"房东打断她,掂了掂钥匙,暗示要锁门了。她转身走出去,用整个脑袋来回忆王小尚的坏。但是回忆回忆,她忽然回忆起自己对他的好,硬着的鼻子一酸,眼泪忍不住流了出来。

分手不是孟泥的最痛,最痛是她不明白为什么分手。她想问个明白,放下身段到单位去找王小尚。单位负责人说:"王八蛋辞职了。"

孟泥像平时那样上班,假装什么事也没发生。没有谁注意她眼角的血丝,也没有谁在意她食欲不振语速变缓,更别说她的例假不例了。在同事们的眼里,她依然是一位正在热恋的甜蜜的女人。

某天,外号叫"青春痘"的汪网约孟泥在酒吧见面,请她帮介绍一公的。孟泥迟疑了很久,说:"你宁可叫我卖身,也别找我干这事。现如今,要找一可靠的公的比造一航母还难。"

"看来你是不想帮我了。但你可不可以介绍庄天海让我认识?"

孟泥的脑袋一下就大。她问:"庄天海是干什么的?"

"他干什么的你还不知道?你就装吧。"

"谁装谁是马桶。"

"其实,我就想找他帮介绍个对象。如果你怕我打扰他,就把他的手机号码给我,我只发短信不见人。"

"他是开婚介所的吗?"

汪网无语,站起来要走。孟泥拉住她:"为什么只吐半截,能不能一次吐完?"

"你都不真诚,有什么好吐的?"

"我哪里不真诚了,是脚指头还是后脑勺?"

"你说你不认识庄天海。"

"凭什么我要认识他?是法律规定或是强制执行?我连它是动物或植物都不清楚,凭什么你们就断定我跟它认识?"孟泥近乎咆哮,"告诉你,我跟王小尚是在地铁撞上的,和姓庄的没任何关系。"

"谁信呀。"

"不信,你问它去。"

"我要能问他,还用来找你?"

这次,轮到孟泥无语了。她整理情绪,调低音量:"对不起,小网,我跟王小尚分手了。"

"不可能,凡是庄天海介绍的从不分手。"

"谁告诉你的?"

"都这么说。"

"那你就去找它吧。反正我不认识这个王八蛋。"孟泥把酒钱留下,起身走了。汪网看着她的背影,轻蔑地:"你竟敢骂他,真是忘恩负义。"

当晚,孟泥的住所被小偷光顾。她的手提电脑、数码相机以及半个纸盒的零钱被盗。男朋友刚刚不辞而别,手提电脑又不翼而飞,孟泥觉得自己真是从头到脚地倒霉。尤其是电脑,里面储存着私密画面,万一小偷把截图上传网络,她即便不气死也会精神崩溃。

看过现场的陆警察告诉她,像这种不大不小的案件很难侦破,因为小偷都懂得戴手套了。孟泥为此失眠,甚至连微博都不敢看,生怕自己的身体冷不丁地从网上弹出,把眼睛炸瞎。为了催促陆警察办案,她 N 次短信邀约他下馆子,但他每天都挂得挡,没时间跟她应酬。

孟泥现在才知道什么叫折磨……

十天,二十天,三十天过去了,网上平安无事。孟泥早搏的心脏渐趋正常,睡眠质量也慢慢好转。她对爱情和电脑没什么指望了,整天抱着一堆饼干当主食,下完班就窝在沙发里看电视。

傍晚,门铃"叮咚"一声。她吓得从沙发上弹出,趴在门孔上看了半天,才想起外面站着的是陆警察。她拉开门。陆警察问:"这时候打扰方便吗?"

"无所谓。"

陆警察走进来,亮出身后的手提电脑。孟泥的眼珠子顿时活了。她接通手提电源,开机密码有效,电脑似乎还没被人破解,文件和画面都还健在。她终于松了一口气,问:"把它找回来,算不算奇迹?"

"算你运气好。我们是在查别的案件时,顺带查出来的。"

孟泥请陆警察吃饼干。陆警察不吃。孟泥为他冲了一杯咖啡,因为杯壁上有昨天的残渣,陆警察没端杯子。孟泥说:"你做了这么大的贡献,怎么连一口都不喝呢?"

"不渴。"陆警察掏出一个信封递过来。孟泥撕开,是她的房门钥匙。她问:"怎么会在你手里?"

"我们怀疑过王小尚,找他问过话。钥匙是他委托转交的,因为忙,直到今天才有机会。"

"他在什么地方?"

"本人答应为他保密。"

"我抽,"孟泥开始转圈,"他是不是以为我还有兴趣找他?我都把他扔垃圾桶了,他还这么防备,也太高看自己了吧。"

"知道他为什么离开你吗?"

孟泥摇了一下头,像个布娃娃那样定格,活着的眼珠子忽地死了。陆警察说:"因为他有了新欢。听人说是庄天海叫他离开你的,条件是帮他介绍这个官二代。"

"怎么又是庄天海?这条鼻涕到底是干什么的?"

"不知,但他这么做很不善良。如果你需要打架,可以电我。"

"我一个人就能抽扁他。"

陆警察起身告辞。孟泥说:"谢谢。"

孟泥想在网上人肉"庄天海",但她刚输入庄的名字,就看见自己的裸照弹了出来。她关闭一张,就弹出数张。照片越关闭越多,就像细菌似的翻倍增长。看着肉肉的自己在网上被快速复制转发,她绝望到拔线。

手机响了,是"青春痘"打来的。她说:"平时看你像个淑女,现在才明白你是到淑女圈来卧底的。想干吗呢?进军娱乐圈还是找大款包养还是想做名人?没见过吗?凡是用这种伎俩成名的,基本上都是次品、烂菜叶。你干吗要去凑这个份子?不客气地讲,姐震惊了,惊呆了,要不是因为感到耻辱现在都还在惊呆。"没等孟泥解释,"青春痘"就把电话挂断。孟泥刚想反拨,另一个电话强行插入,是老妈的。老妈说:"你想气死你爸吗?他现在已经站到阳台上了,暂时还没往下跳那是因为在等我。妹仔,我们家虽然不是很有钱,但也不至于靠卖照片谋生。你要是急着用大钱,妈就把房子卖了,立刻给你汇去……"

"不是钱的问题,"孟泥打断老妈的话,"你们先别急着上网,好好活几天再说。"

电话那头泣不成声。孟泥说"放心"就断了通话。她以为网上的照片会被人忽略,理由是自己一直都是个被忽略的人,更何况网上的信息那么驳杂,却不料没有侥幸。她赶紧拨通网络警察,正在说明情况时,手机里不时插入"嘟嘟"声。报完警,她一看,机屏上显示10个未接来电,都是王小尚的。正要关机,他又来了。铃声中她犹豫,再犹豫,最终还是硬不起心肠,按了"接听"。

"你脑子是不是烧坏了?"王小尚劈头盖脸来了一句。孟泥没接招,屏住呼吸。王小尚继续:"真没想到你会用这么下流的手段来报复我。但是,你也没占便宜。这相当于自杀性袭击,两人同时烧焦。知道你傻,但没想到你这么傻。其实,你只要把我俩的裸照直接寄给我女朋友就能达到目的,何必轰轰烈烈地挂到网上?"

"你他妈给我闭嘴!"孟泥用了最大的嗓门。

王小尚沉默了。电话里只有双方的呼吸。沉默啊沉默……沉默良久,孟泥啜泣。她说:"你这只白眼狼,先拿到良心文凭再来骂我。我怎么就没想到报复?我真希望这就是我的报复。"

"有人告诉我,挂裸照是庄天海给你出的主意。"

"你妈才庄天海呢。你抱上了他的粗腿,还跟我说不认识,哄鬼呀?"

"我要哄你,就被车撞死。"

"你的新欢不就是他介绍的吗?"

"奶奶的,怎么我一交女朋友就是他的功劳?"

"你就装吧。"孟泥掐了手机。

网警告诉孟泥,裸照上传地址在广州某网吧。而那个小偷既没打开电脑,也没离开本市。此案成谜。

孟泥辞职了,她实在不敢看同事们惊讶的表情,她甚至讨厌人类。每天,她都拉上窗帘,一头埋在被窝里。饿了,就起来泡方便面,或者吃几片饼干。如果食品断货,她就网购。

一天,孟泥戴上墨镜、口罩来到医院病房。床上躺着陆警察,他的右脚打着石膏。孟泥问:"怎么会伤成这样?"陆警察说:"那天从你屋里一出来,就在楼下栽了个大跟斗。我追小偷时在楼层跳来跳去都没摔坏，想不到会在平坦的路面骨折。"

孟泥打听："手提电脑追回之后，还有谁碰过它？"

"一直锁在保险柜里，除了我没谁碰过。"

"那就撞鬼了。"

"你不会怀疑是我干的吧？"

"怎么会呢。要怀疑就怀疑庄天海。他不是无所不能吗？"

"别迷信，也许他只是个传说。"

"郁闷。为什么在网上查不到他的信息？难道他不是名人吗？怎么连一点粪便都没留下？"

"你找他干吗？"

"就想问他几个问题。你能帮我找到他吗？"

"试试吧。"话音刚落，陆警察的脸就变形了。一阵剧痛从石膏包裹的脚踝开始，窜上他的脊梁骨直达头部。他的额头渗出了汗珠，紧咬的牙齿都快崩裂。孟泥叫来护士。护士把陆警察推进拍片室。

医生举起刚刚冲出来的X光照片，嘴巴张得像衔了一枚核桃。他把前后照片全挂在灯箱上，说："你看这张，他的骨头是接对了的，而且长势喜人。但今天这一张，骨头却错开了，似乎有什么神奇的外力忽然让它错开。"

"那该怎么办？"孟泥问。

医生说："必须敲断骨头，重新对接。"

"那会很痛吧？"

"再痛也得重新来过，否则腿就瘸了。"

孟泥把医生的决定告诉陆警察。他说："为什么每次一见你，我就有麻烦？"

"是吗？"孟泥低下头。她受伤的自尊心又挨了一拳头，仿佛比陆警察第二次接骨还痛。陆警察发觉说重了，赶紧解释："不是你的原因，也许是……是因为我们谈论了庄先生。"

"刚刚打击，又来安慰，谁信呀？"孟泥抹了一把眼角，低头离去。

门铃"叮咚"一响，送方便面的来了。这么多天，也只有送方便面的按过门铃。孟泥没有核实就把门打开，竟然是王小尚。他"扑通"一声跪下，说："对不起，请原谅。"

"原谅你抛弃我？"

"那个官二代闪了，她是来耍我的，从来就没爱过我。"

"在她那里受伤，到我这里抓药，你脸是鳄鱼皮吗？"

"她姓庄，叫庄敏。我怀疑她是庄天海的亲戚。"

"那又能说明什么？"

"也许她是庄天海派来报复我们的。"

"你要流氓还想找借口。我跟姓庄的无渊源，他为什么要报复？"

"想不透。也许我们得罪过他。"

"不可能。"

"没什么不可能。有时候我们已经得罪别人，自己却浑然不觉。至少我们谈论过他吧？"

"除非你叫姓庄的来核对，否则我不会同情你。"

"你不原谅，我就不起来，一直跪到八十岁。"

孟泥操起一小玻璃瓶，用拇指"嘭"地弹开瓶盖，像就义前的英雄举着手雷那样举着。王小尚以为是硫酸，吓得赶紧跑路。孟泥关上门，把瓶里的酒一饮而尽。迷糊中，她听到了警笛。

楼下的马路旁堆了满人。孟泥挤进来，看见几个警察站在警戒线里。一辆名牌跑车斜插在路中央，打着双闪。离车头五米处躺着一人，他的周围流淌着血。孟泥冲进去，那人果然是王小尚。她喊"小尚、小尚……"

警察把她拉开，说："省点力气吧，他已经听不见了。"

"小尚呀小尚，"孟泥抽泣，"你发誓说如果认识庄天海就被车撞死，现在，你真的被车撞死了呀……"

一年后，孟泥结婚了，男方是陆警察。对于往事，他们一概不谈论。孟泥除了上班，还包下了全部家务，把陆警察宠得就像个宠物。孟泥一心想生孩子，但两年了都怀不上。他们去医院检查，医生鉴定女方有怀孕能力，男方有使人怀孕的能力。既然都有能力，为什么怀不上？孟泥问："难道庄天海报复我们？"陆警察说："不是怀不了，而是我们打靶的时间不对。如果一辈子你都怀不上，那我就承认真有那么一个庄大爷。"孟泥拍了一下他的嘴巴。

终于，孟泥有了怀孕的迹象。医检确证她真的怀上了。陆警察兴奋得双手拍桌，一边拍一边唱，好像拍的是乐器。孟泥兴奋之余，经常手抚下腹嘴里喃喃："谢天谢地，您终于让我怀上了。"她的"喃喃"被陆警察听到。陆警察问："谢谁？"

孟泥"嘘"了一声，不答。

"为什么要谢别人？难道不是我让你怀上的吗？"

孟泥怕吵架，解释："我曾经祈祷，说如果他能保佑我怀上，我就天天默念他的恩情。"

"他是谁？"

"庄天海。"

"我抽，就连你怀孕他也有股份？"

"当时只一念，没想到一念就灵。"

"听着，别的别人都可以帮，唯独这怀孕我不喜欢与人分享。"

孟泥"扑哧"一笑。陆警察说："如果真有个庄大爷，那他就一定不会让你怀上，因为去医检那天，我们没少说他的坏话。"

"也许……也许是太多的失败拍扁了我的自信。"

"根本就没这号神人，他只不过是我们为失败找的借口。"

孟泥生下一可爱的儿子。幸福感开始在她的体内晃荡。但儿子到了该叫"麻麻"的时候，却叫不出来。医生诊断他患了语言障碍症。孟泥和丈夫让他听音乐，听鸟叫，给他做放松操，请专家训练发声，但他始终一言不发，铁心要让父母着急。

某个太阳天，孟泥把儿子放到公园的草坪上打滚。他一边滚一边伸手抓孟泥手里的糖。孟泥把糖闪开，教他说："妈妈、爸爸……"他不开口。孟泥用糖抹了抹他的嘴唇。他的嘴唇微颤。孟泥耐心地教："妈妈，爸爸。"教一次就在他嘴唇抹一次糖。忽然，儿子惊恐地看着她身后，嘴一张："庄、庄、庄爷爷……"孟泥飞快地回头，身后没有人，只见一阵风从草坪上掠过。她一激灵，顿时全身起了鸡皮疙瘩。

2012 年 9 月 19 日

把嘴角挂在耳边

我的孙女久玻璃在跟病痛做了几十年艰苦卓绝的斗争之后，终于在81岁的时候选择了安乐死。她的死，使我在这个世界上再也没有亲人。尽管活到了81岁，她却没有为我生下一个重孙。她从一生下来就憎恨男人，特别憎恨男人的毛发，所以在她逝世之前，经常把我身上的毛发剃掉，包括眉毛汗毛，以至于在她的时代里，我看不到久家的一毛一发。而她本人则经常顶着一个光头在人群中晃来晃去，好像那是一件无比光荣的事情。

如果她不死，我怎么能够出门？我已经几十年不出门了，已经完全彻底地忘记出门是一种什么模样。只有电视和网络还告诉我一点世界的假象。我之所以说它们告诉假象，是因为电视和网络上的人们表情过于严肃，所有的花朵都开一种颜色。这在我年轻的时代是绝对不可能的。

既然说到花朵，我就不得不往窗外看了一下，时间大约是冬天，街道上绿树依然绿着，高楼的缝隙里开放着大朵大朵的红花，它们吃饱了化肥，显得硕大和鲜艳欲滴，顶着它们的枝条已经感觉到过重的负担，甚至还发出微微的尖叫。枝条在尖叫声中悄悄地折断。电视上说，冬天里到处都开满了鲜花，而北方的大雪总是要到春末才会缓慢地到来。

我的孙女为我买了一辆轮椅，让我坐着轮椅穿梭于久家的各个房间。我的所有行为，包括手淫都得到她的认可。我像一只自由的小鸟在久家的房间里飞翔。但是她就是不让我从轮椅上站起来。她说我的爷爷呀，你连自己多少岁都不知道了，你怎么还想站起来？你一站起来，就有可能摔倒，一摔倒就有可能骨折，一骨折就可能影响心脏，一影响心脏就有可能死亡，一死亡我就有可能难过。我的爷爷呀，你就这么坐着吧，好好地享福吧。

每当我试图偷偷地站起来，她便重重地拍一下我的肩膀，让我跌回到轮椅上。而她在拍我之后，仿佛耗尽了气力，左手扶着我的轮椅，右手捂着她的胸口大声喘气。从那时起，我就知道她已经患上了严重的心脏病，当然还包括一些稀奇古怪的连我也叫不出名字的病。

好在她已经死了。她死了我才有出门的机会。出门之前，我从药柜里拿出一瓶生发油，一看是金黄色的，不符合国情，便把它丢回药柜。我从众多颜色中选出黑色，涂到我的头顶上，一撮黑发长了出来。生发油所到之处，头发茁壮成长。我涂了一下眉毛，眉毛长了出来。我涂了一下胡须，胡须长了出来。我在镜子里反复打量自己，并且尝试着从轮椅上站起来。

其实我把站想象得太严重了。我的腿还很硬朗,不用试就站了起来。甚至我想,愿意的话我还可以结婚。

我是应久玻璃的朋友杜渎之邀而出门的。杜渎比我的玻璃小50多岁,她一直恋着久玻璃。久玻璃一死,她就给我打了电话,盛情邀请我参加久玻璃的追悼会。

我如约到达殡仪馆,一位只穿着裤衩的男士伸手挡住了我的去路。他像打量怪物一样打量我的毛发。我发现他的脸和头像久玻璃一样也是光溜溜的。他问我找谁,参加谁的追悼会。我说我是久玻璃的爷爷。他说凡是参加久玻璃追悼会的人,全都输入了电脑,久玻璃的爷爷头上寸草不生,有风度很得体,你的胡须那么长,怎么会是久玻璃的爷爷?我的目光绕过挡道者宽大的身体,到达追悼会现场,看见许多人围着一个玻璃棺材哭,他们都穿着三点式服装,一律光头,头部朝下。但他们的泪水却向上飞,飞到一定的高度,便纷纷地下落,就像雨点砸在厚实的地毯上。地毯很快被泪水浸湿,只要有脚步在地毯上走动,就会从地毯上挤压出一摊泪水,泪水汇集在一起流向门外。它们绕过障碍物,很快就要到达我的跟前了。我对着哭泣的人群喊杜渎。我的喊声十分响亮,吓得正在哭泣的人们暂时停止了哭泣。他们全都扭头看着我,一张又一张脸悬挂在空中。我一点也不熟悉这些悬挂着的脸。时间一秒一秒地过去,在悬挂着的凝固不动的脸中间,突然活动了一张脸,她向我走来。我看清楚来者正是我叫喊的杜渎。

把嘴角挂在耳边 ‖ 109

杜浚的装扮和久玻璃一样，她也剃了一个光头，甚至比久玻璃的还光亮。在她走向我的时刻，我已经从她的头皮上看到七八盏吊灯的反光。她用一种怪异的目光打量我，说你的毛发怎么这么长了，简直就是返祖。我从她的语调中，听出了她对我毛发的极度厌恶。这和我死去的孙女毫无区别。

跟着杜浚来到棺材前，我隔着玻璃棺材打量棺材里的久玻璃。我发觉棺材里躺着的根本不是久玻璃。这时我的嘴巴突然咧开，脸上的肌肉空前地紧张，一种久违的表情出现在我的脸上。我对着正在埋头哭泣的那些人笑了一下。他们被我的笑声吓坏了。他们仰头遥望我笑着的脸庞。有几个胆小的扭头往门外跑去，逃跑中不断地回头，脖子相继撞到门柱上。殡仪馆的负责人看着我的脸，身上像装了一个微型发动机迅速地抖动起来。当然被我的笑声吓得双腿哆嗦的不止他一个，几乎所有的人都抖动着双腿，期待着我怪异的表情尽快消失。

我指着玻璃棺材说，错了，你们全哭错了，这不是我的孙女久玻璃。人群里哄了一声。他们的目光从我的脸上转移到棺材上。殡仪馆的一位工作人员走到棺材前，从不同的角度打量里面躺着的人。他轻轻地说了一声确实错了，我们把电钮按错了。他说话的时候，悄悄地按了一个按钮，玻璃棺材缓缓地缩回墙体，另一个棺材从墙壁里伸了出来。伸出来的棺材里，睡着我的孙女久玻璃。那些刚才哭着的人对杜浚说他们已经哭过了，如果要他们再哭一次，必须另外付钱。杜浚说你们都给我滚吧。那些人陆陆续续地滚了出去，追悼室里只剩下我和杜渎。杜渎说久爷爷,你刚才的表情很特别,我不但不怕反而很喜欢。我说:你真的喜欢?杜渎点点头。我又笑了一下。杜渎在我笑的时候捏了一把我的老脸。我说:那他们为什么害怕?杜渎说他们都是一些职业的哭泣者,从来没有看见过你这种表情。我指着我正在笑的脸说:在100多年前,人类把这种表情叫做笑。

丧事之后的第二天,杜渎提着一个密码箱来到我的寓所。她把密码箱丢到久玻璃的床上,说久爷爷,从今天起,我就住到你家了。也不征求我的意见,杜渎就那么肯定地把密码箱丢到久玻璃的床上,并且立即脱掉她的外衣,露出坚挺的乳房和镶着花边的内裤。这种三点式的装扮是时代的风尚,人们常常穿着它聚会、上电视、讲课和参加各种典礼。她一脱掉外衣,双手就搭到我的头上,要给我剃头。我顺势下蹲,头发从她的手里滑出。她没料到我会跟她来这一手,愣了一下。我跑进另一个房间,她紧跟着追了进来。她张开双臂把我拦到一个角落,想让我束手就擒。她一边向我靠近,一边说久爷爷,你太不像话了,撒泡尿照一照你自己吧,看看你的头发有多长,胡须有多长,你就像一只猴子,就像我们的祖先。她这样一说,我就感觉到我的孙女久玻璃又回来了。我一感觉,时间就滑过去一大截,杜渎因此而拥有了充分的时间,她的手再次抓住了我的头发。同时,她发出了一声惊叫。她说如果你不是久玻璃的爷爷,我连碰都不想碰你,我讨厌男人,特别讨厌毛发。杜渎因为受到我毛发的刺激，身上起了一层鸡皮疙瘩。

尽管讨厌，杜渎还是坚持拧着我的头发往外走，就像拧着一团空气往外走。牵一发而动全身，我突然变得轻飘飘起来。紧接着电推剪的声音像飞机一样在我的头顶盘旋，我的头发和胡须成片成片地被砍伐，荒山秃岭。直到浴室里的喷头响起来，我才重获自由。杜渎在理完我的毛发后，迫不及待地跑进浴室，冲洗我在她手上和身上留下的毛发和气味。她一边冲洗一边发出干呕声。我想如果稍微晚一点冲洗，她会真的呕吐起来。

一阵冲洗和干呕之后，浴室归于平静。杜渎隔着帘子叫：久爷爷，你进来。我说：你穿好衣服了吗？杜渎说，哇，久爷爷，你对异性还这么敏感？现在都什么时代了？你怎么还对异性感兴趣。况且你比我大100多岁，我是你的孙女，你难道会对我怎么样吗？我说当然不会。我撩开帘子看见杜渎睡在浴池里，水表上浮着零星的泡沫，一团热气直往上飘。

我坐在浴池边的凳子上。杜渎看了我一眼说，把头发剪了，久爷爷才像一个绅士。杜渎用沾满泡沫的手摸了一下我的光头。我的头皮顿时一阵冰凉，一团泡沫堆在我的头顶，它们一个一个的炸开，最后变成水沿着我的耳朵根往下……杜渎说：久爷爷，你能不能再做一次那天的表情？我对着她笑了一下。这一笑，使平静的水面波浪汹涌，杜渎从浴池里跳出来，带起一大片水。水和泡沫溅在地毯上和我的身上。杜渎带着满身的水珠跑进久玻璃的卧室，她身后的地毯上留下一道弯曲的水线。她背对着我开密码箱，无数条由水珠串成的水线从她光洁的脊背流到丰满的臀部，最后沿着大腿、脚踝聚集到地毯上。她脚下的水渍以她的脚后跟为圆心，形成一个圆逐步向外扩展。

杜渎从皮箱里拿出一样东西，然后沿着弯曲的水线走回来，她的身后又留下了一道水线，这条水线和刚才的那条水线有重复的地方，但大部分地方不重复。由于杜渎身上的水珠滴得差不多了，所以走回来的水线只是一条淡淡的水线。在杜渎即将到达我面前时，我才看清楚她的手里拿着一台微型摄影机。她把镜头对着我说久爷爷，你再做一次刚才的表情。我动了动面部的肌肉，拼命把嘴角往耳朵方向移动。但面对镜头，我的肌肉突然死了，有的人死了他还活着，有的人活着他已经死了。我一次一次地积蓄力量，想表现一下我的笑容，但始终没有表现出来。活了100多岁，我到现在才知道，笑是那么的不容易。

杜渎的录像带空转了好长一段时间，没有等到我的笑容。她把摄影机丢在地毯上说，久爷爷，你真没用。我说笑是需要基础的。杜渎说：你需要什么基础？我可以给你。我说需要好环境和好心情，连我自己都不知道什么时候会笑，它必须是不自觉的，是发自内心的。杜渎说久爷爷，你不用紧张，我们慢慢来。

杜渎抱着一本字典来到我的身边，问我"笑"字怎么写。我在她的手心里写了一个大大的"笑"字，她开始在字典里寻找这个字。找了一会儿,她合上字典,说字典里根本没有这个字。我告诉她这个字早在 100 年前,就从字典里消失了。她说能不能不读"笑",而读"个个夭"。我笑了一下,说这不是一回事。杜渎惊叫着扔下字典,说久爷爷刚才你又笑了。你能不能再笑一下?她飞快地拿起摄影机,再次把镜头对着我。我哼了两声,还是没法笑起来。

　　在我睡眠的时候,杜渎把摄影机架在我卧室的一个角落。她想捕捉我梦中的笑容。但是这个夜晚我没有做梦,其实我已经几十年都做不出梦了。

　　第二天早晨,我刚睁开眼睛,就听到枕边传来一声温柔的问候。我的枕边一夜之间,堆满了各式各样的玩具。玩具猴向我发出第一声问候,紧接着大象、小白兔、蛇、布娃娃、乌龟、麻雀一齐向我说早上好!我知道这是杜渎的杰作,但是我并没有为她的这个创意发笑。我掀开被子,玩具全都滚到了床下,它们发出凄惨的求救声。躲在床角想给我一个意外欣喜的杜渎,听到玩具的求救声后,飞快地从床角站起来扑到床边。她捡起那些跌得七零八落的玩具,拍着它们跌痛的脑袋伤心地哭了。她说久爷爷,它们向你问好,你却把它们掀到了床下,你好狠心。你知不知道,它们和我们一样也有生命。

　　我说过,我已经几十年不出门了,所以并不知道人们的眼泪那么泛滥成灾。杜渎断断续续地哭着,手里抱着一大堆动物。这使我想起我年轻时代流行的一首歌曲——《谁的眼泪在飞?》。现在是杜渎的眼泪在飞。我说,好了,好了,别哭了。杜渎的鼻子一抽一抽地,勉强收住哭声。这时我才有时间发现杜渎的着装发生了翻天覆地的变化。她的身上裹满了衣服,纽扣直扣到脖子处。这样一着装,杜渎就变得像一个出土文物,与流行的装扮格格不入。我不知道她为什么要这样着装,也懒得去问她。她抽了一会儿鼻子,把玩具一一摆在沙发上,然后转过身来对我说,久爷爷,我给你跳一段舞。这时我才听到卧室里一直飘荡着轻微的音乐,并且是那么的突出那么的刺耳,而在杜渎还没有说跳舞之前,我一点儿也听不到。

杜渎随着音乐的节奏跳了起来。她跳的舞蹈有一点像100多年前的忠字舞,但是她的手上却加入了许多花哨的动作。她一边跳舞一边往身上添加衣服,最后她越穿越多。快要结束舞蹈的时候,她往自己的身上套了一件肥大的棉衣。她穿着棉衣做了一个定格。音乐随着舞蹈的终结而消失,杜渎的脸上冒着汗。在这个以裸露为时尚的时代,杜渎想用穿衣舞来挑起我的笑容。可是她的效果适得其反,我是穿过棉衣的人,在看了她的舞蹈之后,我不但不想笑,反而伤感起来。

杜渎调整一下摄影机的角度,拉开我卧室的落地门,冲到阳台上。早上的凉风从门缝灌进屋子,我被冷风一吹,打了一个喷嚏。杜渎听到我打喷嚏,以为是我笑了,回头看着我。当她发现我不是在笑,而是在打人人都会的喷嚏后,她把转过来的头调回到正常的位置,身子扑到阳台朝楼下张望。风很大,她穿着的棉衣被吹起来,像长在她身上的翅膀。她站到阳台上,展开双手做飞翔状。她说久爷爷,你再不笑,我就从这里跳下去。现在我才知道杜渼是一个多么固执的姑娘,只要她的腿稍微晃一晃,或者风突然改变方向,她就会从阳台上消失。我的身上急出一身冷汗,我说杜渼别这样,我马上笑,我立即就笑。你看,我笑了。哈哈哈……

杜渼跳下阳台,扑进卧室,在我的脸上迅速地亲了一口。她说这是我第一次亲男人。你们要知道,在我的夫人逝世后,我这块老皮肤已经干旱了100多年。100多年来,它第一次得到异性的亲吻。我摸着被杜渼亲过的地方,感到全身舒畅,每一个细胞都发出了快乐的呻吟。

杜渼把摄影机和录像带收进她的密码箱。她说久爷爷,你就要出名了,赶快收拾一下,我们到电视台去。

杜渼只管说着,并没有看我。等她收拾好了,我还站在原来的地方呆呆地看着她。她拍了一下手掌,吐了一下舌头,说你还想要我站到阳台上去吗,你知道我想干的事情没有谁能阻挡得了。我并不是想阻挡她的行动,只是犹豫。她几大步跨到我的面前,脱掉我的睡衣,让我只穿着一条裤衩。我说就这样去吗。她说就这样去。

我们从暖烘烘的车子里钻出来,跑进电视台大楼。电视台大楼里的暖气比车子里要好,温度适中,湿度也恰到好处。我坐在接待室的沙发上,有一位大腿修长的姑娘为我送来了一杯热开水。杜渼走到一个窗口前,与窗口里的人交涉。他们说话的声音很轻微，我努力地想听出他们的说话内容，但我的耳朵都听累了，还是一无所获。我只好用眼睛盯着那位给我倒开水的姑娘的大腿。她的大腿没有杜渎的白，是一种深棕色，但特别修长匀称，这和她的高度有关。我朝姑娘笑了一下，她耸耸肩膀，张开嘴吐出舌头，好像是被吓着了，但没有发出惊叫声。尽管是吓着了，她还是不敢离开接待室，这里有她的工作。她只是把她的头扭向窗外，避免看到我的表情。

等了一会儿杜渎从窗口边气冲冲地跑回来说，他们竟然不信，他们认为我的神经有毛病。杜渎夺过我手中的杯子，脖子一仰，喝下那杯白开水，然后用手抹了一下嘴角说，我说得喉咙都冒火了，他们还是不信。我说我们回去吧。她说哪能回去，我已经打电话叫他们的主任下来。

主任穿着一条花裤衩，带着五个人来到接待室。其中有一位还是经常在电视上出现的女播音员。主任说杜渎女士，你能不能把录像带交给我们，等我们看过之后，再决定播不播。杜渎说录像带我不能交给你们，最好是现在你们看一看录像。主任说好吧，我们也不希望漏掉好新闻。

主任带着我们来到一间编辑室。他们都用一种奇怪的目光打量我。他们把录像带放进机子，然后快进寻找我的笑容。当屏幕上出现我的笑容时，他们所有的人都捂住脑袋，缩着身子感到浑身难受。主任说快，快关掉。女播音员似乎是比男人们更能忍受这种表情，她走过去把机子关掉，屏幕上的图像消失了。主任看了我一眼说，这明明是一种神经质的抽搐，哪里是什么表情？我的身上鸡皮疙瘩都起了。我看见除了女播音员之外，他们所有的人身上都起了一层鸡皮疙瘩。主任对我说：这表情是你做出来的？我说是的。主任说今后就别再做了，多难看。我对着主任和他的同事们突然哈哈大笑起来。他们再次抱住脑袋，身子瑟瑟发抖。有两个人还把头钻到了桌子底下，让屁股指向天花板。主任说快，快把他赶走，我受不了。

门外冲进两个彪形大汉，他们好像是有所准备。两个彪形大汉一人架住我的一条胳膊，把我往门外推，就像推着一位即将被枪决的囚犯。我扭头对着主任大声喊道，你们都是数典忘祖之辈，连这种友善的表情都不知道。100多年前，人类就是用这种表情化解矛盾，获取爱情，平息战争。你们怎么连这个也不知道？哈哈哈……面对这群无知之徒，我除了笑还能怎样呢？

一回到家，我就把自己反锁到卧室里。杜渼不停地拍打门板，说久爷爷，让我进去吧，至少让我把摄影机放进去。你可别想不开。

我发出一声冷笑，走到镜子前看自己的这张老脸。其实这是一张不错的脸，只是人类以大腿衡量美丑之后，我对它突然疏远了，也就是我不太像我年轻时那样，天天在镜子里看它。我对着镜子做了几个笑容，自己被自己的笑容感动得想哭。这是一种多么迷人美妙的表情呀，可惜没有更多的人能够理解它。这种表情使我想起我的老伴，想起100多年前我和她的一次深情拥抱。应该说我刚被污辱而产生的一点怒气,现在全让我镜子里的笑容冰释了。

那么就让我打开门吧,杜渎,你进来,我准备把所有的笑容都做出来,你可以从不同的角度拍摄我不同的笑容,预备,开拍。不,在开拍之前,我必须跟你有个约定。我用手挡住杜渎的镜头。杜渎说久爷爷,只要你肯笑,什么约定我都能接受。我说你不能再让我出去笑,我都这把年纪了,不愿受污辱。笑是一种境界,不需要别人相信。杜渎打了一个响指,说OK。

杜渎从不同的角度拍摄我不同的笑容,这都是我发自内心的笑。拍了大约半个小时,杜渎沿着摄影机的三脚架滑落到地毯上。她身上的骨头好像突然被谁抽掉了,显得有气无力。她有气无力地坐着,说太迷人了,太美妙了。

杜渎用手撑了好几下,才从地毯上站起来。她把摄影机和录像带装进她的密码箱,然后换了乳罩和内裤。她对我说久爷爷,我要离开你一段时间,这是我的手机号码。你的食品我会叫大众公司给你按时送来,如果生病,你就拨急救电话。

七天之后的一个傍晚,我正在用餐,突然听到门铃声。我还没有站起来,就知道来人是杜渎。打开门,果然是她。但是让我想不到的是,她的头上长满了头发,我吓得往后倒退一步说,杜渎,你怎么也返祖了?杜渎说不知道怎的,现在我对毛发一点也不反感了。我身上的坏习惯越来越多。我说这不是什么坏习惯，而是在慢慢找回你消失了的东西。

杜渎用一种央求的目光看着我，说久爷爷，你必须跟我出去一趟。我说去干什么，她说有几百人在一个小礼堂里等着看你的笑。我说让他们看录像带得了。她说录像带他们已经看了不下一百遍，他们对这种表情已经深信不疑。但是，今天下午，我在给他们讲课的时候，突然有人提出让我笑一笑。你知道我是不会笑的。我感到很为难。他们说连你自己都不会笑，还在这里讲什么课。我说我可以把我的师傅叫出来。他们说除非把你的师傅叫出来，否则我们不相信。我好不容易才把这支队伍建立起来。如果你不去，我一个星期来的努力全都白费了。我说：什么队伍？她说一支笑的队伍。我说我们已经有过约定。杜渎看着我，说：你真的不去？我说不去。杜渎又问了我一声，真不去？我摇摇头。杜渎说那我就不客气了。

杜渎走到墙壁，双手撑到地上，头朝下，两脚朝上靠到墙壁上，做了一个倒立。她说久爷爷，你不答应我，我就不下来，我就永远这么倒立着。我一看见人倒立，心里就一阵紧张。我患有恐倒症。我发出一阵惊叫，闭上眼睛，尽量不去看杜渎。可是杜渎却在哪里喋喋不休地说着。她说久爷爷，快来看呀，多好玩啦，我现在一直倒着。我的头朝下，我的脚朝上。快睁开眼睛看啦……

我躲进卧室，但杜渎的声音还若断若续地传来。我担心她这么倒着会出事，会引发心脏病，会突然死亡。如果我没有看见她倒立，我会心安理得，但我已经看见她倒立了，我就不能心安理得。即使我闭上眼睛,她也还倒立着。她还倒立着,我的内心就一阵一阵恐慌。我对着门外喊,杜渎,我答应你。我听到咚的一声,大概是杜渎的脚从墙壁上放下来了。但是我还不敢睁开眼睛。杜渎说久爷爷,睁开眼睛吧,我已经不倒立了。我睁开眼睛,看见杜渎靠在卧室的门框上看着我。我说你怎么知道我有恐倒症。杜渎说我跟久玻璃是最好的朋友。我拍拍脑袋,想我怎么把这给忘了。只有我死去的孙女久玻璃知道这个秘密,我怎么把这事给忘了?我突然怀念起久玻璃来。但是杜渎没让我有更多的时间怀念,她说久爷爷,我们走吧。

我跟着杜渎进入一个礼堂,礼堂里坐着黑压压的人群。他们大都奇装异服,有的只穿上衣,有的只穿长裤,头发长在他们的脸上,胡须挂在他们的嘴边。只有我和杜渎的装束是庄重的。杜渎穿着一条红色的裤衩,我穿着一条绿色的裤衩。

当他们看见我们进来的时候,全都起立拍打着自己的手掌。一股强劲的喊声夹杂在掌声中。当然还有一些尖利的口哨,在这些嘈杂的声音里划来划去。我感到耳膜快被那些尖厉的声音划伤了。

杜渎站到讲台上,双手往下一压,仿佛她的手压着一个开关,她一压,礼堂里的人就闭上了嘴巴。杜渎说你们都把手放到椅子的套环里去。有人抗议。杜渎说为了看到真正的笑容,请你们暂时委屈一下。现在我才知道杜渎一直背着我在向人们传播笑容。有三个胸脯结实的男人在礼堂的走廊上巡视,他们认真地检查每一个人的手是否已经伸进座椅的套环,并且是否被套牢。杜渎说不把手套牢,就别想看到真正的笑容。许多人赶忙把手伸到套环里,礼堂一片喊喊喳喳的响声。看得出,在座的人对笑容充满期待。他们宁愿绑着自己的手,也要看一看我的笑容。这种行为使我有一点感动。

趁大家都在套手,杜渎离开讲台来到我的身边。杜渎说久爷爷,只能依靠他们了,只要他们相信,就会一传十,十传百,你的这种表情就会在人类中死灰复燃。我说,他们不是看过录像吗?干吗还要把他们的手套起来?杜渎说我也没有百分之百的把握。

走廊上的那几个人在检查完毕后,坐回到自己的位置,他们自觉地把手伸进套环。我发现那些套环都是铁制的,他们的手一伸进去,套环就往座椅里一缩,伸进去的手被牢牢卡住。这时,杜渎把我引向讲台。我清了清嗓子,说看到大家这么虔诚,我的心里实在高兴。我咧嘴一笑,礼堂里像丢了一颗炸弹,顿时混乱起来。坐在前排的,身上都起了一层鸡皮疙瘩,脖子都缩到了肩膀里。一些大胆的喊道:这是什么表情?我们受不了啦,快把他赶下台去。好些人用脚敲打地板,敲打地板的声音形成一股声浪。有人挣扎着想把手从铁环里脱出来,他们的身子扭来扭去。一些着装规范的女士,在摆动她们身子的时候,也摆动着她们的乳房。我想他们只是一时不适应,再坚持一会儿就能领悟到笑的美妙,所以我继续面带微笑,还向他们挥了挥手。

几个挣脱铁环的人率先冲上讲台，我的头被他们按到讲桌上，胳膊被他们往后翘起。我感觉到我的胳膊快翘到天上了。有人对着我的腿弯踹了一脚，我双腿一软，跪下。大批的人开始围上来，他们说这只是一种病，是肌肉的抽搐，是神经症，并不是什么美好的表情。有人一边踹我，一边骂我是骗子，还有人在我的头上吐了许多唾沫。唾沫从我的额头往下流，挂到我的鼻梁上。飞流直下三千尺，疑是银河落九天。疼痛渐渐地从我的身上消失，喧哗声也慢慢地减弱以至于无声。我只看见他们的嘴在动，却听不到任何声音。

突然，一声尖利的狂叫划过礼堂的上空。杜渎像一只母狼，眼睛发出绿光，张开的嘴里露出尖牙利齿。她狂叫一声向我扑来，锋利的牙齿扎进他们手背，鲜血染红杜渎的牙齿。那些抓着我的手一只一只地松开，在空中甩动着，似乎要把疼痛甩掉。这些从小到大都没有看见过鲜血和暴力的人，被杜渎的这个举动吓坏了。他们退到他们认为安全的地方。我想站起来，却没有站起来的力气。杜渎拉了我一把，我摇摇晃晃地站起来了，双腿还没有伸直，杜渎就把拉着我的手松开，我重新跌坐到地板上。一些刚才无法靠近我的人，现在从后面冲上来，形成一个圆圈，把我和杜渎围在中央。他们越围越小，想再一次袭击我们。杜渎背对着我转来转去，不让他们靠近。在他们的手快要抓到我的时刻，杜渎伸长脖子，张开沾满鲜血的嘴巴大叫一声。她的声音确实和狼的声音一模一样。我从小就听过狼嚎，一听到杜渎的声音，就感到无比亲切。但是近100

年来，狼已经绝迹，像杜渎这样的年龄是不可能听到狼嚎的。没有听过狼嚎的人竟然发出和狼一模一样的声音，我只能把这理解为无师自通，或者杜渎本身就有返祖的基因。

围攻的人听到杜渎的号叫，吓得往后退了一步。我揉揉膝盖从地板上站起来，对着围攻的人大笑。我的笑声使他们瑟瑟发抖，身上全都起了鸡皮疙瘩。他们一下变得软弱无力，全都朝着门外奔逃。我对着他们奔逃的背影大笑。我的笑声就像秋风，他们就像落叶，礼堂里秋风扫落叶。

杜渎在我的身上发现二十多处软组织损伤。她用一种最新喷剂，喷到我受伤的软组织处。尽管我的身上长满了毛发，杜渎并没有叫我剃掉，也不表示反感。而她本人的头上，头发正在茁壮成长。

很快我的身体就恢复了健康。杜渎为这一次活动感到内疚，她说都怪我，都怪我。我笑了一下，说你是好心办坏事。她说：久爷爷，你能不能教我？我说你坐到我的对面来，现在我就教你。杜渎搬了一张空沙发，坐到我的对面。我说其实笑很简单，你只要把嘴角咧开，也就是把嘴角挂到耳边，就可以了。杜渎试了试，没有成功。我就示范地笑了几次。这几次笑，我充满了深情，发自内心。杜渎好像从我的笑容里看到了什么新情况，她的喘气声越来越粗，眼睛痴迷地望着我，嘴里喃喃地叫着"久爷爷，久爷爷"。她一头撞到我的怀里，说久爷爷，你的笑迷死人了，你快抱抱我吧，我受不了啦。我把她紧紧地搂在怀里。这时我看见她慢慢地咧开嘴角，脸上第一次出现甜美的笑容，笑容里蕴藏着两个醉人的小酒窝。我已经100多年没有看见这么迷人的笑了。我抱着年仅三十的我的准孙女杜渎说，宝宝，你已经会笑了。杜渎说，我会笑了，你的这种表情就不会失传了。

反义词大楼

我书房的窗口像一台相机的取景框,正好框住了马路对面的一幢高楼。在写作或读书劳累的时刻,我常常会抬起头来看它,认真地数了一下,这幢楼共有十八层,楼身由无数块绿色的玻璃包装,它们就像最时髦的服装穿在高楼身上。天气好的日子,我会从玻璃上看到太阳的反光。头脑晕的时候,我会把书桌前的窗户当作书本,把那幢穿着巴黎服装的高楼当作书本里虚构的景物。

一直不知道这幢楼是干什么用的,它的外面没挂任何招牌。每天早晨,有许许多多的名牌车像甲虫一样挤在大楼前的空地上,等候它们的主人。它们的主人大都西装革履油头粉面,在进入大楼时,会遇到门卫最严格的检查和盘问。

慢慢地,我从进进出出的人流中发现了一个熟悉的身影,他像某位作家作品里塑造的人物,渐渐地鲜明,仿佛可以触摸,又像是警察眼里的情况。他是谁呢?是我大学时的老师,语言学教授李果。掰着指头算了一下,他已经到了退休的年龄，可是现在他的步伐一点也没退休。他挺直身板，包括他的脖子，朝大楼走去，头发像纸那么白，左手掌里握着讲义。

我站在他每天早晨必须经过的路口等他。他特别白的头发从无数颗人头中独立出来。他好像也看到了我，嘴角咧出两道很深的皱纹，握着讲义的手指松了一下又紧了一下。讲义仍然紧紧地握在他手里，但手指们毕竟故意地轻松了一回。他问我怎么站在这里，这些年你都跑到哪里去了？当官了吗？发财了吗？我告诉他每天我都能看到他，我已经观察他有好些时候。他的双腿立刻像发动机一下摇动起来，说：你怎么观察我？你从什么地方观察我？你观察我什么？我用手指了一下我的窗口。他笑了，笑得很放心。

一个星期之后，李果老师为我办了一张大楼的临时出入证。退休后他一直在这幢大楼的一楼上课。他说他现在正在开发语言学的新课题，希望我能抽时间听一听。

出于对大楼的好奇，在拿到出入证的第二天早晨，我进入大楼一楼，坐进了李果老师的课堂。教室里坐了三十多人，他们大都年轻漂亮，都想进入大楼找一份工作，但是找工作没捷径，凡是进入这幢大楼的人员，必须经过一楼的培训之后，才能上到二楼，以此类推，一层又一层……当你每一层都合格之后，才能到达十八楼，这些规定和细则全部写在大门左边的墙壁上。

讲台上有一台电视机，李果老师先让我们看影碟。那是一部充满激情的故事片，故事的情节并不重要，重要的是片中到处都是接吻的镜头,在接吻的镜头后面,是诗歌一样的音乐。李果指着那些接吻的镜头说,在西方,接吻等于握手,什么时候你们能够把吻当作握手了,我才开始讲课。故事片仍然继续着故事,李果不时指着画面上的两张血盆大嘴,问这是什么,学员们回答接吻。李果很失望地摇着头,什么也不说,心中有团火。

等下一个接吻的镜头出现时,李果再一次提问这是什么,有三分之一的学员回答握手,三分之二的学员回答接吻,教室像一个硕大的蜂箱,学员们就像辛勤的蜜蜂,他们的声音纠缠在一起。

李果在等待时机,当学员们被故事吸引住的时候,他突然按了暂停,问学员们这是什么,回答握手的人愈来愈多,他们由三分之一发展到三分之二,发展到近乎三分之三,教室里这时响起了稀稀拉拉的掌声。

有一位女学员突然从座位上站起来,说这明明是接吻,怎么是握手呢?李果用手指敲了敲荧屏,说:这是接吻?女学员说接吻。李果说:真是接吻?你看仔细了。女学员说真的是接吻。所有的学员都望着这位孤零零地站立着的女学员发笑。李果又用他的指关节敲了敲荧屏,说:你敢肯定这是接吻吗?女学员说敢肯定。李果不停地摇头,而且越摇越快,好像车轮正在飞奔。飞奔了一阵,他停下来,说竖子不可教也。他在说竖子不可教也的时候,按了一下讲台上的按钮。两位保安人员像两根电杆一样走进来,每人按住女学员的一只胳膊,准备把她拖出教室。女学员挣扎着,身子一挺一挺的,嘴里喊着:

不、不、不！这时我才发现这位女学员的嗓音特别动听，乳房特别庞大，身材特别苗条，脸蛋特别好看，头发特别乌黑，牙齿特别雪白，眼睛特别亮和大，也就是说这位学员有歌唱家的嗓门，舞蹈演员的身材，电影演员的相貌，也就是说广大的男人，只要看她一眼就想跟她结婚。

保安把女学员拖了出去，教室平静了。李果像整理讲义一样整理了一下嗓子，说为了使顾客高兴而来满意而归，为了能够保护自己，又能多拿钱，你们必须学会正话反说。你们将来的工作十分重要，任重而道远。

李果开始举例子。什么叫正话反说呢？比如你不爱，你必须说爱；你不喜欢必须说喜欢；你不同意必须说同意；你同意就说不、不、不……李果在黑板上写下了一些关键的词，让学员们反复朗诵，相互测验。学员们一会拍巴掌，一会拍大腿，屁股不时离开坐凳。一些没有学会正话反说的学员，不时发出惋惜声，要求测试他们的学员重新测试。这样一遍一遍，学员们把黑板上的那些词背得像烤红薯那么熟。

不爱——说爱　　　　不喜欢——说喜欢
不同意——说同意　　同意——说不不不
不高兴——说好开心　高兴——说高什么兴
痛苦——说愉快　　　丑陋——说英俊
失败——说成功　　　钱少——说钱多
粗俗——说高雅　　　流氓——说英雄

坏人——说你好　　　　好人——说你坏

死亡——说有的人死了他还活着

文盲——说知识分子

黑暗——说灯火通明

没有才华——说才华横溢

衰老——说幼稚　　　　年轻——说成熟

拍马屁——说志向远大

　　下课的铃声响了，学员们都走出去，教室里只剩下我和李果老师。李果老师走下讲台坐到我身边，说：怎么样？对我讲课有兴趣吗？对这幢大楼感兴趣吗？我要求李果老师带我到二楼去看一看。他说到我提出要求的这一刻，他也没有上过二楼，也不知道这幢楼是干什么的。他只熟悉一楼的情况。

　　我还惦记着那个被保安从教室里拖出去的姑娘，问李果她叫什么名字。李果说麦艳民。我更想知道她来自何处，年龄多大，什么血型，她的家庭状况以及所受的教育程度如何。李果摇着头说我只知道她的名字。

　　李果带着我穿过一道狭窄的门，进入这幢大楼的附楼。附楼全是小间的包厢，包厢里有电视机、音响、真皮沙发、地毯，包厢门板的上方装着一小块玻璃，透过玻璃可以看清楚包厢里的全部情况。我们沿着走廊一间一间地往下看，看到12号包厢的时候，发现麦艳民一个人坐在包厢的沙发上，手拿话筒正看着电视机唱歌。李果想带我往下参观，但我的双腿怎么也走不动了，好像有几百斤重的砖头拖住脚步，让我死死地停留在12号包厢前。

麦艳民眼睛隔着玻璃看了我一眼，向我送过来一个微笑。我伸手扭了一下门锁，门锁一动不动，已经锁死了。麦艳民一边唱歌一边向我招手，甚至做了几个飞吻。我的额头、鼻尖已经100%地贴到玻璃上，心思已经变成七八只蚂蚁从门缝爬了进去。

李果拍了拍我的肩膀，要我跟着他往下走。我说走不动了。他站在身后等我，说这是惩罚，麦艳民她还不知道，她高兴得太早了。我说：这是什么惩罚？分明是一种享受。李果说这绝对是惩罚。我说是享受。李果说惩罚。他像是受不了我的争辩，胡须抖动起来，在走廊上来回走了几步，一转身，朝主楼走去。我跟在他身后，就像秘书跟着领导那样走出大楼。我把脚步比他放慢一半步，把头低下45°角，但无论我如何谦虚谨慎，他始终不回头，不跟我说话，最后他钻进一辆出租车，跑了。

后来我有机会认识了麦艳民，她告诉我那绝对是一种惩罚而不是什么享受。

麦艳民说包厢里有音响、电视机和真皮沙发，还有空调。保安告诉我，什么时候愿意把接吻说成握手了，什么时候按铃。保安刚走出包厢，音乐随即响起来，都是我特别喜欢的音乐。我坐在沙发唱开了，唱了一曲又一曲，感到口渴，便按一下呼叫铃。保安堆着笑脸走进来，问我：改变主意了？我说我要喝水。保安转身退出包厢，隔着门板上的玻璃对我摇手。我不停地按呼叫铃，呼叫铃一直呼叫着，却没有人进来。这时，我才知道有人给我设了圈套，立即闭紧嘴巴停止歌唱。

包厢里的音乐突然变了节奏，变成了摇滚乐，尽管我不停地提醒自己不要受骗上当，但我的身体还是像蛇那样摆动起来。我听到摆动的身体像拍打水一样拍打空气，汗水一点一点地从毛孔冒出来。我感到累，倒在沙发上想睡上一觉。

睡意像虫子爬上我的眼皮，而音乐却像棒子敲打我的额头。有一只看不见的手在改变音乐的节奏和强弱，我觉得棍子漫天飞舞，一会儿重一会儿轻，有时它们像狂轰滥炸的飞机，有时像深夜里女人的哭泣或号叫，存心不让我入睡。我想：干吗要把接吻说成握手？干吗要这样说？接吻就是接吻，它怎么可以是握手呢？说一声握手很容易，就像打一个喷嚏那么容易，但我怎么能乱打喷嚏呢？

从来没有认真想过问题的我，突然有了一种思考的快意。我认为这就是思考，我一思考，他们的目的就达不到。我对着门板上那一小块透明的玻璃咆哮，外面往来的人根本听不到我的声音。门板上的玻璃快被我的吼声震破了，包厢里的音乐像洪水盖住我的声音。我想我要继续思考。我思考的问题是：谁剥夺了我的睡眠？

下半夜，门板上的那块玻璃被音乐声震破，它像解冻的冰块发出嘎嘎声，四五条裂纹由上而下把玻璃划开。我蜷缩在沙发上想睡，但音乐声一直冲击我的耳朵，它们没有睡觉的意思，像成堆的垃圾倾倒在我的身上。我开始呕吐了。

擦干嘴巴，我想我还是妥协算了。我刚想妥协，包厢的门便推开了，保安堵在门口问我，你终于想通啦？保安的眼角挂满眼屎，一边问话一边打哈欠。我对他的问话很反感，想我还没有说话，你怎么知道我想通了？我说你怎么知道我想通了。保安发出一声冷笑，转身朝走廊挥手。音乐消失了，两位服务员提着拖把和铁皮撮走进来，打扫我吐在地毯上的东西。我挥动手臂，像赶苍蝇一样赶那些音乐，直到服务员失手把铁皮撮砸在茶几上，才停止挥手。我终于听到了铁皮撮砸在茶几上的声音，终于回到了真实的世界。我说我不会改变主意。

两位服务员收拾东西往包厢外走去，她们对着我做了两个鬼脸，好像在暗示什么。保安双手抱在胸前，手掌轻轻拍打他的手臂，说既然你不同意，那只好再委屈你一下。保安离开包厢，门再次被锁。我对着保安骂了许多脏话，他好像没有听见，不笑不哭没有任何表情。

令人作呕的音乐声再次响起，它们现在已不是音乐，而是垃圾是噪音，我感到头皮快裂开了，决定答应他们的要求。我想，不就是说一声握手吗？握手是什么？握手和接吻一样，是皮肤接触皮肤。把接吻说成握手和不能睡觉相比，和眼前的痛苦相比，几乎不算一回事。我伸手去按呼叫开关，按了好长一段时间，没有人理会我，呼叫开关好像失灵了，或者是保安们已经睡熟了。

我用指甲撕破了真皮沙发，从里面掏出两团海绵，用海绵塞住耳朵，感觉这样好受一些，于是蜷缩在沙发上。我双手抱住肩膀,双腿弯曲,保持婴儿在母亲子宫的那种姿态,膝盖几乎碰到了我的额头。我尽量缩小自己,以减轻噪音对我的大面积伤害。那一刻,我甚至想变成一只蚂蚁,藏到沙发的缝隙。

噪音持续到第二天下午,我突然感到世界安静了,什么声音也没有。我想,我是不是死了?我试探性地伸长双腿,当腿碰到沙发扶手时,我才睁开眼睛,看见一位身高一米八几的保安站在包厢门口。我说握手,那绝对是握手。保安说你可以走了。我说不行,你得让我睡上一觉,我已经困得走不动了。不管保安同不同意,我用舌头舔了舔嘴皮,翻了一个身,伸了一个懒腰,打了一声哈欠,便躺在沙发上睡着了。这一觉我直睡到第二天早晨,醒来时看见包厢的门是敞开的,保安都不见了。我从包厢走出来,一直走出大楼,没有谁跟我打招呼,也没有谁盘问我。就这样我再也没走进那幢大楼,就这样我莫名其妙地怀孕了,你看我现在的身材苗不苗条?

我说苗条,你现在的身材苗条得像一只大木桶。

李果老师说:麦艳民没有把她的全部经历告诉你,也许后面发生的事她确实不知道。她倒在沙发上睡去之后,那个保安,就是身高一米八几的保安关上了包厢的门,坐在一旁看麦艳民睡觉。他看着麦艳民耳朵里的海绵,说麦艳民,要睡你到家里睡。麦艳民哪里听得到他说话,她的每一个细胞仿佛都睡去了。保安掏出她耳朵里的海绵,又说要睡你回家去睡。麦艳民仿佛死了,任凭保安扳动、拍打、咆哮。保安伸手挠麦艳民的胳肢窝,她没有反应。保安把海绵重新塞进她的耳朵。

保安想：现在我即使把她强奸了，她也不知道。保安扣上包厢的门，脱光麦艳民的衣裤。麦艳民苗条的身材在黑色的沙发衬托下，愈加显得美丽。保安扳开她的大腿。她的一条腿架在沙发上，另一条腿滑向地板。她的腿被扳成了直角。保安就在沙发上把麦艳民给干掉了。在干的过程中，麦艳民一直处于睡眠状态，除了发出几声呓语，始终未发出多余的声音。从包厢外走过的人透过门上的玻璃，看见保安起伏的脊背。他们知道保安在干什么，保安知道在干什么，只有麦艳民不知道自己在干什么。她睡得很香。

当时，李果老师坐上出租车跑了。我的出入证在过了那一天后作废。第二天，我再也没办法进入那幢大楼，但我始终念念不忘被关在12号包厢的麦艳民同志。我想：她坐在沙发上唱歌，怎么会是惩罚呢？我想证实一下唱歌为什么会是惩罚。

我来到大楼门口。保安挡住去路。我说：麦艳民还关在包厢里吗？她现在怎么样？保安板着脸孔，一句话也不说，好像很吝啬语言。我问多了，他不耐烦地朝右边指了一下。我看见门的右边有一个窗口，窗口的上方写着"问询处"。

我敲了一下问询处的小窗门，窗门打开，里面坐着一位小姐，装扮有一点像银行职员。她说我每说一句话，收费十元。我说：干吗？她说你去问问，现在哪还有不收费的服务？我说十元一句话，这太贵了一点。她说：贵？十元还算贵？十元钱能干什么？十元钱只买得一小包口香糖。你带钱了吗？我说带了。她说带了多少，我说没带多少。她说我每说一句话，就在纸上画一笔，现在我已经说了13句，包括现在正在说的一共14句，也就是说你得付我140元钱。我说：怎么有14句？连"贵？"也算一句？她说算一句。我说一句话要说到句号才算一句。她说我不管你逗号或句号，我每停顿一下就算一句，并且是从你跟我说话时算起。现在我又说了5句。

我说我不需要你说那么多废话，我只问你一句，麦艳民现在还在不在大楼里？她举起一张纸片，上面写着200元，意思是到目前为止，我必须付200元问询费，只有我付完200元，她才会往下说。我转身欲走，不想再问她什么麦艳民的情况。她大喝一声，把手伸出窗口，抓住我的衣领说，你不把钱留下，休想溜掉。

一位保安跑到窗口边，把我的头往窗口里推，甚至举起电棒威胁我。我从口袋里掏出200元钱递进去。小姐说现在应该是收230元，因为我又说了3句话。我说你怎么又说3句了。她说呵斥声一句；"你不把钱留下"，两句；"休想溜掉"，三句。她每重复一句就掰下一根香肠似的指头。她动了一下嘴巴，还想往下说。我嘘了一声，说沉默吧，你别再说了。我们大家都沉默吧。你一说话，我就害怕。

我付完钱，举起双手离开了大楼。我的嘴里不停地说着"沉默啊沉默"……

后来，我遇到了麦艳民。再后来，我又遇到了李果老师。

溺

我们把在短促的时间里发生的，出乎意料的，称为突然。突然像身体的伤口和树木的结疤，是遭遇者面前的思考题，水面泛起的涟漪。一个秋日的傍晚，关连被突然抓住，人们看见他从上坝水库的涟漪中消失了。

松林是现场目击者。那时西边的太阳快要落山了，松林、关连以及几个放学后的孩童全都赤身裸体，沐浴在霞光之中。关连是桃村的游泳好手，下水之前，他喜欢站在坝首活动四肢。松林看见关连弯腰踢腿，胯间的鸟仔像受了惊吓缩成一团。松林开始嘲笑关连的那个东西长得太小，形同虚设。

关连在松林的刺激下变得有些激动，说你这个卵包，游不到那边那棵歪脖子树就得吃水，你哪里有资格笑我？松林从水里爬起来，说那我们比试一回，看谁先游到那棵歪脖子树。一提到游泳，松林便流露出不服。不服是因为对手比自己强大，松林因为不服气，变得也有些激动了。

他们几乎是同时跃入水中，朝那棵歪脖子树游去。关连大约游出去二十米，身子开始下沉。松林听到关连喊救命，以为是关连开玩笑，想耽搁他的时间，所以并不理会。离那棵树越来越近，坝首上的孩童们发出一串惊叫。这时，松林才回过头，没有看见关连，只看到一圈水波。但接近目标的他已筋疲力尽，必须爬上岸喘一口气才能回头去救关连。

松林朝坝上的孩童挥手，两个孩童赤身裸体奔向村庄。松林看见水面上的波纹越来越细，正在往中间收缩。波纹像一张嘴把关连吞没了，这张嘴正在闭合。

若干年之后，人们已经淡忘了关连，却无法把打捞关连时的情景遗忘。记忆像一个势利小人，它记住或想起的总是最生动的章节。

听到关连沉水的消息，那些体魄强健的男人飞快到达上坝水库。他们剥光衣裤，一次又一次潜入水底寻找关连。当妇女、老人和小孩们到来时，十多位打捞者的裸体像一道彩虹，吸引围观者惊慌的眼睛。

站在上坝水库，你可以看见桃村清水似的炊烟，在夕阳的辚辚声中音乐一样地飘起来。炊烟、夕阳、男人们铜色的肉体组合成那个秋日黄昏的奇妙景象。未嫁的姑娘以关心溺水者为由，目光拼命往水面搜索。水面是她们日日照拂的镜子，但她们从这面镜子里看不到自己的面容，她们看到男人们水中真实的倒影。而妇女们的目光显得肆无忌惮，她们像打量西边的余霞，像打量质地上乘的布料那样打量男人。她们的目光吝啬于给丈夫，却敢于铺张浪费给旁人。松林似乎是意识到了这一点，对其余的伙伴说，人死了不能复活，大家还是先把裤子穿上。

松林像是在庄严的场合打了一个喷嚏。男人们环顾左右，猛然知道了羞耻。但是人们很快发现，提醒大家穿裤子的松林自己也一丝不挂，而且等大家都穿好了他还一丝不挂，仿佛他从来没有脱过衣服。

关思德在别人的搀扶下最后到达水库。从水里捞起来的关连翻天躺在坝首，蝙蝠在黄昏的上空翻飞，死亡像黑夜已不容置疑从天而降。关思德推开搀扶他的人，走下水坝。他对跟踪他的人说：给我一把斧头，我要报仇！忽然，关思德健步如飞，朝村庄奔去，他奔跑的姿态使人回想起他的年轻岁月，奔跑的关思德和刚听到儿子溺水时的关思德判若两人。他把料理后事甩给媳妇及众乡亲，果断地逃离了喧闹与悲哭。

桃村上空的月亮像一把锋利的镰刀收割黑夜，树木禾草在风中呼呼作响，村庄在讲完一个突然的事故之后，逐步走向睡眠，趋于淡泊空静。只有关思德手中的斧头泛着冷光，仿佛事故的余音绕梁不散。

关思德站在十字路口，等候陈国兴的归来。陈家大门紧闭，有人对关思德说，黄昏的时候，陈国兴出村了。但是夜虫潮水般鸣唱，露水已爬上关思德的布鞋，黑夜淹没他的脚踝、双膝，然后像一根绳索到达他的颈部。仍然没有看见陈国兴的影子，他突然听到身后传来嗒嗒的脚步。掉转头，他看见儿媳妇拿着一件棉衣站在不远的地方，脚步声显得孤单虚弱。媳妇说：爹，回家吧。关思德没有应声。

儿媳妇把棉衣披到关思德身上，转身跑开了。棉衣从关思德的肩头无声地滑落。关思德蹲在地上，呜呜地哭起来。哭声像一丝轻微的风，在村庄的上空游荡。有人从床上爬起来说，听，关思德终于哭了。

时间一点一滴地从关思德的身边溜走。在关思德看来，时间就是斧头，总有一天总有一个时候，斧头会砍到陈国兴那颗不长毛发的头上。关思德深信，如果没有陈国兴，就不会有上坝水库，没有上坝水库就没有关连之死。仇恨如骨在喉，不吐不快。

关连从田野扛回来的一麻袋谷子还放在堂屋的中央。那袋谷子就像一个信号，代表昨天关连还活着的日子。它使关思德的时钟倒拨十六个小时。

关连放下谷子，从绳索上拉过一条毛巾，一边擦脸一边往外走。关思德拿着理发剪追出门来，说关连，趁现在有空，你帮我把头发剪了。关连用毛巾不停地拍打身上的尘土，说太热了，我先去洗个澡，松林在桥边等我。

关思德看见儿媳妇江春梅从厨房走出来，对着关连远去的背影喊：爹的头发那么长了，你一天推一天总不帮他理，要洗澡家里可以洗，有什么必要去上坝水库？关连回头说：明天，我一定帮爹理发，去上坝水库是游泳不是洗澡，洗澡和游泳是两码事。关思德听到江春梅无奈地说了一声：这个天杀的，脾气那么犟,我说不动他。关思德知道这话是说给他听的,媳妇在为没有说动关连为他理发而抱歉。

然而现在看来,昨天的一切都变了味道,关思德想如果昨天天气不热,如果昨天能把关连留下来理发,如果江春梅不诅咒关连,如果松林不在桥边等关连,那关连就不至于走到上坝水库,就不会在陈国兴带头修建的水库里淹死。关思德朝那袋谷子愤愤地踹了两脚,麻袋像一个醉汉缓慢倒下,谷子撒了一地,屋子里飘荡着新鲜的酒一样的谷香。

关思德站在屋角解手,看见江春梅匆忙跑过屋角,又退了回去。江春梅说,爹,陈国兴回家了。关思德紧好裤带,提着斧头朝陈家奔去。

陈家人把关思德挡在屋外,他们说陈国兴没有回家,他不知躲到什么地方去了,要等你在屋外等,要找你到那些草垛里去找。

关思德端坐在陈嫂为他准备的条凳上等陈国兴。午后的太阳照射屋前的草垛,草垛一片金黄,一些细小的虫子在太阳下振动翅膀。陈家屋前的石榴已经成熟,正裂开口子面对关思德笑。关思德想那石榴像陈国兴,笑得很得意。

陈嫂端出一盅浓茶递给关思德。陈嫂说你怎么能怪陈国兴呢,他带头修水库是为了灌溉农田,并不是为了害你的儿子。关思德接过茶,猛地灌入口中,蹲到屋檐下磨他的斧头。斧刃上映出秋日里的太阳,太阳随斧刃滑动而滑动。关思德不停地把嘴里含着的茶水喷到磨刀石上。没有人再敢对他多嘴多舌。

在陈家的门前静坐了两个下午，关思德开始感到无聊，与其说是在等待仇人，还不如说是在等一个老朋友诉说心中的苦楚。他开始从陈家门口走向田野，拿着斧头朝稻草和田埂乱砍。人们看见他的头发长得更长了，白头发遮盖了黑头发。关思德很希望有人夺过他的斧头，但是没有人这样做。他不得不提着斧头，像提着一句诺言走家串户。有时，他把头埋在草垛里，从里面掏出老鼠啃过的玉米棒。一次，他还从草垛里掏出一个南瓜来。

松林看见关思德拿着南瓜朝家里走。松林说，关伯，你的头发长了，让我帮你理一理。关思德笑了一下，说，头发，我要等关连回来了才理。这是关思德在关连死后第一次笑。松林觉得他笑得十分古怪。

擦肩而过之后，关思德猛然记起了什么。他看着松林的背影想，要说仇人，松林也是一个，如果松林不跟他比赛游泳，关连也不会死。关思德叫了一声松林。松林回过头，看见关思德面带杀气，飞快地跑开。他听到身后传来南瓜被砍破的声音。

现在回想起来，关连有无数次逃脱死亡的机会，但是他没有逃避。没有逃避就等于被动接受，就等于在时间里随波逐流。几年前，关连曾参加县里的招干考试，但是第一科考试他就迟到了一个小时，结果不允许进入考场。他像一个逃兵在考场外徘徊，心急如焚。他迟到的原因极为简单，当时他患感冒，晚上吃了几片感冒灵，结果一睡不醒，直到服务员打扫房间才爬起来。他看过手表之后,说一声"糟啦"这一声惊叹,似乎是一个起点,它预示了关连后来的命运。

尽管关连缺考一科,但他离录取线仅差两分。两分!如果他少填错一个空,少写几个错别字,少错一个汉语拼音,或者说评卷员稍微放松,关连就是县城的干部了。第二年,关思德曾劝关连再去碰碰运气。关连回拒了。那时,关连迷上了本村的姑娘江春梅,觉得爱情比当干部重要。任凭关思德怎么劝他,如何夸大当干部的好处,他都不听。

机会是无处不在的,只不过关连没有抓住它。就在他淹死前的一周,关连收拾好行李,准备跟随村里的王大庆进山烧炭。山上没有水库没有河流只有小溪,如果进山,关连自然不会被淹死。是江春梅阻挡了关连的逃避,她解开关连的背包,说这几天就要收谷子了,你去烧炭,谁跟我收粮食?

关思德很清楚江春梅的用意,她知道山上有一独户人家,独户人家有三个女儿,其中老大是关连从前的相好。江春梅并不是真心留下关连收粮食,而是怕他烧炭烧到了别的女人身边。这么漫无边际地想着,关思德觉得江春梅也是杀害关连的凶手。

关思德像一只老式座钟被一只无形之手任意拨弄。他的身体和斧头固执地前行,而他的思绪却在不断地往回走。在前行和倒退的拉锯战中,关思德似乎是苍老了许多。不过他乐于这样的前思后想,这样的前思后想使日子沉重,也让他看清时间的链条。有质量的日子就像一个比喻:一日长于一百年。

终于陈国兴在村头出现了，他那不长毛发的头像一颗成熟的南瓜，在太阳下泛着光芒。他在外面躲了一阵之后，沿着他千万次走过的路线回家。他听人说关思德已经不像先前那样仇恨他了。正如他的预想，时间会改变一切。

关思德蹲在陈家的门口磨斧头。他希望有一个人为陈国兴通风报信，不要冲撞他，以便给他一个下台阶的机会。但是对他霍霍磨亮的斧头人们已司空见惯，只把它当作日常生活用语，谁也没把它当凶器。关思德自己也发现磨斧头的意义正在发生偏差，有关报仇、杀人等已在时间的流逝中淡化，而为磨斧头而磨斧头的成分在不断增加。

阳光如水。关思德看见那个南瓜皮似的脑袋在水中浮动，愈浮愈近。关思德的斧头在磨刀石上机械地滑动，他感到手突然一热。收回目光，他看见一个小孩对着他的磨刀石撒尿。小孩说，关爷爷，你的磨刀石上没有水，我给你送水来了。

关思德朝小孩露出笑容，笑容一闪即灭。关思德看见刚刚从娘身上落下来的关连一边啼哭一边屙出一泡热尿。在山区有个说法，说："下地一杆枪，不死老子就死娘。"要摆脱这个预言，唯一的办法就是用手掌从尿中间切下去，连切三次，如果尿停则万事大吉。当时，关思德在关连的尿路上连切了三下，尿没有停住。无计可施的关思德捏紧关连的鸟嘴，那些尿顺着他的手全部滴落在关连的身上。关思德的老婆脸色骤变，她无力地说你这是害他，尿洒在他身上，就不是爹死娘死，而是他自己死。

这么说关连出生的时候就注定了不会长命，关思德想，这么说我也是杀他的凶手。如果那些尿不洒在他的身上，他会早死吗？想到这，关思德的脊梁骨一阵发凉。

陈国兴走到家门，关思德从磨刀石旁站起来。陈国兴说，老弟，你别糊涂，你要干什么？关思德把斧头举过头顶，说我要杀你。斧头画过一道弧线，最后砍在那棵裂开笑口的石榴树上，几个成熟的石榴悄然落地。关思德扶树而哭。陈国兴走到他的身后，说，老弟，我知道你心里苦，走，进屋子里去喝杯茶。关思德跟随陈国兴跨进大门，斧头仍然吃在石榴树上。关思德说我的斧头举起来了，就没法收回去。

第二天中午，人们看见关思德和陈国兴朝上坝水库走去。关思德用一根竹竿戳穿了水库的出水口，他似乎是在为关连做最后一件事情。水从出水口喷薄而出，泥沙、枯草被它席卷而去，水力大无比。

看着水一点一点地消退，关思德想起修水库的那些日子。那时陈国兴号令全村群众云集坝上，挖基填土，号子声响成一片，晚上还留下精壮的汉子打着火把夜战。从那时起，人们就把陈国兴叫作电灯泡，因为他头上没长毛，因为他夜晚也不让人们休息，他像一个十足的灯泡，照亮上坝的夜晚。

水库里的水缓慢地消退。两个老人坐在坝首心事浩茫。关思德说，电灯泡，你还记得电灯泡不？陈国兴用手摸摸他的光头,说记得,记得,但不知道是谁最先发明了这个绰号。他们开始回忆坝底下的情景,那时坝底留下了许多扁担、泥箕以及一个石滚子。关思德说他还丢了一把锄头在里面。他们不敢保证再能看到那些旧物,大水无情,时间如水。

水流了一天多时间才流干净。水库像一个巨人流尽了他的血液,变得奄奄一息。关思德和陈国兴在坝上坐了一天一夜,他们只看见稀泥和虫子,往日的脚印已无处寻找。关思德说找歌声,我们找一找歌声,当年是你带头唱的。陈国兴扯着嗓门喊:同志们加油干那么嗬嗨……歌声憋在喉咙,怎么也冲不出来。岁月如疯长的青草遮断了歌声和仇恨。

最后,松林终于能够拿着理发剪为关思德理发。那些花白的头发像音符像蒲公英像时间,随风消逝。

雨天的粮食

夏末的一个深夜，向阳公社粮所起火了。火由范建国厨房肇始，然后像夏天疯长的茅草迅疾扩散。这是周末的夜晚，大部分公社干部已回到农村的家里，他们要到星期一早上才会回到他们的岗位。公社附近的居民涌向出事地点，他们看见大火像一轮西天的落日烧红了夜空。他们嗅到了稻谷、玉米焦煳的芳香。他们在美丽忧伤的火光和诱人的粮食气味中沉醉、惊慌。

仅仅一夜工夫，粮所所长范建国彻底地垮掉了。人们看见他满脸泥灰，跪伏在烧焦的废墟，像一只夹着尾巴的狗。人们终于看见威风、潇洒、霸道的反义词，看到了范建国的另一面。

范建国被押上1977年向阳公社批斗大会的斗台，部分社员登上斗台揭露他的罪行。范建国涕泪滂沱俯首认罪，他曾经利用职务之便睡过许多女人，但批斗大会自始至终没有一个女人上台指责他。这使他对那些曾经无礼过的异性深怀感激之情。

上级没有明确对范建国的处罚,那些日子里,范建国完全是一个自由散漫的人。他围绕在公社书记张宗甫身边,不断地解释和检讨,就连张宗甫上厕所范建国也紧追不舍。如此纠缠一周,张宗甫对范建国说我现在给你一个机会,你带着你的那份检讨到社员群众中去,向他们认罪,然后再向他们化粮,以补公社粮仓的不足。你必须把你化到的粮食挑到公社来。范建国说,书记,这就是上级对我的处分?张宗甫说这是我对你的处分。范建国说你知道我从来没有下去挑过粮食,我挑不动,我挑不了,我长这么大还没挑过重担。张宗甫说,从明天开始,你就给我挑。范建国头一次看见书记说话说得这么坚决果断。范建国说挑就挑,或许我会成为一名出色的挑夫。

范建国捏着一根扁担走上了去桃村之路。扁担的一头系着两条白色的布袋,布袋随范建国双手摆动而摆动,很像是一面吊丧的旗帜。夏天的阳光直逼范建国的头顶,范建国把口袋举过头顶遮蔽太阳。脚下的土路弯曲漫长,路的尽头不见人影,走得孤寂了,范建国便挥舞扁担,仿佛一位演员舞动他的道具。

尽管范建国在公社当了四年粮所所长,但去桃村却是第一次。桃村是向阳公社最偏远的生产队,那里的人很少出到公社来。范建国选择桃村作为他的第一站,是因为批斗他的那天,桃村没有一个人到会。另外桃村还有一个令他魂牵梦萦的女人。

爬过几座大山之后，范建国感到有些体力不支了，张目眺望前方，仍然看不到房屋以及山区的牛群、炊烟。太阳高高在上显得粗暴无礼，凉风从他的膝下吹过，然后停留在枝繁叶茂的树林里。倦意袭击范建国的全身，范建国躺在路旁的一棵大树下准备美美地睡上一觉之后，再向桃村进发。

范建国感到有一团冰凉的物质砸在他的脸上，他伸手一摸，摸到了一泡雀屎。范建国发现头顶上的太阳像一只鸟已飞到西边的山嘴上，黑夜开始在山谷底漫游，夜虫叫得他心惊胆战。范建国后悔他的桃村之行。他现在正处于公社至桃村的路途中间，目的地和出发点都遥不可及。范建国奇怪自己在树下睡了半天，竟无一人从路上经过，竟无一人把他叫醒。范建国终于知道这是一条多么阴险的路途，只要在这路上走一遭，就不难理解一年前汪雪芹的举动。

第二日早晨，范建国到达桃村的村头。范建国突然有一丝振奋，他庆幸自己竟然把这条崎岖漫长的路走完了。范建国相信桃村没有人知道公社粮所失火，没有人知道他被批斗。

走进村庄，范建国没有看见人影，只有几条狗围着他狂呼乱叫。范建国一边用扁担抵挡狗的进攻，一边去推那些没有上锁的大门。大门之后空空荡荡。范建国想社员们出工了，那么小孩呢、老人呢？我就不相信找不出一个人来。

范建国开始挨家挨户地敲门，那些狂叫的狗从他身边一一撤退。范建国听到河水轻微的流淌声，几团雾从河谷飘上来，缠绕在桃村的屋檐上，远处的荒草和玉米一片青色。荒草和玉米正在努力生长，空气中浮动着它们青涩的气味。石板路连接桃村的各家各户，范建国发现每一户的大门前都排满了青色的石凳，石凳质地坚硬，光洁得不染一尘，不用坐上去就能感受到它的冰凉。范建国想这是个好客的地方，从他们为客人准备的石凳可以推测出他们十分好客。

大约走到第六家，范建国看见一个妇女怀抱一个小孩坐在堂屋里看他。范建国看见妇女正在给小孩喂奶，两只白色的奶子像两条装满面粉的布袋。范建国跨进门槛，朝妇女走去。

妇女的眼皮跳了几下，说：范所长你怎么今天才来？范建国说：你认识我？你怎么知道我会来？妇女说村里的人都知道你来，昨天他们就为你准备好了粮食。范建国说：他们怎么知道了？你怎么认识我？妇女说我是汪雪芹呀。

范建国被妇女的话吓了一跳，他不得不重新打量眼前的这个女人。在范建国的印象中汪雪芹圆脸、大眼睛、臂膀结实丰润。而眼前的这个女人，除了奶子洁白丰满，其余的地方十分瘦削。范建国说你不是汪雪芹。妇女说：我不是汪雪芹是谁？范所长，你不记得啦，去年秋天……

妇女把奶头从小孩的嘴里拔出来，小孩发出清脆的啼哭声。范建国说你这个小孩的哭声真好听，他一哭村子就热闹了。妇女说他发烧了，已经烧了两天。范建国说为什么不送医院。妇女说不用，过两天他自然会好。

屋梁上直直地垂下一根绳子，绳子下吊着一个竹编的摇篮。妇女把小孩放到摇篮里，说范所长，你给我摇摇小孩，我给你做饭。范建国看见妇女走向灶台,把头埋到灶里吹火,那火像浇了汽油轰的一声燃起来,险些烧了妇女的头发。范建国怎么也不相信,那个被火光映照的瘦弱的女人,竟会是汪雪芹。

范建国说你说你是汪雪芹,你怎么这么瘦?妇女说女人嘛,一生了孩子就难看啦。范建国说:你记不记得去年秋天的事?妇女说怎么不记得,人们都传说你像一头公牛,那次我算是真的领教啦,你一边做事嘴里一边喊天哪天哪……范建国看见那女人笑起来,像是回忆一件极为快意的事笑弯了腰。过了一会,女人直起腰来,说也不知道你利用你的职权,干了几多女人。范建国说也就干了一个汪雪芹,但好像不是你。

汪雪芹走进范建国的视线是去年秋天的一个下午。那时汪雪芹刚结婚不久,她和桃村生产队的二十多位社员把粮食运到粮所的晒坪上等待入库。社员们走了大半天的山路,很干渴也很劳累了,他们靠在粮所的墙脚歇息。汪雪芹洗脸时顺便抹了抹身子,一些不该暴露的地方暴露了出来。汪雪芹洗毕抬起头,看见范建国正盯着她。汪雪芹原本红扑扑的脸显得更红了。

一阵等待之后,队长害怕发生的事情终于发生了。范建国说桃村的玉米没有晒干,必须再晒两天方能入库。而粮所的四个晒坪现在已晒满别队的粮食,桃村既无晒坪晒粮,又无力承担晒粮人员的吃住开销,唯一的选择就是把粮食挑回去,待晒干之后再挑来。

队长刚一说出这个结果，社员们纷纷从墙根爬起来，反驳队长的决定。一提到挑粮，桃村人便胆战心惊，漫长的路途被他们一步一步地量过来，肩上已经脱去一层皮，他们再没有气力把粮食挑回去。队长无力地瘫在地上，说谁能说得通范所长收粮，我给他加三天的工分。有几个社员朝范建国走去，他们的手上捏着玉米和稻谷，他们用嘴咬破粮食，然后摊在手掌上递到范建国面前，说这么干的粮食，你为什么不收？你这是故意刁难。范建国说我说没干就没干，这样的粮食入库之后霉烂了，谁负责？

太阳开始西偏，有人在忙着收晒坪的粮食。范建国锁了他的办公室，回到他的宿舍。桃村人仍然坐在粮所的墙根下，等候时机的好转。汪雪芹从人堆里站起来，朝范建国的宿舍走去。汪雪芹剥开上衣露出肩膀，说范所长你看，我的肩膀已经磨出血了，我挑不动了，你行行好收了吧。范建国说只要你答应我，我就答应他们。

大约三十分钟之后，汪雪芹笑盈盈地从范建国的宿舍走出来。汪雪芹说范所长同意了，队长，别忘给我加工分。队长说：真的同意啦？汪雪芹点了点头，社员们兴奋地站起来，大声问道：真同意啦？

吃饭的时候，范建国问煮饭的妇女，怎么村里没见一个人？妇女说社员们都出工了。范建国说：小孩呢？妇女说上山打野菜去了。范建国问：老人呢？妇女说：哪里还有老人？能劳动的下地了，不能劳动的早就饿死了。范建国叹了一口气，说可惜我没有权力,要不然可以给你们一点返销粮。妇女说范所长是个好人啦,他们都记着你去年秋天的恩情。

妇女怀抱小孩在前,范建国手提扁担在后,他们朝队长家走去。范建国推开队长家的大门,看见桌子上摆满了黄豆、稻谷、玉米以及两只青皮南瓜。妇女指着杂乱琐碎的桌子,说这些是社员们为你筹集的,共有一百多斤,现在正是青黄不接的时候,我们拿不出再多的粮食了。范建国提着扁担,返身走出大门,一边走一边说"我不能拿,我不能拿"。妇女对着范建国的背影说他们会处分你的。范建国像被这话刺了一下,木然地立住。

范建国挑着一百多斤的粮食朝村头走去。从担子放上肩膀的那一刻起,范建国就丧失了把粮食挑到公社的信心,他实在是不具备挑担的能力。妇女跟在范建国的后面,为范建国送行。妇女边走边用嘴拱她的小孩,小孩发出一串愉快的笑声。

到了村头,范建国回头对妇女说你告诉我,为什么要冒充汪雪芹?如果汪雪芹有你这么善良,不枉我想她一场。妇女嘻嘻地笑起来,说:我不是汪雪芹又是谁?妇女把小孩举到头上,说跟爸爸再见,叫爸爸。范建国看见小孩双腿乱舞,脸上写满天真无邪的笑容。一泡尿从小孩的胯下射出来,那尿像一道光照耀妇女的面孔。范建国转身走了,他听到妇女说你怀疑我不是汪雪芹,你看看这小孩是不是长得有点像你?范建国咬咬牙,终于没有回头。

可想而知,范建国没有把粮食挑到公社。大约走了10里路，范建国肩膀磨破了，脚板起了水泡。范建国把两袋粮食收藏在路边的刺蓬里，想过两日肩膀好了再来挑。范建国甩手朝公社走去。

范建国到了公社之后，便不再是原来的范建国了。他开始变得有些不可思议，常常站在街头面对众人演唱《沙家浜》《白毛女》，以及《智取威虎山》。他看见漂亮的女人，便紧追不舍，有时还做下流的动作。人们不得不承认一个事实：昔日英俊潇洒的白脸所长范建国从这个世界消失了，取而代之的是一个疯子。

范建国疯了二十多天之后，桃村出了一件奇怪的事情。那位自称是汪雪芹的女人某个早晨拉开大门，发现范建国挑走的那两袋粮食整齐地摆在她家门口。口袋上沾满了泥土和雨水。女人打开口袋，看见稻谷、玉米、黄豆都已经长出了绿芽。范建国挑走了两袋粮食，却还给桃村两袋绿芽。女人手捧绿芽，朝村头张望，一场夏天的大雨正从远处向村庄狂奔而来。

双份老赵

老赵其实不老,"老"只是一个亲切的称呼,相当于"阿"。他长着二十多岁的头发,三十多岁的皮肤,却具备了一百岁的智慧。自打识字那天起,他的脸上就出现了思考的表情。这种表情一直保持到现在,如果不小心辨认,还以为来自他父母的基因,但实际上却是他勤于皱眉头的结果。

七年前,小夏亭亭玉立,说漂亮有漂亮,说气质有气质,是某家银行的职员。尽管追求她的男子排了长长一列,却没一个被她相中,原因是他们要么长得太白,要么显得幼稚,无法给她一种落地的感觉。直到老赵这张思考型的脸庞出现在窗前,她的心里才"咯噔、咯噔"。开始,老赵也不是来给她"咯噔"的,而是来存款、取钱。因为经常来,彼此由点头到交谈,渐渐地就混熟了。熟到差不多的时候,小夏劝老赵把钱全部存入本行。老赵说:"不能把所有的鸡蛋都放一个筐里,万一没拿稳,那就只剩下我这个蛋了,穷光蛋的蛋。"

这是排名数一数二的银行,哪怕所有的银行都倒闭了,也轮不到它倒闭。更何况老赵的那点钱就像沧海一粟,无论存进去或者取出来都不影响银行的总量。小夏觉得他多虑,甚至认为他不信任自己。老赵说:"我可以信任一个人,但不可以信任一个集团。"而小夏偏偏把银行当亲爹,并用它来检验老赵的忠诚度。老赵问:"难道喝一口茶,连杯也要一起吞下去吗?"

小夏说:"单位就像我的衣裳,你不会只爱我的身体吧?"

老赵于是又存了一笔定期。小夏问他是不是把全部都存进来了,老赵气得直打喷嚏,忍不住给她上课:"就像一个人不能只有一个信仰,否则,委屈的时候你都找不到安慰的理由。一家人不会同时上一条贼船,也不会同时坐一架飞机。为什么那么多人要找干爹?民间的说法是保自己长命,而真正的原因却是多个干爹多条后路。"小夏被这剂猛药呛得连声咳嗽。她终于落地了,心像踩在水泥地板上那么踏实。不过结婚之前,她还得考验考验老赵。

小夏打开地图,指着最远的地方——麦哲伦海峡,说:"怎么样?"老赵说:"只要你开心,下个月就去。"小夏感动了,手指在地图上跳舞,舞着舞着,就舞到了夏威夷群岛。她说:"我心疼钱,还是选近一点的地方吧。"老赵一拍桌子,整个太平洋都倾斜了。他说:"看不起人是不是?知道吗,你花谁的钱,谁就是交桃花运。"小夏的手指立即从夏威夷起飞,这回跳的是芭蕾。手指优雅地划过高山,越过海洋,像两只白天鹅落在桂林的山头。"就这吧。"小夏说。老赵被小夏变化的速度搞晕。他用一秒钟倒了倒时差,说:"对我的钱包,请你务必做到浪费光荣、节约可耻。"小夏笑了:"浪费你的,那不就等于透支我的未来吗?"

最后,他们选择了西部的一座山峰。那是个热门的景点,好多名人和有名字的人都去爬它。有位著名的董事长,每个季度都带着一群记者去爬,每爬一次,公司的股票就连续涨停三天。老赵和小夏也想让他们的感情股涨一涨,于是都跟单位请了假。登机之前,老赵为每人买了两份保险。小夏看在眼里,喜在心尖尖。她一坐上飞机,就把脸靠住老赵的肩膀,死心塌地做他的零件。渐渐地,靠的和被靠的部位都有些麻,但是,谁都舍不得动一动。他们只用一个姿势就完成了一千多公里的飞行。

到了山下旅馆,小夏惊呼:"糟糕,我只预订了一间房。"老赵说:"难道还需要第二间吗?""当然,我是有原则的。"说这话时,小夏把嘴认真地噘起来,不像是反话正说。老赵问总台还有没有多余的房,服务员说:"房间都必须在十天前预订。"老赵双手一摊,耸了耸肩膀,恳请服务员为他在走廊上加张床。服务员说:"不可以在走廊上加,但可以加在房间里。"老赵像领到结婚证那么高兴,扭过头来征求小夏的意见。小夏说:"我一紧张就会失眠,一失眠就没力气爬山。"老赵说:"出来就是想放松,你先别紧张,千万千万别紧张……"

晚饭后,老赵跟着小夏进了房间。他们一个坐在椅子上,一个坐在床头,面对面地聊了起来。老赵越聊越来劲,不仅语速加快,而且满脸通红,仿佛雄鸡高唱,仿佛要这么一直唱到天亮。但是,小夏却聊得很不专心,她在为老赵今晚睡什么地方而不停地开小差。老赵说:"既然当时你只订一间房,那就说明你早已默认同吃同住这一事实。"小夏摇头,两手紧紧地抱住自己的双肩,忽地就缩小了,小得像只蚂蚁,让老赵和她的距离顿时变得遥远。老赵问:"难道你真不希望我住在这里?"小夏的头立刻变大,毫不含糊地点了一下。老赵又问:"你确定?"小夏连连点头。凡事都问两遍,这是老赵多年养成的习惯。他说了一声"晚安",便抬屁股,拉行李。小夏问他去哪。他说:"睡觉。"小夏说:"不是没房了吗?"老赵说:"我就怕你在关键的时候讲原则,所以出发前也预订了一间。"小夏惊讶得眼珠子都快掉了。她佩服老赵,甚至崇拜。

爬山的时候,每人只带一瓶矿泉水。由于小夏没经验,每次饮水量明显偏多。还没爬到山的五分之一,她就把一瓶水全部喝干。老赵告诉她,凡是有爬山经验的人,只用水来润润喉咙,绝不能牛饮。小夏责怪他为什么不早说,老赵从包里掏出另一瓶:"因为我早有准备。"爬到一处陡坡,小夏的手被带刺的灌木划破,裂开的口子渗出血来。老赵赶紧从包里掏出创可贴,封堵她的伤口。小夏说:"你想得真周到。"老赵说:"必须的。"

一路上老赵连扶带拉,总算把小夏带到了半山。到了这个高度,他们的视线就开阔了,野心也开始膨胀。看着周围被比下去的山峰,小夏一高兴,嚷着要爬到山顶。坡越来越陡,脚下打滑的次数越来越多。有时，他们的一只脚上去了，另一只脚却滑下去老远，仿佛要分裂身体，闹"腿独"。这样劈叉多了，小夏的裤裆便"嗞"的一声裂开。"还名牌呢，这么不经劈。"她发着牢骚，赶紧蹲下，一步也不敢移动。尽管小夏已多次领教老赵的细心与周到，但这一次她是再也不敢奢望了。万万没想到，老赵竟然从背包里掏出了针线。小夏一边缝着裤裆，一边想：还有比他更可靠的男人吗？没有，绝对没有。

当晚，小夏就叫老赵退掉另一间房。他们终于合并了。高兴的事大都相同，这里只说一件不高兴的。临回程的前一天，他俩到商店购物。老赵花了五千元为小夏买了一只玉镯。小夏当场把玉镯戴到手腕子上，频频摇晃，似乎要从上面摇出一首歌来。但是，没等小夏高兴完毕，老赵就偷偷地折回去，又买了一只和她手腕子上相似的镯子，连价格都一样。小夏想多买的这只肯定不是送给他亲人的，否则他不会偷偷摸摸。那么，只能说他还有见不得光的女友？小夏压住心中的不快，计划在回去半月之后再审他。半个月的时间，他要是真有"见光死"，就会把镯子送出去了。到那时……哼，即使他的脑子转得比计算机还快，恐怕也很难狡辩吧。

旅游归来，老赵每三天就跟小夏提一次结婚，就像一只准时的闹钟。他一共闹了五次，小夏便说："坦白从宽，抗拒从严。你能不能先交代那只镯子？然后，再来跟我谈婚姻。"老赵的脸红得比闪电还快，仿佛偷东西被人当场拿下。小夏真以为自己抓住了窃贼，心有余悸地说："差一颗米我就嫁给你了，好险!"老赵额头上的汗"噌噌噌"地往外冒。小夏像猫看老鼠那样看着他,问:"是不是送给前女友了?"老赵抹了一把额头汗,支支吾吾地说:"从头到脚,我就这么一点秘密,你……能不能给我留住?"小夏说:"要么爱秘密,要么爱我,A或者B,你只能二选一。"

老赵只好从柜子里拿出那只玉镯。小夏说:"天哪,你怎么还没送出去?速度也太慢了吧。"老赵说:"为什么一定要送人?"小夏说:"难道就为了锁在柜子里?"老赵说:"我是怕你的那只丢了,或者碎了,才又买了这只。如果你高兴,一只手戴一个,两只手可以同时漂亮。"小夏的脊背轻轻一颤,那是被感动的信号,但她仍然强迫自己保持足够的警惕,说:"你骗人。"老赵把柜门敞开。小夏看见柜子里摆满物品,有小时候用过的布娃娃,有中学、大学的毕业证,有奖状、邮票、相册、移动硬盘、钥匙、存折、保险单、速效救心丸、相机和手表等等。凡柜子里的统统双份,只有手表是单身,因为另一只正戴在老赵的腕子上。小夏顿时结巴。她说:"原、原来你喜、喜喜欢收、收藏。"老赵摇头,说:"多年来,我像保护内裤一样保护这个秘密,没想到还是被你撬开了。我担心这些东西丢失,就多备了一份,这样心里巨踏实。"

还用得着考验吗?小夏心里现在是踏实的双倍。冬天,他们把婚结了。由于老赵还保持着买双份的习惯,所以他们经常要像资本家那样,把多余的牛奶或者豆浆倒掉。小夏看着白花花的液体,仿佛看到了奶牛和挤奶姑娘,甚至还想到了弯腰种豆的农民，心里实在不忍，于是就咬牙喝下去。天天这么喝双份，吃双份，她不仅口腔上火，还感到胃胀。一次，她稍微把嘴巴开大了一点，胃就撑得像个气囊。她站也不舒服坐也不舒服，胃是越来越痛。老赵不得不把她送去急诊。吃了药，打了针，她的胃才慢慢愉快。胃一愉快，她就拍老赵的头，说："你想让我胃下垂呀？我是来跟你生活的，什么叫生活？不光是吃吃喝喝，还包括精神内容。我又没两个胃，你干吗天天买双份？你要是再这么买下去，我就不让你上床。"

老赵响亮地答应，果断地执行。但习惯毕竟是习惯，它经常让老赵情不自禁。有时回到楼下，老赵才发现自己犯错。于是，他把多买的那份菜呀肉呀什么的顺手送人，也不管认不认识，人家愿不愿意，反正他见谁送谁。因为送得不合情合理，再加上他的动作有点神秘，人家还以为他想用小恩小惠勾引正经女子。一天傍晚，四下无人，老赵提着一堆菜站在凛冽的寒风中不敢上楼。忽然，他看见一女的从楼门走出来倒垃圾，便把多买的那份菜不分青红皂白地塞过去。那人问："什、什么意思？"他说："帮帮忙，别让我老婆知道。"那人一跺脚，说："我就是你老婆。"老赵这时才看清，原来真是小夏，吓得手里的菜全撒在地上。

小夏跳脚拍墙，震怒。她没收了老赵的工资本，取消了他的购物权。老赵一下就消极起来，连幽默都存了定期。他衣来伸手，饭来张口，家务基本不做，每天就懂得感叹："还能有什么作为？"小夏说："你可以跑步。"老赵说："反正又跑不过刘翔,跑步干吗?"晚饭后,他躺在沙发上看电视。一个姿势,十个夜晚,皮沙发上留下了他臀部和肘部的凹坑。小夏说:"你还想不想当爸?"他说:"想呀,想得一听到有人叫爸我都答应。"小夏说:"那还不赶快起来培育种子?"老赵一激灵,从沙发上弹起来,发现还有一件人生大事没完成,当晚就跑了两公里。一连跑了几天,老赵觉得不能光有良好的种子,还必须具备优质的土壤。于是,他把小夏拉出来一起跑。除了跑步,他们还打羽毛球,做俯卧撑,引体上向,冬泳,爬山,骑自行车,好像不是在为造人做准备,而是要参加奥运会的全能比赛。

他们选好孩子未来的星座,掐准孩子将来入学的时间,然后倒推八个月,用发射火箭那样的精准态度,锁定一个夜晚。他们就要播种了!但是,当双方的情绪都高涨难耐的时候,老赵忽然罢工,从床上坐起来。小夏说:"是不是要我付小费?"老赵说:"我不能只有一个孩子。"小夏说:"计划生育,只准一胎。"老赵说:"再准备准备,也许你能怀上双的。"小夏说:"为什么非得双的?"老赵说:"因为一个孩子太孤单,因为我不敢保证孩子将来不患绝症、不被误诊、不出车祸、不遇自然灾害、不被误伤、不被误判、不被强拆……所以,我需要双的。"小夏听得脊背发凉,紧紧搂住老赵,说:"老公,我同意怀双胞胎,但今晚你必须把该做的事做完。"老赵戴上一个套子,想想,又戴上一个。小夏说:"有必要同时穿两双袜子吗?"老赵说:"谁敢保证戴一个不漏油?万一碰上次品,你就没怀上两个的机会了。"

除了继续锻炼身体，小夏还定时服用药片。资料表明，那些药片能促进排卵、增加激素，极可能为老赵同时提供两个靶标。但是，人不胜天。一年后，他们的孩子出生，不是双的，而是一个非常漂亮的女孩。老赵和小夏爱得不行，即使孩子睡觉也舍不得放到床上，而是轮流抱在怀里。从此，老赵不再买双份，而是尽量想法子把一块钱掰成两块钱来花。孩子犹如灵丹妙药，一下就把老赵的习惯治好了。

就像房价似的，孩子一天一长，天天长月月长，到她三岁的时候，原先可以买一套房的钱只能买一个客厅了。小夏指着孩子问老赵："你打算给她留点什么？"老赵满脸迷惘，说："还没到留遗嘱的时候吧？"小夏说："我是说房子，你能不能给她留一套房子？"老赵说："我想买房，但钱不答应。"小夏摊开手掌伸过来，像是乞讨。老赵的身子往后一闪，说："我真的没钱了。"小夏说："不是还有一本存折吗？我在柜里看见过的。"老赵说："你怎么不按常理出牌？我现在已经不买双份了，按理你应该把工资本还我才是。"小夏说："房价飞涨，我们再不整合资金，将来连一间厕所都买不起。"老赵像性饥渴的男女那样不经劝，一眨眼就从手包里掏出存折。小夏把两个人的四本存折打了合计，然后递给老赵，说："选套房吧，不够部分到我们行去按揭。"老赵屁颠屁颠地选了一套现房，立即请人装修。他把新房的甲醛一放干净，就拿到了一张出租合同。合同上的收入正好填了按揭的窟窿。他们现在有收入，未来有投资，生活惬意，举止优雅，谁都不说粗口话，更不会骂房价上涨。

一天，小夏在打扫房间的时候，发现老赵柜子里的物品全都变单了，连那只玉镯也不见了。小夏问老赵："难道它们有脚，自个出门旅游去了？"老赵说："为了买房，值钱的都卖了，不值钱的都丢了。"小夏将信将疑，趁老赵不在家翻箱倒柜，寻找那些物品。越是找不到，她就越好奇越不服气，甚至连当侦探的念头都产生了。她把家里的抽屉全都拉出来，倒扣，发现一串崭新的钥匙被透明胶粘贴在底板背部。为什么要把钥匙藏在这里？显然是不想让我知道。为什么不想让我知道？肯定是有秘密。小夏一把扯下钥匙，反复地看了一会，转身冲出门去。

自从新房开始装修，小夏就没来过。她既是避甲醛，也是避噪音，更是因为照顾孩子没得空闲。现在，她急火攻心地来了，钥匙还没插进锁孔，魂已钻进房间。或许是着急的缘故，第一下，她手里的钥匙没把门扭开。她扭第二下，锁头不动。她真不希望锁头转动！但是，第三下，就在她准备高兴的时刻，门却"哒"的一声敞开。客厅里，所有的家具包括摆设都和她家里的一模一样，连窗帘、地板的颜色和款式都与那边的相同。不小心，她还以为自己碰上了那个家。她踮起脚后跟，轻轻地走进来。鞋柜一样，冰箱一样，厨柜一样，就连抽屉里装的东西也没多大区别。次卧一样。书房一样。小夏打开书房里的柜子，看见从那边消失的布娃娃、毕业证、奖状、邮票、相册、移动硬盘、钥匙、保险单、速效救心丸、相机和手表等等全都摆在这边。原来，老赵偷偷摸摸地把家给复制了。主卧的门关着。小夏来到门前，叮叮当当地选择钥匙。门忽地开了。小夏惊得一倒退，发现开门的竟是自己。天哪，她长得就像是我的亲妹妹！她们相互打量，仿佛在照镜子。照着照着，她们的目光都分别落在了对方的左手腕子上。

2010年10月28日

戏　看

团长兼导演常见站在舞台的一角喊：音乐、灯光、字幕、音响、张生月准备好了没有？大家一一回答准备好了。大幕徐徐拉开，音乐缓缓响起，从舞台的一角，也就是从幕布的一条裂缝往下看，我看到的尽是空空荡荡的椅子。现在是排练，暂时还没有观众。

刚才常见叫的张生月就是我，在这个戏公演之前我是编剧之一，这个戏公演之时就是我的编剧结束之日。我将作为一名观察员，被导演安排在舞台的一角，对观众进行观察。现在我像一位实习生，端坐在舞台的一角，手里拿着一支圆珠笔和一本笔记本。观众席上空空荡荡，我想象上面坐满了观众，我想象他们的表情，我想象他们拍红了的巴掌。

我们话剧团一直没有排出过好戏，十年来眼睁睁看着别人把奖杯拿去，十年后奖杯总也回不到我们这里。所以我们的团长兼导演常见碰到谁都说"给我写个剧本吧"。他对我这么说，对灯光师这么说，对作曲这么说，对所有对创作感兴趣的人这么说，给我写一个剧本吧。有一天他召集我们几个剧团的骨干开会，那时天气很热，他不停地用他的手指抓他的手臂。七八个人围坐在办公室，一言不发，每个人的脸上都挂着汗珠，时间和空气好像都停止不动了。那些汗珠尽管那么夸张地挂在每个人的脸上，但总也没掉下来，夸张的依然夸张着。常见抓手臂的声音，在那种气氛中尤其显得突出。我们听到富于节奏的嚯嚯声，我们看到常见被抓的手臂红得快出血了。

剧本剧本剧本，你们谁给我拿出一个像样的剧本来！常见甩开他的手，跳到办公桌上不停地跳着。他每跳一下，桌子就要抖动一下，地球也仿佛抖动了一下。他的头部不时碰到天花板上。他在跳跃的过程中说你们再不给我搞出一个本子来，我就当不成团长了。

一个星期之后，我和团长常见、诗人袁利刀卷着包袱，去了郊区一个名叫大王滩的地方。这是一个风景区，我们打算在这里弄出一个好本子来。我们没带BP机、大哥大，也没带什么好酒，只带了一张本省的日报。这张报纸的头版头条刊登了一位好村长的感人事迹，我们必须从这篇报道中挖掘出一个好本子。

从进大王滩的那一天起，我们就被剧团的同事们称为三条枪和工程兵。我们三人出发前喝了一碗鸡血酒，并对天发誓：不求同年同月同日生，但求写出好剧本，如不写出好剧本，誓不回家门。带着这样的雄心壮志，我们开始分工。常见负责想题目和概括一个时髦的主题,袁利刀负责结构和设置矛盾,我则重点考虑几个感人的细节,也就是整个戏的血肉,按我们的行话说:想出几个叫彩的地方。

分工完毕,我们回到各自的房间,每个人都直奔主题,抱着头想各自的问题,就像小时候想爹妈那样想,就像青年时想恋人那样想,就像现在想钱那样想。我不知道他们怎么样想,反正我喜欢躺在床上想。我一想问题的时候,特别是把问题当问题想的时候,胃酸就特别的多,它们溢到我的嘴里,使我不停地想上厕所。我就这样想了一天一夜,总算有了一点眉目,而他们也都拿出了自己的方案。三人一碰头,竟然发觉大家都想得不错,袁利刀说想不到我们都是天才。常见说就按这个思路写,由张生月执笔。

我每天写出一段戏,交给他们修改和斟酌。在他们修改和斟酌的时候,我接着写下一段戏。如此一个星期,我们把戏拿了出来。我们塑造了一位贫困山区的村长,写他如何与贫困、疾病和落后作艰苦卓绝的斗争,在整个村庄就要脱贫致富的时候,他却被病魔夺去了宝贵的生命。其间充满了感人至深的细节,矛盾起伏跌宕,既对村长的思想形成做了铺垫,又对他战胜困难的行动给予了充分的表现。我们认为这是一部能够拿大奖的戏。

我们把这部戏拿给主管部门的领导看。领导看过之后一拍大腿,只说了两句话。他先说了一句:绝了!然后沉默了两分钟,再说了一句:真的绝了!常见同时把这部戏拿给他的妻子看。他的妻子是实验电影院的放映员,看过许多美国大片。他的妻子在餐桌上看完了剧本,说,常见,嘿嘿,你想知道我对你们这个本子的看法吗?常见说想,我们这个本子既想给官方认可,也想让老百姓喜欢,也就是说我们想要两头讨好。他的妻子这时只是一个劲地傻笑,并不急于发表意见。常见伸手去抢剧本,他妻子把剧本收到身后。常见觉得无聊,想:干吗要玩这样的游戏?都三十好几的人了,还躲躲闪闪的。他认为他的妻子不会有什么好的见解,与其征求她的意见,不如睡个好觉。听够了人们哭,听够了人们笑,受够了马车花轿汽车和大炮,该让我听见水声,听见鸟叫,该让我舒舒服服睡个好觉……这么想着,他走进了卧室躺到床上。他的妻子紧跟着冲了进来,把剧本高高地举在手上,说:常见,这个剧本哪里还挑得出一点毛病?简直是绝了。常见说:真的?他妻子说真的。

我们团很快就拿到了上级拨给的五十万元排练费,全团人高兴得像摸到了大奖。常见突然患了失眠症,怎么也无法入睡。在他无法入睡的两个晚上,剧团得钱的消息在院子里悄悄地流传,就像那些水管里的水,流进了家家户户。第三天早上,常见家的门前排起了长长的队伍。最先发现这条长龙的是常见的女儿。他的女儿背着书包兴高采烈地拉开大门准备上学,当她拉开大门时,被挤在楼道里的叔叔阿姨们吓得退了回去。

一夜没睡好的常见这时正在睡觉,他听到女儿的叫喊后,从床上滚到地板上，只穿着一条裤衩冲到门口，他想看一看到底是谁在干扰他睡觉。但是当他冲到门口的时候，他的脚软了。他看到他的部下们一个个手里拿着发票，等着他签字报销。他们说：这是我的医药费，这是我的差旅费，我们差不多一年没报销了。这些嘈杂之声越来越嘈杂，常见已经听不清他们在说什么了。常见缩回屋子穿衣服，他已经听到了很不客气的拍门声，也顾不上洗脸，他穿上衣服就往外冲，人们给他让开一条道，然后跟着他往办公室走。

　　二十几个人全涌进办公室，就像一窝马蜂乱哄哄的，什么话也听不清楚，加上天气又十分的热，办公室里一瞬间充满了乱七八糟的气味。常见让他们乱着，乱着的不外乎是工资呀级别呀医药费呀差旅费呀什么的，这些都已经听惯了，也不是一天两天的问题了。他只坐在他平时坐着的座位上，像一个傻瓜，或者说像一个大智若愚的人一言不发。好像是有人发现了这个秘密，便举起手臂说：团长呢？团长怎么不说话，我们让他说一说。常见抓了抓头发说：你们真的愿意让我说话？大家都沉默了，常见说：说也白说，我没有钱给大家。不是刚到了五十万吗？有人喊道。常见说那五十万是用来排戏的，谁也不能动。有人说工资都发不起，还排什么戏？常见说你这个人风格也太低了一点，你的风格怎么那么低？我给你们说一说我们戏里面的这个村主任是什么样的风格。我们刚写的这个戏叫《村魂》，主人公叫牛高，为了杏花村的脱贫致富，他献出了他的生命。在他身患绝症的时候，他还不忘杏花村的工作。他的手上吊着瓶子,但他还坐在村公所的办公室里为群众排忧解难。村公所的墙壁上钉满了挂瓶子的钉子,就连厕所的墙壁上也钉满了钉子。他就这样举着瓶子走来走去,与生命搏斗了一年多时间。当他的双脚浮肿以后,什么样的鞋子都放不下他的脚了,他开始赤脚走路。同胞们你们想一想看,赤脚走路,是什么样的滋味,如果是夏天,如果是在地毯上走一走,那也无所谓。但是我们的牛高同志他不是在夏天走,不是在地毯上走,而是走过了夏天到冬天,而是从村公所走到农户,走到工地,走到果园。冬天里他的妻子看着他红肿的双脚哭红了双眼。你们一定会奇怪,他的妻子为什么只知道哭而不为他做一双鞋子?其实他的妻子何尝不想为他做一双鞋子呢,只是她太忙了。她要负责全家人的吃穿用,还要为牛高找医药费,还要负责小孩的读书之需。她卖掉了家里所有值钱的东西,卖掉了她的头发。白天下地干活,晚上编竹篮,每天只睡两到三个小时。有过多少不眠的夜晚,她曾经想为牛高做鞋子,但做着做着她就睡过去了。于是做鞋子的任务落到了牛高的八十老母身上。他的八十老母戴着老花眼镜,为他做了一双又一双特别宽大的鞋子。到他死的时候,他一共穿烂了他母亲做给他的四双布鞋。现在他的老母仍然戴着老花眼镜,坐在他家的门口做那种特别宽大的鞋子。没有人能穿这么宽的布鞋,老母就把它们摆在门口。他家的门口整整摆了五双这样的布鞋。在老母的心目中,她的儿子还没有离开她,随时都会回来穿她做的鞋子。你们,如果有良心的话,你们说这个戏感不感动,该不该排?

常见被自己说感动了,他说话的声音变得模糊不清,最后竟唏嘘一片。有人跟着他哭泣说,团长,这个故事挺感人的,但是它是真的吗?我们很想知道它是不是真的?呜呜,我们很想知道它是不是真的,呜呜……

哭泣的人名叫李黑,他是剧团的演员,曾经演过好几个戏的主角。他抹了一把眼泪一把鼻涕后,把一沓发票摔在常见的面前说,可是我的妻子现在也住在医院里,因为没钱交药费,医院快停她的药了。这些都是团里几年来欠我工资的欠条和差旅费的发票,我希望你能救我妻子一命。要说感动,我就常常被自己感动。我曾经利用夜晚去蹬三轮车,可是你们知道这个城市不允许三轮车拉客,除非是残疾人。我没有营业执照,只能靠夜间出去拉客,换几个小钱。尽管这样我还是常常有被抓的危险,有好几次,我一边拉着客人走一边在车上睡觉,险些撞到了汽车的轮子下。好歹我也是一个演员,我容易吗,我?

有人开始吹口哨,口哨里夹杂着零星的笑。有人说你这点困难不算什么困难,和牛高的事迹比起来根本不算一回事。人家牛高是为大家,而你只是为你自己。李黑转身揪住说话的人,把他的拳头一点一点地举起来。他的拳头愤怒着慢慢地变大,慢慢地举高,当举到最高的时候,他的拳头突然变得疲软了,从他的肩头滑落下来,像一只受伤的鸟那样滑落下来。他蹲到地上,双手抱着他的脸哭。他说,不是我不想打你,只是不敢打你,打你之后我没有钱替你付医药费。一个人没钱真的窝囊，连真理都不能维护，连尊严都不能维护，连伤害你的人你都不敢打，难道牛高的生命是生命，我妻子的生命就不是生命吗？李黑哭着，用他的手抹着眼泪走出了办公室。

常见面对着二十几只手，也就是二十几沓发票，说不知道大家最近看没看新闻，说有一农民在拆他家老屋墙壁的时候，发现了当年红军长征时留下的一张欠条，欠条上签着红军首长的名字。那是一张革命的欠条，红军向这位农民的祖父借了三头猪，并承诺革命胜利后一定还他们六头猪。经上级有关部门鉴定，这张欠条属实，于是县政府给这位农民送去了一万五千元人民币，兑现了几十年前的一个承诺。共产党讲话最算话，正如有一首歌里唱的：最爱说的话永远是中国话，字正腔圆落地有声说话最算话。常见竟然唱了起来，他继续唱道，难道你们还怕被谁骗了不成？钱终究会给你们的，不是不给，只是得再等一些日子，也许是一个月，也许是一年。没有我们的剧本就没有这五十万元，在别人那里是物质决定精神，而在我们这里是精神决定物质，只要我们编出了好戏我们就会有大把大把的钱。让我们发扬一点牛高同志的精神，请你们再给我一点点时间，一点点温柔，不要让我如此难受。

团长兼导演常见站在舞台的一角喊：音乐、灯光、字幕、音响、张生月准备好了没有？大家一一回答准备好了。大幕徐徐拉开，音乐缓缓响起，从舞台的一角，也就是从幕布的一条裂缝往下看，我看到整个剧院里，只坐着十几个人。他们集中坐在第五排。他们的头发像抹了猪油一样光亮。他们的脸色像患了肝炎那样紫酱。他们是我们厅里的领导和本市小有名气的评论家。他们将带着挑剔的眼光来看我们的这一台戏。这也是我们排练之后的第一次演出。

在两个多小时的演出中，雷厅长始终板着面孔，他周围的人不时把肥厚的嘴唇凑到他的耳朵边，向他汇报观感，但他似乎是没有听见，头部保持与地面垂直，不左不右，不偏不倚。在第三场结束的时候，他上了一趟厕所。在第五场的时候，他咳了两声嗽，不是感冒引起的咳嗽，而是干咳，好像是提醒或者是想引起别人的注意。其他同志从一开始就没有安静过，他们交头接耳，像是看出了许多的问题，又像是对这个戏很不满意。有一位留长头发、中等身材、戴眼镜的评论家中途退场。据我观察他的退场不是一般性的退场，而是带有不满情绪的退场，因为他退场的时候甩了三次头，并歪了两次嘴巴。

戏演到第八场，也就是最后一场的时候，我的眼泪情不自禁地掉了下来，泪水掩住了我的双眼，这严重影响了我对他们的观察。我先是感到胸口发闷，然后泪水就涌了出来，它越涌越多，使我无法收拾，也使我感到快乐，不知道什么原因，我的泪水一流出来，我就感到快乐。后来我觉得只流眼泪已无法表达我的情感，于是哭声悄悄地从我的嘴角跑出来，帮助我表达感情。我的哭泣声越扬越高，最后竟然和戏里的台词打成一片。这一切严重影响了我对他们的观察，但影响归影响，我并没有放弃我的责任，我透过泪水看见他们安静地坐在各自的座位上，没有人流泪。他们好像是一些没有泪水的人。剧终，他们也没鼓掌，他们像是生来就不会鼓掌。

这次演出之后，雷厅长组织看戏的评论家和演职人员开了一个下午的座谈会，大家提了许多修改意见。雷厅长说你们这个戏是一个有能力竞争大奖的戏，但必须加强对情感部分的渲染，我看情还煽得不够，看戏的评论家没有一个哭，我也没有哭。一度我的鼻子发酸，眼泪差一点儿就流了出来，但我看了看他们，他们没有流，我最终也没有流，没有流的原因是因为你们煽得还不够，如果你们把所有的评委都煽哭了，那么你们这个戏就有可能获奖了。你们下一步的任务就是给我煽，拼命地煽煽煽情。当然我的感觉也不一定对，因为我看过很多好戏，看过很多好戏的人是不容易被煽哭的，这就给你们提出了难题。那些评委比我看得还多，他们更不容易被谁煽哭，所以你们的任务很艰巨。

根据他们的意见，我们开始对这个戏进行全面的修改，并加入了许多煽情的细节。雷厅长到排练现场来指导了好几次，他对修改后的这个版本甚为满意。

雷厅长一直在寻找机会，想向省委宣传部罗部长汇报这出戏。在一次全省的影视题材创作规划会上，雷厅长的目光始终跟随着罗部长的身影。罗部长走到哪里，雷厅长的目光就跟到哪里。但罗部长只顾记录和插话，没有注意雷厅长持久而友好的表情，甚至连看都没认真看一眼雷厅长。雷厅长想我就不相信你不上厕所,我就不相信你不拉尿。雷厅长的这个想法持续了一个小时,罗部长终于从座位上站了起来,朝会议室的门口走去。机会来了,雷厅长的心里像打了一阵雷。他从座位上站起来,紧跟着罗部长走出会场。

他们都昂着头看天花板。罗部长闭紧嘴巴,对雷厅长点点头,意思是你来啦。雷厅长说我们抓了一个好戏,如果你有时间能不能指导一下?只要你看,我保证你会哭。罗部长仍然闭着嘴巴,他像是受不了厕所的气味,抖动着身子,抖了一下又一下,然后小跑着出了厕所。雷厅长急忙跟着往外跑。罗部长站在门口等他。罗部长说:我真的会哭吗?我已经好几年没哭过了。这样吧,我跟你打个赌,如果我哭了,我再申请一笔款给你们排戏;如果我不哭,你输两瓶酒,这两瓶酒不能用公款报销。雷厅长说:什么时候?罗部长说今晚,就在今晚,顺便演给参加规划会的同志们看一看。

团长兼导演常见站在舞台的一角喊:音乐、灯光、字幕、音响、张生月准备好了没有?大家一一回答准备好了。大幕徐徐拉开,音乐缓缓响起,从舞台的一角,也就是从幕布的一条裂缝往下看,我看到整个剧院的前半部分坐满了观众,他们都是来参加影视题材创作规划会的,其中有许多是我的文友。这次我的手里除了笔记本和圆珠笔,又增加了新的设备,常见专门给我配备了一台望远镜。他要求我观察得细致一些再细致一些。罗部长坐在第八排,他的左边坐着雷厅长,右边坐着常见。今天下午规划会议差不多结束的时候,罗部长做了总结性发言,顺便邀请到会人员看戏。罗部长对这个戏略略作了渲染,还把他跟雷厅长打赌的事说了出来,到会人员摩着拳擦着掌,咂着嘴,像嗷嗷待哺的婴儿做出饥饿状,仿佛提前闻到了酒香。他们都做出愿意看一看这出戏的表情,看这出戏是不是像雷厅长说的那么动人。

戏静静地往下演,故事悄悄地发展着,大家的神色都十分严肃,好像有一场暴风雨即将到来,一些人似乎已经做好了哭的准备,他们的手里拿着纸巾,准备随时堵住他们的眼泪。戏演到第四场的时候,我从望远镜里发现罗部长最先哭了,两滴透明硕大的泪水冒出他的眼角,沿着他的脸皮往下缓慢地流。罗部长像一根木桩一样直直地坐着,身子一动不动,生怕惊动了他的眼泪。除了我,没有谁知道罗部长已经哭了,他的眼泪悄悄地来又悄悄地消失。他恢复正常的面孔,好像他的脸上从来没有发生过眼泪。但是只五秒钟的工夫,罗部长干涸的眼角再次湿润,他已无法掩饰自己,由暗自流泪变为抽泣。他从右边的衣袋里掏出手帕,轻轻地擦了一下右眼角,然后把手帕换到了左手,又用左手轻轻地擦了一下左眼角。雷厅长看了他一眼。常见看了他一眼。他们都不说话,彼此知道这是最关键的时刻。终于我看到了雷厅长的泪水,常见的泪水,所有观众的泪水,一阵低沉的抽泣声像瘟疫一样从这个人的身上传到另一个人的身上。我可以肯定地告诉你们,罗部长是这么多观众里第一个流泪的人,他的泪水领导着别人的泪水一起往外流。而且他的泪珠比其他同志的泪珠大。最让我奇怪的是,我竟然没有流泪。我的泪水们,你们跑到哪里去了?

北京来的飞机晚点,我和雷厅长的司机只好站在出口处等。在我们等的过程中,有四五架飞机从云中降落,但它们都不是我们要等的飞机,我们只好继续站着等待。又等了一个多小时,我们才看到曹专家、关专家、郭专家、任专家的身影,他们从出口小心翼翼地走出来,一下就看到了我手里举着的牌子。他们都是戏剧方面的专家,也是各种戏剧奖的评委。我握着他们的手时,就已经感觉到了权威们的力量,我对他们说请多多关照。

我们遵照雷厅长的指示,把他们拉到本市最好的宾馆——迎宾馆住宿。前三天主要由我陪同他们逛一逛风景名胜,只字不提看戏的事。雷厅长要求我把他们陪开心,要让他们对我们有一个好印象。只要他们对我们有了好印象,他们就会对我们的戏有好印象。白天我陪他们上山下海,晚上我陪他们打保龄球。他们都是第一次打保龄球,他们像砸石头一样把球砸出去,大部分的球被他们砸进球槽,偶尔得个满堂红,他们便像小孩子一样双脚不停地跳,双手不停地拍,嘴里发出惊叫。几个小时打下来,他们的腿微微有些发颤,出气也粗了。他们对我说:明晚再打吧,小张。我跑到总台去结账,小姐把账单递给我,我的眼睛一下就直了,我们竟然打去差不多两千多块钱。我的口袋里没带那么多钱,心里开始打鼓。我认真地核对账目,没有发现可疑现象。我说:小姐,可不可以优惠一点?

小姐说不可以。我说你们这是暴利，我要揭发你们。小姐说欢迎揭发。我说你知道我们是谁吗，小姐说我不管你是谁。我说我们都是从北京来的，都写过什么什么电影和戏。小姐说：这和打保龄球有什么关系？曹、关、郭、任四专家围了上来，他们说什么什么，两千，怎么可能？你们是不是搞错了？你们怎么能够这样对待专家？

我看见他们围上来，感觉到有点不好意思。我推开他们，和雷厅长的司机借了一点钱，把账结清。我想这次我真是出丑了，出丑的原因是我从来没有接待过这么高贵的客人。我叫司机不要把这件事告诉雷厅长。司机说：你是第一次打保龄球？我说是的。他说怪不得你大惊小怪的，两千，有什么奇怪？任专家说明晚别打了。我预感到事情不妙，肯定是刚才的事把他的情绪破坏了。我说：怎么不打？你们不打就是看不起我，就说明我接待工作没有做好。如果你们这样雷厅长会批评我的，甚至会影响我的前途，请你们多多关照。任专家说：关照什么？我说打球。任专家说与其这样白白花钱，还不如拿钱给我们自己花。我说：那个，我们已经考虑了。

第三天晚上，雷厅长隆重招待专家们。酒过三巡，雷厅长对着服务员打了一个响指。大家都被他的响指搞蒙了。几分钟之后，服务员端上一盒蛋糕。雷厅长说告诉诸位一个秘密，今天是关老师的生日。关专家从座位上跳起来说，你怎么知道是我的生日？我没有告诉任何人的，你怎么知道？连同行的其他几位专家也被弄糊涂了，他们说我们都不知道，你怎么知道？

你真是太厉害了。

酒桌上，我分别敬他们每人三杯，这也是厅长的旨意。我敬他们时，悄悄地对他们说请你们到时一定要哭，戏不好我们还可以修改，但哭不哭关系到这个戏有没有修改的基础，关系到厅长表不表扬我们。他们都轻轻地点了点头，说这几天多亏了小张。他们的这句话是故意说给厅长听的。

我拿着望远镜、笔记本和圆珠笔，坐在舞台的一角。大幕徐徐拉开，我看见剧院里坐满了观众，曹、关、郭、任四位专家坐在第五排，他们的眼睛睁得很大，眼珠子快跳出来了。我发觉他们的眼睛才是眼睛，是生下来就用来看戏的眼睛，难怪他们会成为专家。尽管他们是专家，但我对我们的这个戏还是充满信心的，特别是第四场，就是铁石心肠的人我想也会流泪。我期待着，他们的表情现在还没有任何变化，没有喜没有愁，但是刚演到第三场，我就发现了一个奇迹，他们的泪水像泉水一样慢慢地涌出来了。他们流泪在我的意料之中，但我没有意料到他们会流得这么早。他们春江水暖鸭先知，比所有看过这出戏的人都提前流泪，差不多提前了一场戏的时间。而更让我惊讶的是他们的泪水，是同时涌出来的，几乎一秒不差。

这个时刻，我已经忘乎所以。我不知道舞台上正在演什么，我也不知道观众们在干什么。我只是一个劲地想我们的这个戏看来是有希望了。

关于钞票的几种用法

站在糖果厂门前的孙朝，手里提着一袋五颜六色的糖果，兜里揣着刚刚从财务室领出来的三百元钱。在阳光强烈的照耀下，那些糖果的颜色穿透包装它们的塑料袋，悬挂在透明的空气中。街道上飘浮着细小的尘土，所有的出租车都摇上了玻璃。横在马路上空的铁线，挂着一种与肾有关的药品招贴。招贴印刷精美，经过日晒雨淋的考验后，仍然被风吹得呼啦啦地响。孙朝眯着眼睛看了看街道，想：我真的就这么离开了吗？

一个小时前，正在为糖果打包的孙朝，听到从门外传来一个声音：孙朝，请到财务室去领工资。就像听到刑满释放一样，孙朝放下纸箱直奔大门，想看一看叫他的人是谁。尽管他在奔跑的时候，已经听到耳朵边响起了呼呼的风声，但是他还是没能看上叫他的人一眼。会是谁叫我呢？孙朝想，叫我的人跑得真快，怎么一转眼就不见了？孙朝望望车间大门的两旁，没有发现人影。孙朝继续想：是不是我想工资想发疯了，脑子里产生了错觉？进厂三个多月来，从来没有人叫我领一次工资，今天是怎么了？孙朝不相信这是真的，他转身进入车间。他刚走到纸箱前，又听到有人叫他的名字：孙朝，请到财务室去领工资。孙朝未等门外的声音说完，就开始朝门口奔跑。

孙朝还是没有看见叫他的人。他走到车间的另一个角落，拍了一下正在打包的赵全的肩膀说，喂，你听到有人叫我了吗？赵全说没有。孙朝说这就奇怪了，我听到有人叫我领工资。孙朝刚刚说完，又听到有人叫他领工资。他想今天看来是非领工资不可了。孙朝迈开大步朝厂办公楼走去。他从来没有领过工资，所以他不知道财务室在几楼。他犹豫着是上楼还是不上楼，突然看见楼梯口的墙壁上写着："财务室在三楼"。看见这六个整齐划一红得发紫的大字，他浑身一下就来了劲，一步跨上三级台阶，几大步来到三楼，冲进财务室。

王出纳手里拿着一个信封，像是早已料到他会在这个时候赶来。王出纳笑着说你终于来啦。孙朝用他粗糙的手摸摸剃得锃亮的头皮，说我刚接到通知。王出纳说：什么通知？你全都知道啦？孙朝说：知道什么？我只知道来领工资。王出纳"啊"了一声，说这是你的工资，签字后你到隔壁李副厂长那里去一趟。孙朝说：去李副厂长那里去干什么？王出纳说去了你就知道了。孙朝打开王出纳递给他的信封，把里面的钱掏出来数了数。在数钱的过程中，孙朝的手一直颤抖不止。他数了两遍，手指沾了四次口水，才把王出纳递给他的三百元钱数清楚。三百元，三百元啦，孙朝的胸口激动得快要裂开了。

李副厂长的办公室比一个小会议室还宽阔，里面已经坐着好几个本厂的工人。他们的嘴里无一例外地吐着烟雾，把办公室熏成一个云雾缭绕的风景区。孙朝一头走进去，那些坐在里面的人像审判员一样足足看了他两分钟。他们像看一个没有穿衣服的女人一样看着他，搞得孙朝的脸一下就红了起来，好像连头皮也红了。

李副厂长说：孙朝，你迟到了。孙朝说我刚接到通知。李副厂长说：你都知道啦？孙朝说：知道什么？我只知道来领工资。李副厂长说：别装蒜了，你的光头是什么时候剃的？孙朝说昨天晚上。李副厂长说：如果你不知道，你怎么会赶在今天之前剃一个光头来见我？一定是有人走漏了风声。到底是谁走漏了风声？我在把你们的事办完之后是一定要追究责任的。孙朝摸着自己光滑的头皮，感到莫名其妙。他在这种时刻几乎找不到话要说。他只是一个劲地摸他的头皮，在刷啦刷啦的摩擦声中，有一股电流像妈妈的慈祥传遍他的全身。他突然有一丝兴奋，说：厂长，我剃头怎么惹着你啦？李副厂长说你早不剃晚不剃，偏偏在这个时刻剃，你这是别有用心，你这是用剃头来向我发出抗议。

孙朝被厂长的话弄糊涂了。他想从那些看着他的人脸上寻找答案。他们只顾抽烟，没有谁对他的问题感兴趣。他想今天是怎么啦，本来刚领到工资，应该高兴，可是李厂长却不让我高兴，今天是怎么啦？又有几个人走进办公室，这使李副厂长的注意力得以从孙朝的光头上移开。李副厂长说该来的都来了,现在我们开个会吧。

李副厂长从身后举起一块黑板,上面写满密密麻麻的字。在密密麻麻的上方,写着一个极其醒目的标题。黑板牵动诸位的目光,他们的屁股离开座位,身子前倾,像看什么宝贝似的看着黑板。抽烟的不抽了,他们全都把烟头扔在地板上,然后用皮鞋踏灭。办公室里一下就没了烟雾,黑板上的字拨开云雾渐渐地清楚。那些字像钉子一样慢慢地钉进孙朝的眼珠。孙朝听到李副厂长说,你们是本厂半年来第一次领到工资的职工,你们都看见了,那些还没有领到工资的职工仍然工作。他们要等领到工资了,才能像你们一样有资格走进我的办公室。他们什么时候能领到工资呢?李副厂长一拍双手,像是为自己精彩的发言鼓掌,然后又用手掌摸着下巴说,我不知道,也许是半年也许是一年,反正我不知道我不知道我不知道。在他们还没领到工资前,他们得这么一直干下去。而你们,幸福的你们已经领到了工资。你们知道工资怎么用吗?刘大同说:这不是在说废话吗?总共才三百来块钱,还用得着你告诉我们怎么用吗?李副厂长说你们先看一看黑板。

孙朝和刘大同以及其他人,都把眼睛凑到黑板上。这时的办公室像睡去似的,没有一点声音,大家都屏住呼吸,像对彩票号码一样严肃认真地看着黑板,生怕一不小心失掉了发财的机会。孙朝看见黑板上写着:

关于钞票的几种用法

1. 办实业。比如开公司、办工厂，向那些白手起家的商业巨子学习。特别要向那些从乞丐到富翁的人学习，学习他们艰苦创业的精神。曾经捡烟头抽的人，后来成大烟商的不乏其人。现在没有钱的人，谁敢说他们将来不会有钱？大公司一下办不了，可以先办小公司，可以从米粉公司修单车公司皮包公司办起。

2. 涉及房地产。不怕钱少，关键要敢想敢拼。人有多大胆，就有多少房地产。脚踏实地，从一寸土地搞起，一寸又一寸，一年又一年，千里之行始于足下，千里之堤溃于蚁穴，老师说过一寸光阴一寸金，寸金难买寸光阴。

3. 炒股票，把握股市风云。股市没有永远的输家，也没有永远的赢家。你们要善于在别人输的时候赢，在别人赢的时候不输。如果善于把握机会，十会变百，百会变千，千会变万，一加十，十加百，百加千千万，或许一眨眼之间你们就是百万财富的拥有者。

孙朝他们把黑板看了一遍，再看李副厂长。李副厂长双手举着黑板，头部伏在办公桌上。孙朝这时才发现李副厂长的头顶只剩下为数不多的几根头发，他原来是一个秃顶，啊哈，他竟然是一个秃顶！孙朝几乎要喊了出来。既然他自己是一个秃顶，怎么能批评我的光头呢？孙朝像发现美洲大陆似的从嘴里发出咯咯的笑声。李副厂长说，你笑什么？有什么好笑的？你有什么资格发笑？李副厂长转动支撑黑板的棍子，露出了黑板的背面，那上面仍然写满了密密麻麻的字。李副厂长说，笑吧，看吧，你们尽情地笑尽情地看。孙朝不知道黑板上的这些字和他有什么关系，他看见把头伏在桌子上的李副厂长眼睛越来越小，好像要睡着了。孙朝想：如果李副厂长睡着了，就说明黑板上的内容和我有直接的关系；如果他没睡着，就说明这块黑板上的字和我没有任何关系。孙朝刚这么一想。李副厂长的嘴里就发出了微微的鼾声。孙朝想：那么这些内容是和我有关系的了？孙朝再次把目光投到黑板上：

4. 做销售。你们可以把产品销售给自己的亲戚朋友。现代社会人情比较淡薄，通过销售你们能够使人情不淡薄，加强亲戚朋友间的往来，以此唤醒亲情友情爱情。还可以在销售中学会做人，临别时送我上路，风雨中教我做人。如果有人打你的左脸，你就把你的右脸递给人家，让他们打。他们打得愈狠就愈没有改正的机会，打吧打吧，让他们在打中认识到他们是在打一个未来的富翁。尽管销售中多有失败者，但你们为什么不做那一个成功者呢？失败是成功之母。有百分之一的希望就要做百分之百的努力。

5. 广交朋友。你们用这点有限的钱去广交朋友。如果认识的朋友多了，你们可以进到能够发得起工资的单位，这叫四两拨千斤，以柔克刚出奇制胜。礼品买不了多少，但办法一定要多，该哭就哭，该笑就笑，该出手时就出手。

6.千万别赌博。尽管赌博使一些人手中有了钱，但我相信从我们厂里出去的人，是绝对没有这方面的才能的。

谁说我们没有这方面的才能？谁说的？刘大同挽起衣袖一拍桌子，李副厂长的头像一只篮球被震离了桌面。当他的头弹高的时候，他举着的黑板也跟着高了。他高高在上睁开迷迷糊糊的眼睛，嘴角还带着一丝口水。他用袖子抹了抹口水，说：刘大同，你想干什么？刘大同说，不想干什么，我只是不服气你看不起我们。你这个副厂长平时连招呼都不跟我们打，从来不跟我们讲礼貌，对我们的情况一点也不了解。谁说我们没有这方面的才能？谁说的，你也太小看人了。刘大同说得唾沫像雨点一样从嘴里飞出来，不停地举起拳头砸自己的手心。只是，刘大同像突然发现了真理，停止了砸的动作说，只是，你为什么要我们做这些事？为什么要办实业搞房地产炒股票不赌博？

那些刚才凑在黑板边的脑袋像被拍打的苍蝇，一下就散开了。他们都张开嘴巴，仿佛饥饿的人，等待李副厂长给他们抛来能够让他们合上嘴巴的食物。李副厂长说，还用问为什么吗？难道你们一点也没有感觉到什么吗？你们已经……李副厂长张开的嘴巴在"已经"这个地方做了长久的停留，嘴唇一阵抽搐，并且伴有发白的迹象。在孙朝他们惊讶的目光中，李副厂长的嘴艰难地嚅动：你们这是……最后一次领本厂的工资。你们已经不是我厂的工人了。黑板上提供的方法仅供你们参考。刘大同说：你用三百块钱就想把我们打发了？没那么容易。所有的人都跟着刘大同喊了起来，他们像是在合唱一首歌那样喊了起来。李副厂长说，喊，你们喊什么？我们不光是这三百块钱就把你们打发了，每人还有一袋本厂生产的糖果。糖果在哪里呀？糖果在哪里？李副厂长说在一楼的保管室里。

喊着的人几乎是同时闭上了嘴巴，他们再也不喊了，一齐朝一楼的保管室冲去，生怕慢了一步就拿不到糖果。孙朝被人群裹挟着冲到一楼，从密集的大腿的缝隙抓出一袋糖果，退出保管室。他听到保管室里一片混乱，他们好像是打起来了。但是在混乱的声音中，李副厂长的声音尤其显得突出。孙朝走出去好远了，还听到李副厂长喊道：别打了，都别打了。你们都拿到糖果了，还打什么？孙朝觉得这个声音极像他小时候在妈妈手上抢糖果时，妈妈发出来的声音。

现在，孙朝手里提着一袋五颜六色的糖果，兜里揣着刚刚从财务室领出来的三百元钱，站在糖果厂的门前。他觉得那些车辆没有什么意思，街道也没有什么意思，夏天的意思也不是太大。他感到时间像河里的水一下就多了起来，不知道是回家或是去找朋友聊天，他想反正从这一刻起我自由了，我爱去哪里就去哪里。去哪里呢？孙朝从口袋里摸出一枚硬币，想：如果一角在上面,我就回家;如果国徽在上面我就去找张柱林。他把硬币抛起来,然后用手掌接住。他不想打开手指,于是把眼睛凑到手指上,偷偷地往手掌里看。手掌里太黑,他什么也看不到。他看到从他握紧的拳头前面走过一个女人。他的目光跟着女人走了几步,心口嘭嘭地跳了四五下。他想:如果是国徽在上面,我就跟上这个小姐。就在这一瞬间,他把去张柱林那里改成了跟上这个小姐。他摊开手掌,国徽朝上。他想这是天意,不跟上这个小姐,老天都一千个不答应一万个不答应。

孙朝跟着小姐走。小姐的臀部在他的眼里逐步放大,他看见它摇晃着,像一个在草地上滚动的球。孙朝很想对着眼前的这只球踢上一脚,但是他抬了几次腿都不敢往前踢。孙朝还发现小姐的腰特别细,细得一把就可以捏住。脚底下起了一阵风,头上的树叶乱成一团,有一片树叶从高高的树枝上往下掉。孙朝想:如果树叶掉到围墙里,我就跟小姐打一声招呼。孙朝的眼睛一直看着那片树叶,小姐已经走出去好几大步了,树叶才掉进围墙里。孙朝跑步追上小姐。孙朝听到自己的喘气声粗糙不堪,双腿像被抽掉了筋骨,力气突然消失了。孙朝拦住小姐的去路,胸口大幅度起伏着,衣服上的扣子快要绷掉。孙朝想再不说我就没机会了。孙朝于是说:小姐,你吃糖吗?孙朝打开塑料袋,把他们厂生产的五颜六色的糖果呈现在小姐的眼前。小姐笑了一下,说我不吃糖,你是推销糖果的吗?孙朝说不是的。小姐说那你为什么要拿糖果给我吃。孙朝摸了摸他那光滑的头,说不知道。小姐说:那你找我有事吗?孙朝说有事，有事。小姐说有事就跟我走。

　　小姐说完自顾往右边的一个小巷走去，也不管孙朝跟不跟她走。孙朝站在原地，对着小姐的背影发呆。他像看一块黑板一样看着小姐的背部。他从她的背部看到了李副厂长那块黑板上的内容：关于钞票的几种用法。孙朝摸了摸口袋，钞票还在。孙朝咬咬牙，想还是回家吧。孙朝刚要转身，小姐回过头朝他露出两排整齐的雪白的牙齿。这一笑，她的嘴角像长出了磁铁，一下就把孙朝的魂吸引过去。但是孙朝还是没有动，他好像还有一点犹豫。小姐又举起她的手臂朝孙朝招了招。孙朝的脚后跟离开了地面，脖子慢慢地伸长了。孙朝开始数停在马路上的车辆，他从亮着红灯的十字路口往他这边数。他决定如果数到他的身边这一辆是双数，我就跟着她走。一双，两双，三双……双数！孙朝差一点儿就叫了起来。他想现在我不得不跟她走了，竟然是双数，我不得不跟她走了。

　　走进小巷，孙朝看见小姐站在一间小卖部前买东西。小姐用一根牙签挑起一串酸萝卜，说我喜欢吃酸，我不喜欢吃糖。小姐吃了一口酸萝卜，接着说我还以为你不敢来了呢。孙朝说：为什么不敢来？小姐摇摇头说不知道，反正我莫名其妙地这么想。孙朝说我连工作都没有了，还有什么能够使我害怕？从今天起谁也管不了我了，我自由了。小姐说：是吗？小姐又咬了一口酸萝卜。

　　愈往巷子的深处走，巷子变得愈复杂。孙朝觉得自己就像一根棍子，在巷子里捅来捅去，一会左一会右。小姐只顾吃没有顾上讲，孙朝默默地跟在她身后。孙朝看见巷子的墙壁上，画满了各种各样的箭头，有红色的也有白色的。孙朝选择其中的一支红箭头进行阅读，他预感到这一支红箭头会指引他到达一个地方。红箭头的下面写着一排红字：租房者请往前走50米。孙朝以为往前走50米就会到达目的地，他细心地计算着步伐，觉得这50米无比漫长，就像苦日子那么漫长。眼看苦日子快熬到头了，他看见小姐在前面一拐，墙壁上出现一个醒目的箭头：租房者请往左再走10米。孙朝跟着小姐走了10米，又看见一个箭头，下面写着：租房者再再往右走38.8米。这几个箭头严重地打击了孙朝的积极性，孙朝说：小姐，你要把我带到什么地方去？小姐说快到了，快到了。孙朝说：你找我有什么事吗？小姐张开嘴巴发出一声惊叫，哎……你这个人是不是有病？明明是你找我有事，怎么变成我找你了？孙朝一拍脑袋说：是我找你吗？刚才是我要找你有事吗？小姐掉过头来，给了孙朝一个肯定的答复。孙朝说我被这些巷子搞糊涂了。

又一个箭头出现在孙朝的眼前。这是一个白色的箭头，估计当初画箭头的人画到这里时，把红油漆画完了，于是接着用白油漆画。墙壁上用白油漆写道：租房者还得往回走9米，然后朝右斜方向走3米，你就会看到你需要的房子。此刻你也许走累了，但你千万别对前途丧失信心，古人云：山重水复疑无路，柳暗花明又一村。你只要再往前走一步，你就会租到你满意的住房。我们的房租是全市最低价，来吧来吧，你会获得意外的惊喜。进一步海阔天空,失败离成功只差一步。

孙朝被这一排字刺激后,步子迈得比原来大了一倍。有了墙壁上的这些箭头,孙朝就露出了小人得志的嘴脸。他现在走到小姐的前面,把小姐远远地甩在身后。他先小姐五分钟到达那一幢要出租的房子。他看见那幢急着出租的屋子一角,写着如下一行白字:厕所往前走。孙朝看看小姐还没有赶上来,就走进厕所拉了一泡。等他提着裤子从厕所走出来时,小姐正站在楼梯口伸长脖子朝他瞭望。小姐说我还以为你走丢了呢。孙朝指了指墙壁上的箭头说,怎么会呢?小姐说你是不是太急了一点。孙朝说我实在憋不住了。小姐抬手掩着嘴笑。孙朝发现她的嘴巴十分小巧,而她的笑声就像铃声,简直就是不见其人先闻其声,简直就是先声夺人。

小姐把孙朝引进一扇门。小姐说我姓赵,赵钱孙李的那个赵,你就叫我赵小姐吧。孙朝"哎哎"地应着,坐到赵小姐的沙发上。他抽了抽鼻子说,你的屋子里有一股很浓的香味,怎么会这么香呢?我从来没有闻过这么香的香味。赵小姐说:是吗?孙朝说是。赵小姐说:今天天气怎么样?孙朝说今天天气真好。赵小姐说今天天气很热。赵小姐开始脱她的外衣。她的上身现在几乎全光,只有一个薄薄的胸衣罩着她的胸口。孙朝偷偷地看了一眼,赶紧把目光收回到自己的脚尖上。他猜想赵小姐会很快换上一件什么衣服。可是赵小姐她不打算换,她光着身子打开电风扇之后,还觉得不够凉快,从桌子上拿过一本当今流行的杂志,朝着颈部大扇特扇。孙朝在感到呼吸困难的同时,也感到全身血液欢畅。他在嘴里轻轻地叫了一声"妈呀"。他突然想起妈妈。他不知道眼前的景象和妈妈有什么关系,但他确实想起了妈妈。他想除了看见过妈妈的身体,这是第一次那么详细地看见一个女人的身体,而且是看得那么清楚,那么真实可信,那么想把她据为己有。

孙朝想:只要我用我的眼睛盯着她,而她又不脸红的话,那她就是不反对我动她。孙朝把眼睛抬起来,他觉得眼皮上像压着千斤重担,很难往上抬,甚至于眼睛都要被重量压得什么也看不见了。赵小姐摇着杂志朝他走来,用手在他的脸上捏了一把,说你真是一个乖孩子。孙朝想:既然她的脸都不红,我就要出手啦。孙朝喊了一声,给自己壮壮胆,闭着眼睛双手同时往前伸。他的手终于抓到了两团柔软的东西,就像抓住收音机调频开关那样抓住。时间在孙朝的脑子里静止了,孙朝紧紧地闭住眼睛,生怕一睁开,眼前的景象会飞掉。

孙朝的手里突然空了。他睁开眼,看见赵小姐已走到床边。孙朝想,她是不是在暗示我?除非她的胸衣会自动脱落,否则就不是暗示我。孙朝刚这么一想,赵小姐的胸衣就从她的胸口飞了起来,一直飞落到孙朝的膝盖上。孙朝想我就要结婚了,只要我把这些糖果撒在床上,而赵小姐又不反对的话,我现在就可以结婚了。孙朝从塑料袋里抓起一把糖果撒到床上,说:赵小姐你吃糖吗?这是我们厂生产的糖果。赵小姐向孙朝伸出双手,像是要接糖果的样子。孙朝把糖果朝赵小姐撒过去，床上铺满五彩缤纷的糖果，就像结婚典礼上的纸花。孙朝想我终于可以结婚了。

孙朝走到床边伸手去搬赵小姐。赵小姐的膀子动了一下，甩开孙朝的手，像是不愿意。孙朝说胸衣已经飞了，糖果已经撒了，你干吗不愿意？赵小姐举起三根指头。孙朝被这三根指头搞蒙了。孙朝说你是说再等三分钟吗？赵小姐摇摇头。孙朝说那么就是只能三分钟。赵小姐仍然摇头。孙朝说那肯定是不管三七二十一。赵小姐的脸上变了颜色。孙朝说：到底是什么？你说。赵小姐像坚强的人一个字也不说。孙朝说你是说你还有三件事尚未了却，没关系，等我们一办完，我就帮助你了却。赵小姐像一块石头，仍然一动不动。孙朝有些急了。孙朝抓抓没有头发的头，说：你是不是有三笔存款？赵小姐还是摇头。孙朝说：是不是有三个小孩？赵小姐说你才有小孩。孙朝说：那么你一定是想说你已经三十岁了？赵小姐说你猜不到就算了。赵小姐开始弯腰捡掉到沙发上的胸衣。孙朝心里有一点急，他嘴巴动了几动，结结巴巴地说：你是不是要三百元钱？赵小姐把捡胸衣的手停在空中，说恭喜你答对了，笨蛋，你怎么现在才答对？

孙朝嘿嘿地笑了两声，伸手摸了摸刚刚领到的工资，心里一阵痛。他的手在口袋里来回走了几趟，还是没有把钱掏出来。孙朝看了一眼赵小姐，她的三个指头仍然伸着，胸前的物体晃来晃去。不看不知道，一看胸口怦怦跳。孙朝想舍不得孩子打不得狼,便忍痛割爱,把钱掏了出来。几乎是接到钱的同时,赵小姐倒了下去,像晕了似的倒下去。赵小姐刚一倒下去就喊痛。孙朝问她什么地方痛,赵小姐说背痛,那些糖果把我硌痛了。孙朝说:他说风雨中 / 这点痛 / 算什么 / 擦干泪 / 不要问 / 为什么……

孙朝差不多睡着了。他的脑海里像煮了一锅糨糊。他自己问自己这是真的吗。为了证实这是不是真的,孙朝立即睁开眼睛。赵小姐正躺在床上剥那些糖果,她不是为了吃,只是觉得糖纸漂亮,就把它们一张一张地收集起来。孙朝想:如果赵小姐眨眼睛,眼前的一切就是真的;如果赵小姐不眨眼睛,就是假的。孙朝盯着赵小姐的眼睛,只一秒钟,赵小姐的眼睛就不停地眨了起来,而且一眨而不可收。孙朝从床上快速坐起来说,真的,这一切竟然是真的,哈哈,这是真的。

亲爱的读者,请问你们谁不眨眼睛呢?

我们的感情

火车站的入口处挤满人群，许许多多的行李坐在它们主人的头顶上。入口处的铁门尚未打开，离开车时间还有近五十分钟，但是许许多多的人和许许多多的行李，已经在那里密密麻麻地站着了。

那些原先坐满人的椅子，现在都空了出来，赵安随势躺下紧闭双眼伴睡。赵安摆出一副事不关己的姿态，仿佛不是为了出差，而是为了睡觉才赶到火车站来似的。肖文看一眼拥挤的人群，再看赵安满不在乎的姿态，心里一阵一阵地急。肖文扬起右掌，狠狠地打在赵安的右腿上。赵安"哎哟"地叫一声，眼皮快速弹开，身子随即坐了起来。赵安看见肖文垂手站在他面前，眼睛里全是不满和愤恨。赵安说别这样恨我，你不觉得刚才的表现很像我的妻子吗？赵安说从现在开始，你就是我的妻子了。肖文说那要看我愿不愿意。

进站的铃声拉响之后，赵安和肖文开始往人堆里挤。似乎是为了惩罚赵安，肖文把她的两个包挂到赵安的脖子上，自己空着两只手跟在赵安的后面。这样,赵安的脖子上挂着两个包,右肩上挎着一个包,左右手各提一个小袋。赵安像一位挂满炸药的勇士,在前面为肖文开路。

赵安跟肖文在办公室面对面坐了七年,他们开了七年的玩笑。其间,他们分别结婚,分别都有了孩子。但就他俩一起出差,这还是第一次。

当他们安安稳稳地坐到他们应该坐的位置时,肖文突然一声惊叫,指着她的提包说这里被划了一刀,我的钱包不见了。肖文的提包裂开一寸长的口子,肖文把食指从口子处伸进去,来回捅了三次。赵安看着肖文那根纤细白皙的手指,心口激烈地跳了几下,说钱被偷了不要紧,我带了很多钱。肖文说骗人,你带了多少?赵安从衣兜掏出一沓钱来,在手掌上拍了两下,说六千元,不信你数一数。

肖文想这次出差,每人有三千元就足够了,而赵安却带了六千。赵安看见肖文沉默不语,以为肖文还在惦念她那被窃的钱包,说一直想为你花钱,现在终于有了一个机会。肖文说可惜我的钱包没有掉。赵安长叹一声,露出一副遗憾的表情,说你的钱包为什么不掉呢。

肖文把包塞到行李架上,拍拍双手,坐到赵安的旁边,说按照我们的一贯表现,下一步应该说昨天晚上如何失眠了。赵安说:你怎么知道我失眠?肖文说因为今天我们要一起出差,所以昨晚我们都很激动,都无法睡眠。你看,我的眼睛里充满了血丝。赵安说我也一样,好不容易有这么一个机会,我想我

我们的感情 ‖ 197

不会浪费掉。肖文说我也不会浪费，我已经做好了献身或者牺牲的准备。赵安露出一脸得意之色，仿佛已经达到什么目的。

列车轰隆轰隆地启动，赵安和肖文透过列车的窗口看见电信大楼、银河大厦朝身后退去。窗外是一片一片的树林，收割后的田野，在田野上走动的三两个行人。枯黄的树叶铺满铁轨的两旁，列车过处，树叶像一只只彩蝶腾空飞翔。清澈的河水。散乱的牛群。黄泥筑成的小屋。挂在墙上的农具。一张苍老的笑脸。路边撒尿的孩童。运煤的卡车。一辆飞奔的摩托。臭气熏天的垃圾。低矮的油毛毡房。站牌。镶满瓷砖的三层楼房。奔向列车的人群。装满食品的手推车。汽车喧闹的叫喊。列车嘎的一声停住，播音员说 K 市到了。

K 市是赵安和肖文此行的目的地。K 市和他们居住的城市一样没有什么特点，如果不留神，他们还以为是走在他们居住的城市里。宾馆也大同小异，红色的电话、绿色的地毯、乳白色的床头灯、仿皮沙发、席梦思床。赵安和肖文分别在 505 号房和 506 号房住了下来，他们由同事一下变成了邻居。

赵安刚放下行李，就听到电话铃嘀嘀地响，那声音听起来很孤单，慢慢变得声势浩大，像一阵风又像一阵雨，笼罩整个房间。赵安拿起话筒，听到一串柔和的声音。赵安问有什么事，话筒里说先生要不要小姐陪，赵安说要呀。赵安刚说到要字，那边便挂断了。赵安想糟啦，小姐一定奔我住的 505 号房来了。如果她真的来了怎么办？如果她真的来了，我也不会开门。

尽管满身尘土，赵安还是不敢洗澡，他生怕洗澡的时候小姐强行闯入，或者小姐跟服务员串通一气打开房门，那时即便全身是嘴也说不清楚，何况隔壁还住着一位同事。赵安坐在沙发里，用遥控器打开电视，正好中央电视2台在重播一台文艺晚会，那些他平时挂在嘴上的歌星一个接一个地登台。

赵安恍恍惚惚，陷在沙发里看了大约二十分钟的电视，耳朵始终小心翼翼地竖着，但他听不到门外有任何动静。渐渐地他觉得那个电话可疑，想一定是肖文玩的鬼把戏。赵安拿起话筒，拨了肖文房间的电话。电话响到第四声，那边才有人接。赵安用手捏住鼻子，粗声粗气地问要不要先生陪。赵安听到电话里传来一阵咯咯的笑声，肖文说：干什么？你啦。我正在洗澡，门我给你留着。只要你一推开房门，什么事都有可能发生。赵安问：真的？肖文说谁跟你开玩笑。

放下电话，赵安隐约有一点动心。他想跑出去推一推肖文的门，看她是不是真的留着。但他马上就否定了自己的想法，甚至觉得自己的这个想法可笑之极。跟肖文同事那么多年，什么玩笑都开过，但什么事也没有发生。赵安很快被电视上的一个歌星吸引住了。那个歌星名叫宋祖英，长着一双动人的眼睛，一副甜甜的歌喉。现在她正在唱她的成名曲《小背篓》。扎着辫子的小姑娘们背着大大小小的背篓，走在宋祖英家乡的石板路上，那些背篓一瞬间填满整个电视画面，最后简化成几个圆圈。赵安想，肖文和宋祖英比起来，差得太远了。于是赵安仍然坐在沙发里，心安理得地看电视。

当赵安开始洗澡的时候,他房间的电话铃又响了起来,赵安知道电话是肖文打过来的。赵安说我正在洗澡,门我给你留着,只要你轻轻一推,我们七年的笑话全都会变成现实。肖文说:刚才为什么不过来?赵安说我推了,你的门推不开。肖文说撒谎,门我一直留着。赵安说现在我留着门,你过来吧。赵安不等肖文解释,叭地放下话筒。他真的把门锁打开,然后钻进浴室里。

赵安泡在温水里,一下子显得精神饱满干劲十足,他听到自己的毛孔一个接一个地张开,某些部位愈来愈像英雄,愈来愈出色。他以一种放松的姿态等待肖文的到达,想七年都熬过来了,现在务必耐心,千万不可操之过急。赵安在等待中睡去,浴缸里的水渐渐变凉,最后把赵安冷醒。赵安从浴缸里跳出来,带起一片稀里哗啦的水声。肖文没有过来,赵安一边擦身子一边不停地骂她。

赵安想今夜不能就这么打发了。赵安穿好衣服,来到肖文的门外,静静地站着,认真谛听门里的动静。门里什么动静也没有,赵安轻轻推门,门已经锁住。赵安举手敲门,里面没有任何反应。赵安再敲,狠狠地敲,仿佛要把整幢楼敲垮。赵安终于听到里面有一丝响动,响声靠近门边,门裂开一丝缝。肖文站在门里,只露出一只眼睛半边鼻子半只嘴巴,说我已经睡了,你敲什么,你?赵安说你让我进去。肖文说我已经脱衣服了。赵安说脱了更好,省得我再脱。肖文嘘了一声,说你他妈小声点。赵安说我恨不得朝着整幢楼喊,看啊我跟肖文睡觉啦。

肖文开始往外推门,说刚才你敲门惊动了那么多人,明晚你再过来吧。他觉得肖文的口气简直让人恶心。"明晚你再过来吧……"那个吧字拖得特别的长,像是在诓一个不听话的孩子。她把我当成孩子了。

第二天晚上,肖文的一位男同学宴请肖文和赵安。赵安拒绝了邀请。赵安对肖文说他是请你,又不是请我。肖文说他请我们一家。

他们一行三人进入K市一家豪华的酒楼,然后再钻入一间名叫金满楼的包厢。赵安觉得这个包厢的名称实在叫人倒胃口。什么金满楼?不如叫作贫下中农包厢更符合我的身份。

落座之后,肖文向赵安介绍她的同学蒋宏水,但是肖文没有向她的同学介绍赵安。蒋宏水点了点头,问肖文这位是……肖文说差点忘了,这位是赵安,我的丈夫。肖文说完,自己先哈哈地大笑起来。蒋宏水满脸疑惑,问肖文什么时候换的丈夫,肖文说什么时候想换就换,他是我挂在嘴巴上的丈夫。赵安补充说,实质上,我们只是同事。赵安说这话时,脸微微有些发红。蒋宏水竖起他那根像蚕蛹一样的食指,朝赵安点了点头,说你们逃不过我的眼睛。

菜一碟接一碟地上来,赵安尽量把目光收缩到盘子上而不去观察蒋宏水和肖文。蒋宏水也不在乎赵安,他一边啃着鸡腿,一边大谈他们大学时代的逸闻趣事。蒋宏水说他对肖文感兴趣是从一次劳动之后开始的。记不清是做什么劳动了，反正是一个深秋的下午，天气已经很冷。劳动的时候，肖文还未引起蒋宏水的注意。蒋宏水注意肖文是在劳动之后，班上的同学都提着桶往食堂的水龙头边靠近。那些刚刚劳动完的女同学全都换上干净漂亮的衣服。她们还没有洗澡，便换上了漂亮的衣服，只有肖文一人还穿着劳动时的服装。蒋宏水说她穿着一件淡红色的花衣裳，右边的袖口处打了一块二指宽的补丁。看到肖文穿那么朴素的衣裳，我就有点心痛，就开始爱她了。破烂的衣裳穿到美丽的姑娘身上，会出现一种强烈的反差，这种反差使破烂的更破烂，美丽的更美丽。

听完蒋宏水的叙述，肖文差一点惊叫起来。肖文不相信地摇头，说：竟有这么回事？我今天是第一次听说蒋宏水曾经爱过我。蒋宏水说真是落花有意流水无情。当初我一直认为你是看不起我，所以不敢去爱你。肖文说绝对不知道，如果当初知道你有这么一份情感，我一定会嫁给你。蒋宏水像是被感动了，自己喝下一杯白酒，说还有一次，我们去北海见习，你生病了住在医院里。出发之前，许多同学都去看你，说要给你带贝壳、海螺什么的回来。我混杂在同学中间，不敢单独跟你说话，暗自发誓要给你带一样最让你难忘的礼物回来。后来我真的带回来了，你记不记得是什么礼物？

肖文继续摇头，说记不得了。蒋宏水说我知道你从来没到过海边，所以用一张白纸在海水里浸泡了五分钟，然后晾干。回来后，我躲开同学们，悄悄地溜进病房，把那张白纸递给你，说我给你带回了大海。你展开白纸笑了一下，说这是什么大海呀。我说你用舌头舔一舔就知道了。你伸出粉红色的潮湿的小巧的舌头，在白纸上轻轻舔了一下，突然沉默了，沉默了好久，我仿佛在沉默中听到了海啸。你说，原来，大海，是咸的。当即，你的泪就从眼窝里冒了出来。我说你的眼泪也是咸的。你不知道那一次我多么高兴，想即使是将来不能娶肖文为妻，也应该知足了，因为我看到她的舌头，眼泪。不是所有的人都能有此殊荣，包括你的丈夫和他。蒋宏水用手指了赵安一下。赵安知道他说的他是指他。蒋宏水说你跟你丈夫生活了那么多年，他认真地看过你的舌头吗？

我抗议，我起诉，肖文几乎是喊了起来。肖文说蒋宏水你他妈的是在编故事，你说的事我怎么一点也不知道？你把你跟别的女孩的故事强行加在我的头上，你是在诽谤我。蒋宏水又喝下一杯酒。赵安发觉蒋宏水每讲完一个故事就喝一杯酒，他仿佛把那些故事当作下酒菜。他把他爱肖文的感情和盘托出，就像那些菜一碟一碟地摆到桌上，然后再慢慢咀嚼慢慢吃掉。

蒋宏水说我说的都是真话，你记不得是因为你另有所爱，你的感情不在我的身上。感情是可以出卖的，感情也是可以遗忘的，就如桌子上的菜，随着时间的推移，它会渐渐变凉。肖文矢口否认，说我又不是木人石心，如果真有这么回事，我怎么会不记得呢？

仿佛是被蒋宏水的故事所打动，赵安吃完晚饭之后，找到了一个鲜花店，买了六枝盛开的深红色的玫瑰，扎成一小束送给肖文。肖文当时正在看电视,她把两只脚架到沙发的扶手上。她的脚上套着肉色的丝袜,丝袜像那种专爬墙壁的藤蔓,爬上肖文的小腿、膝盖。当肖文看见赵安手执鲜花朝她走来的时候,她从沙发上跳起来,接过鲜花,用小巧的鼻子在花朵上走了一遍说,你怎么变得这么诗情画意了?赵安用手抓抓头,说向蒋宏水学习嘛。肖文像突然记起什么,把鲜花扔到床上,有几瓣脆弱的花瓣飘落。

赵安看见肖文从她随身携带的小提包里掏出一本黑皮的小本子,本子上写满名单、电话号码、通信地址、账号以及密码。肖文翻到倒数第三页,口中喃喃:玫瑰(深红、盛开的)表示热烈的爱、热恋。念毕,肖文伸出左手抓起床上的鲜花,认真地数了数,然后又把鲜花丢到床单上,说六枝,六枝代表什么呢?肖文的目光在本子上搜索一阵,六枝,六枝表示既爱你又想你。肖文合上本子,小心翼翼地把本子放回提包,一切都做得有条不紊一丝不苟。肖文说,没有这个本子,我简直无法生活。肖文关好提包,抬起头才猛然想起盛开的深红的玫瑰表示热烈的爱。肖文带着询问的语气对赵安说,那么说你真的爱我?

赵安已经有点不耐烦了,伸出双手紧紧地搂住肖文,像拥抱一种气体或者什么无形的东西,试图要把他拥抱的东西消化掉,一点一点地渗入他的体内。他听到肖文喘息的声音渐渐变粗,他想只要两张嘴巴咬在一起,我就会得到我所希望的。赵安把嘴唇贴到肖文的嘴唇上,就像干柴遇烈火那样冒起一股青烟。肖文的嘴唇开始变得生动,她身不由己地配合赵安的亲吻。赵安想把他的舌头伸入肖文的嘴里,但他突然感到害怕,害怕肖文咬断他的舌头。

　　肖文在激烈的亲吻中靠近床铺,像忍受不住压力或者重量,慢慢地倒到床上,玫瑰花被她的身子压烂。赵安变得更加疯狂,他认为时机已经成熟,把手指伸向肖文的皮带。但是他遭到了肖文坚决的反抗。赵安问肖文为什么,肖文说不为什么。赵安说:对不起丈夫?肖文摇头。赵安说:对不起小孩?肖文仍然摇头。赵安想一定是还没有调动她的情绪,一般来说,只要把女人的欲火调动起来,一切就会迎刃而解。于是赵安又继续亲吻和抚摸,肖文变得温顺而且可爱起来。赵安看见肖文脸庞红晕,身体像水里的鱼不停地扭动,喘息声一浪高过一浪。赵安想现在可以收割了。他改变策略,准备绕道而行。

　　赵安伸手解开肖文上衣的第一颗扣子,说:我解啦?肖文说解吧。赵安一下子解掉了肖文的四颗扣子,肖文白皙的上身完全彻底地滚出来,像一棒白嫩的玉米突然从玉米壳里滚出来那样,把赵安的眼睛一下子刺痛了。赵安咂咂嘴,说:我脱啦?肖文说脱吧。赵安剥光肖文的上衣,然后又剥肖文红色的乳罩。肖文一直沉浸在激动之中,身体积极主动地配合赵安的双手,很快她的上身就一丝不挂了。赵安的手开始滑向肖文的下身,说现在我开始解你的皮带。肖文立刻从床上直起身,发出一声冷笑。赵安以为肖文要自己解皮带,所以让到一边去。

　　肖文在床边坐了几秒钟,便把冷笑变成了哈哈大笑。赵安觉得肖文真是莫名其妙，刚刚她的身体还沉浸在激动之中，怎么一下子变得这么平静了？肖文套上她的乳罩，叫赵安为她扣好。赵安保持沉默，他有了一种被欺骗和污辱的感觉。直至肖文扣好乳罩，穿上外衣，扣好外衣上的四颗扣子，赵安才发觉刚才肖文的所有激动都是装出来的。赵安说你的身体好像不是血肉做成的，直到今天我才知道，激动也可以做假，也可以假装。赵安带着深深的失望走出肖文的房间。肖文看见赵安离开她的一刹那，他的腿已经不听他的使唤。赵安不是走出去的，而是拖着两条腿慢慢地挪出去的。

电话铃像一声嘲笑又响了。赵安试图控制自己不去接电话，但是他的内心（或者说身体或者说大脑）不允许他不接。他弄不清是什么部位促使他把手伸向话筒，他听到肖文说刚才你的话太多了一点，不然我会给你的。赵安说过去我不相信人的感情，因为感情可以从身体里跑出来，现在我连人的身体也不敢相信了。我清楚地看见你的身体已经扭动，喘息声愈来愈粗重，可是仅仅两秒钟，你变得那么平静，好像那扭动的身体不是你的身体。你怎么可以这样呢？肖文说如果你真的爱我，半夜你过来，我真的真的留门给你。赵安说别再耍我了，刚才已经到了那种地步，你都不肯就范。如果另起灶炉，似乎是不太可能。肖文说信不信由你，你可以试着推一推门。只是希望你进来的时候，什么话也不要说。赵安说如果要怎么样最好是你过来，我留门，我也不能太低三下四了。

通完话，赵安枕着双手想，为什么不能说话？肖文她为什么要我不说话，糊里糊涂地跟她干？不说话的性交算不算性交？赵安这么漫无边际地想着，不知不觉地睡熟了。大约两个小时之后，赵安从床上爬起来，轻轻地走出房门，来到506号门前。犹豫了一会，他推开房门。尽管屋内一片漆黑，但他还是闻到了肖文的汗香，并且准确地走到肖文的床头。他的手刚一碰到肖文的手，肖文的头便像被磁铁吸引似的抬起来，双手勾住赵安的脖子。肖文把赵安的头一点一点地勾下去，一直把赵安的头勾到她的乳房上。赵安发疯似的扑上去，想说：肖文，七年啦，我整整等了七年啦。但是赵安他不敢说。从开始到结束，赵安始终遵守肖文的规则一言不发。

赵安回到自己的房间睡下。第二天早上九点，服务员推门而入时赵安才醒过来。服务员开始在赵安的房间打扫卫生，说：你们是怎么搞的？睡觉都不关门。赵安摇摇头，问服务员什么不关门。服务员说你和你的那位同事，两人的房门晚上都没有关，我轻轻一推门就开了。赵安说不可能，我回来时锁上门才睡的。赵安于是慢慢回忆昨晚的细节。他记得从肖文房间出来时，他把门锁上了。回到这个房间时，他也上了锁。如果两边的房门还开着，这说明我们都在期待对方的到来，那么我跟肖文就没有发生什么关系，她没有用手勾过我的头，我没有扑到她的身上，一切只不过是一场梦。会不会是梦遗？赵安这么想着，伸手去摸他的裤衩，裤衩是干的。赵安想如果真的是梦遗，现在裤衩也该干了。赵安努力地去回忆一些动作、气味以及声音，但是他怎么也想不起发出过什么声音，似乎什么也没说，他们只是默默地干。赵安想如果我们曾经交谈，我又能够记住我们的交谈，那么我就能分辨我们是否真的发生过关系，就知道昨晚的事是真实的或者是梦境。

赵安最后得出一个结论：没有语言的性关系，等于梦遗。他为自己的这个结论感到自豪。他从床上爬起来，慢慢地穿衣服，毫不避讳服务员的目光。他一心想求证他和肖文的关系，而且把这种求证寄托在肖文的身上。

赵安洗漱完毕去邀肖文共进早餐。他问肖文昨夜休息得怎样，肖文说睡得很死。赵安提醒肖文难道没有发生什么故事吗，肖文说没有。肖文觉得赵安问得有些莫名其妙，做出一副沉思的面孔，反问赵安，昨夜难道有故事？赵安说我在问你。

从肖文的面部表情来判断，昨夜似乎什么也没有发生。肖文的表情不像是发生过关系之后的那种表情，她的眼神平静如水，一边吃早餐，一边和赵安开玩笑，说赵安不像个男人，只有贼心却没有贼胆。

这一天，蒋宏水安排赵安和肖文到K市的郊区打猎。赵安和肖文换上了牛仔裤，戴着宽边的草帽，每人背上一支猎枪。蒋宏水已学会开车，他亲自驾驶一辆吉普载着赵安和肖文冲出城市，钻入长满森林的山谷。

他们朝着三个不同的方向前进，草丛里不时惊起一群鸟。飞鸟的叫声从天上撒落，树木在秋风中摇晃，一片一片的黄色的落叶和飞鸟混杂在一起。对于赵安和肖文来说，如此美丽如此纯粹的自然景象已经久违了。置身其中，赵安产生一种不真实的感觉。他一心一意想从肖文的身上验证昨夜的事情，但是他失败了。他开始怀疑今天的打猎是不是也是一场梦境？他看见肖文像一只舞蹈的蝴蝶，在衰弱枯黄的草尖上飞扬。赵安想，人怎么会飞起来呢？

赵安端起他的猎枪瞄准肖文，肖文停止奔跑，站在赵安的枪口前。赵安说，肖文，我勾动扳机啦。肖文露出灿烂的笑容，说你开吧，死在你的枪口下也是一种幸福。赵安端枪朝前走两步，说都什么时候了，你还在开玩笑。肖文一摆头，头发从草帽里飞流直下，遮住她的半张脸。肖文伸手梳理她的头发，仿如一只鸟在梳理它的羽毛。赵安说我真的开火啦。肖文说你开吧。肖文想他怎么会开火呢，他口口声声说爱我却从来没有行动，他怎么会开火呢。他就像平时说的"我过来啦，我来跟你睡觉啦"一样，其实他根本没有勇气走到我身边，就连我留着的门都不敢推一推……

赵安的手抖动了一下。随着一声巨响，赵安看见肖文被一股力量推倒，仰面飞翔跌入草丛。赵安说：我真的开火啦？鲜血飞溅的画面和肖文最后的一声惨叫，真实地笼罩赵安。赵安丢下枪，撒腿往山下跑，奔跑中他不时回头望肖文倒下去的地方。

赵安想我能跑到什么地方去呢，除非是跑出地球，否则我必死无疑。赵安心中涌起一股出逃的强烈的愿望，他想如果能跑出地球该多好,如果能离开人群该多好。很快他便跑到了公路上,看见蒋宏水的那辆吉普车停在路边,几辆运煤的货车从山谷里驶出来。赵安想现在我正朝着有人群的地方奔跑,这等于送死。于是赵安不跑了,他走到吉普车边坐下,把头靠到吉普车的前轮上想,也许这是一个梦呢?就像昨天深夜里钻进肖文房间里的那一个梦,没准什么也没有发生,我还在床上死死地躺着,一觉醒来,就会听到蒋宏水叫我吃早餐的声音。

赵安看见蒋宏水手执猎枪朝他飞奔而来。赵安说:他叫我吃早餐干吗拿着枪?看来这不是做梦,看来我真的把肖文杀死了!

送我到仇人的身边

1

一天晚上,张洪把他的同学赵构给杀了。出发前张洪在自己租住的房子里磨了一半天的刀。那是一把他从别人家里偷来的小尖刀,牛角做的把,上面雕有不少的花草。刀面上有血槽,还有好看的纹路。一个礼拜来,张洪反复地磨它,使它看上去闪闪发亮,刀刃薄得几乎没有。张洪一边磨它,一边用它来剃胡须,顺便用刀面来做镜子。过去长满络腮胡的张洪,现在脸上刮得干干净净,甚至连手臂上的汗毛也刮得干干净净。

当他最后一次磨完这把小刀时,天正好黑了。张洪注意到天黑的时候,就像一个人生气,脸一板就黑了。各种颜色的灯光从各种不同的窗口跑出来,楼外那些叫喊的车辆再也没有力气叫喊。张洪举起刀,对着正在看影碟的兵晓零说我要去杀人了。兵晓零说:你就用它去杀人?张洪用鼻子哼了一声,把刀藏到裤兜里。

兵晓零从沙发上站起来,走到张洪身边,用双手勾住张洪的脖子,就像一个小孩吊在一棵树上。张洪的脖子被勾弯了,他弯下脖子嘴巴碰了一下兵晓零的嘴巴,说我要走了。兵晓零的双手紧紧地缠住张洪的脖子,说我想要。

他们在沙发上做了一次,一直躺到晚间新闻播出时才爬起来。张洪说再不走就来不及了。兵晓零为张洪拉上拉链,扣上纽扣,说我想你。张洪说已经想过了。兵晓零说我还想嘛。张洪说:今天你怎么这么烦人?要想,等我回来了再想。兵晓零从药柜里抓出一个小纸包递给张洪,说带上这包毒药,也许会用得上。张洪接过毒药,把它放在上衣口袋。

现在张洪站在一幢镶满瓷砖的楼房前,那把锋利的刀子乖乖地躺在他的裤兜。闷热的气息悬在他的头顶,遍地都是油漆和塑料味,当然还有沿街叫卖的那种牛杂碎的气味。这幢楼房共有三层,闭上眼睛张洪都看得见里面的布置。楼房对着的路灯已经被他提前打烂,所以这边是昏暗的。远处来往的人影大都模糊不清,只看得见他们肩膀上扛着的长方形的脸,却看不清他们的眼睛和嘴巴。张洪轻轻地朝着楼房一步一步靠近。差不多走到门口了,他才发觉门口还停着一辆轿车。

张洪的目光落在漆成绿色的一楼铁门上,门的右上方有一个长方形的白色门铃按钮。他把手指往按钮上举了几次,最终还是没有往下按。站了一会,他往右边走去,灰蒙蒙的身影慢慢地明显,他的脸、他衣服的颜色逐渐地搁到了明亮的灯光里。右边是一溜的商店,他从商店的门前晃过,一直晃过五间商店，停在一口正冒着热气的铁锅前。铁锅里煮着半锅牛杂碎，张洪买了一食品袋，又买了五瓶啤酒提着往回走。往回走的时候，他的身影慢慢地黑了，回到那扇铁门前，身影已经暗得像一团散开的墨水，差不多看不见了，或者说不存在了。他腾出一只模糊的手臂，往门铃上一按。夜晚就像被什么敲了一下，清脆的声音在黑夜里响起来。

2

　　铁门当啷一声打开，一块长方形的亮光从门框里射出来。赵构穿着一件睡衣站在亮光里，屋子里的灯光照着他的睡衣，睡衣闪闪发亮，一看就知道穿着它的人是一个正在过好生活的人。这个过好生活的人嘴里喷出一声哈欠，身子往上一耸，伸了一个懒腰，说原来是你，我还以为是谁！张洪把食品袋和啤酒举过头顶，像是故意让赵构看见他手里那些不值钱的东西，以此获得进入楼房的机会。不知道是不是牛杂碎的功劳，反正赵构看了一眼食品袋，就从门框里让开了。张洪钻进去。赵构关上铁门，说：你怎么突然想起来要跟我喝酒了？张洪说因为我闻到了牛杂碎的味道。

　　张洪跟着赵构穿过一楼横七竖八的厨柜，再穿过堆满二楼的五颜六色的地毯，爬到三楼的客厅。赵构说你自己喝吧，我打了两天麻将，实在是太困了。张洪坐到餐桌边，把食品袋和啤酒放到餐桌上，说：你连牛杂碎都不吃吗？赵构说不吃。张洪的目光跟着赵构的脚后跟走进卧室。赵构翻天躺在床上，卧室的门敞开着。仅仅十几秒钟，张洪就听到了来自卧室的鼾声。张洪觉得赵构的鼾声很好听，听起来就像音乐。他的二郎腿跟着鼾声摇摆起来。在摇摆二郎腿的同时，他没有忘记抓过一瓶啤酒，试图用他那满嘴的黑牙咬开瓶盖。但是一连咬了几下，他都没有把瓶盖咬开，于是偏头看了一眼卧室，从裤兜里掏出那把小刀，往瓶盖上撬。他撬瓶盖的时候，显得很吃力，共撬了五下才把瓶盖撬开。

喝完一瓶啤酒，张洪抹了一把沾满泡沫的嘴巴，藏起小刀走进赵构的卧室。他的目光落在赵构熟睡的脸上。这是一张正在发胖的脸，眉毛还是那么浓黑，嘴角仍然挂着那条细小的疤痕，似笑非笑，好像正有一个好梦罩在他的脸上。他的喉结特别大，如果从那里下手，估计他连叫喊的机会都没有。张洪把手伸进裤兜，紧紧地抓住刀把。他想我就要下手了，我一刀就把你宰了。张洪感到手心里出了一层汗，牛角刀把被他慢慢地焐热，手背像患了重感冒突然发了高烧。

他把那只发烧的手退出裤兜，拍到赵构的脸上，满以为这一只发烫的巴掌会把赵构烫醒。但是赵构并没有预期地醒来，他想现在即使是我的手变成烧红的铁块，他也不会醒过来。我还是喊他一下吧。张洪说起来起来。赵构翻了一个身，说起来干吗，张洪说喝酒。赵构说我要睡觉。赵构刚说完我要睡觉，鼻孔里就喷出一串鼾声。张洪摇晃赵构的膀子，说你不起来，我一个人喝有什么意思？快起来吧。赵构没有回答，鼻孔里又喷出一串鼾声。张洪伸手抓了几下赵构的胳肢窝，赵构的嘴巴再也憋不住了，一连串的笑声冲出嘴巴。

赵构走出卧室，抓起一瓶啤酒，嘴巴轻轻一咬就把瓶盖咬开了。他用手里的酒瓶跟张洪手里的酒瓶碰了一下，一仰脖子一瓶酒就不见了。接着他开始低头吃牛杂碎，看他吃牛杂碎的馋相，就知道他已经一天没吃过东西。牛杂碎把他的头往餐桌上拉，而且愈拉愈低，睡衣的后领在他低头的时候张开一个口子，露出一节又一节的后颈骨。他的整张脸都拱进了食品袋，嚼食的声音比他刚才的笑声还响。他吃得越起劲，张洪就越高兴。张洪说没想到你现在还喜欢吃牛杂碎。如果不够的话，我再下楼去给你买一袋。要不要我再去买一袋？要不要？赵构的额头咚的一声磕在餐桌上，张洪推了一下赵构的膀子，说要不要。赵构的身子斜着倒下去，嘴角冒出一股鲜血。张洪用皮鞋碰了一下赵构的脸，赵构像死鱼一样张开嘴巴，就像是没有水喝实在太干渴那样张开嘴巴。他说张洪，你竟敢对我下毒。张洪跷起二郎腿，把自己那双肮脏透顶的皮鞋悬挂在赵构的脸上晃来晃去。赵构的喉结滑动了一下。赵构说救救我吧，张洪，救救我。你不就是缺钱花吗？为什么不言语一声？如果你言语一声，我会帮助你。你只要不让我死，我会给你很多钱。小玉也可以，如果你喜欢，你也可以拿去。

张洪的脚仍然在晃动，但是他的眼珠始终向着天花板，好像是天花板在跟他说话，而不是赵构在跟他说话。赵构突然伸出双手抓住张洪的皮鞋，拼命地往下拉，像是要依靠它站起来。皮鞋被赵构拉到嘴巴上，赵构的嘴巴在皮鞋底擦来擦去，嘴角上的血全都擦干净了。他说张洪，只要你救我，你要我舔也行。赵构伸出舌头舔张洪的皮鞋底。他一边舔一边说，张洪，你还记得我嘴角的伤疤吗？那是小时候我帮你打架留下的。你看，它现在还留在我的嘴角。张洪抓过一瓶啤酒慢慢地喝，像一截木头坐在那里，听着赵构微弱的哀求。

赵构抓着皮鞋的手慢慢地松开了，说话的声音也已经低得听不见。他说水，你让我喝上一口水吧。张洪把手里的半瓶啤酒全部倒到赵构的脸上。赵构的嘴巴动了几下，舌头伸了出来。他的舌头一伸出来，就被自己的牙齿紧紧地咬住，再也没能缩回去。只有四个数字像小丑一样蹦出他的牙缝。张洪歪头听着，他听到赵构说"7838"。

3

这时候张洪听到窗外响起了细微的声音，声音像一个人低声的哭泣，特别像老母亲的哭泣。它持久地悲伤地擦过玻璃，似乎是一只微弱的手，正在用弱小的力气把窗口打开，想从那里钻进来，邀请张洪跟它一起哭。但是这种想哭的念头只一闪，就从张洪的胸口消失了。张洪竖着耳朵听了一会，拉开客厅的玻璃窗，雨点像鞭子一样从窗外扑打他的脸。天突然下雨了，就在赵构倒下去的那一刻下雨了。张洪让雨淋了一会，把头缩回来，脸上全是雨水。他抬起已经冰凉的手掌在眼角抹了一把，他想这是雨，不是泪，赵构，我向你保证这绝对是雨。我怎么会哭呢？笑还差不多。他突然想笑，但是他动了动脸上的肌肉，肌肉像经过水泥板结过似的一动不动，无论是哭或者是笑，他要做起来都已经不那么容易了。

张洪跑到二楼拿了一块绿色的地毯裹住赵构的身体。赵构的身体抽搐了一下，嘴里哼了一声。张洪用手掌贴了一下赵构的脸，感觉赵构的脸比自己的手还热。他还没死。张洪用地毯堵住赵构仍在流血的嘴巴，一直堵到他认为赵构已经完全死了才松手。窗外的哭声愈来愈大，张洪跑进卧室，用赵构临死前告诉他的密码，打开保险箱。他看见20扎香气扑鼻的崭新的人民币，整齐地码在保险箱里。他把箱里的钱全部扒到浅红色的地毯上。

一个月前，张洪已经观察到这幢楼房左边的两百米处有一个下水道的铁盖。他早就决定把赵构的尸体从那里丢下去。现在他扛着赵构的尸体，出了铁门沿着墙根往左走。他感到有一个人一直跟在身后，但是扭头一看，身后什么也没有，只有雨水淋在他的头上。雨水愈来愈猛烈，像有人拿着水龙头往他的头上射。他往前走，水龙头射出来的水跟着他往前走。他停下来，水龙头的水也停下来。他伸长一只手臂，发现落在手臂上的雨点大，落在手指尖的雨点小，也就是说半米之外落的是毛毛细雨，而以他为圆心的半米之内却大雨瓢泼。那么说是有一团雨一直跟着我，难道这雨是赵构家的亲戚吗？

张洪来到铁盖边，丢下赵构的尸体，从旁边拿出一根事先准备好的铁条，撬下水道的铁盖。铁盖被周围的水泥紧紧地咬着，张洪围着它撬了一圈也没法撬开。大雨一直罩着他，他的嘴里已经吃进去不少的雨水，包括夹杂在雨水里的汗水。又撬了半个小时，张洪感到有点累，一屁股坐到地上，他的衣服裤子被泥巴全染成了黑色，地上的积雨从他的屁股边流过。他默默地坐着，像是在寻找办法。终于他从地上爬起来了，可能是想到办法了。他扛着赵构的尸体往回走，把赵构丢到轿车的后厢里。

张洪开着赵构的车冒雨来到郊外的一个工地，那里的楼房只起到一半就停下来了。在主建筑的周围，搭建了一排排工棚，现在敞开着，里面没有人，连一个看守都没有。张洪把赵构的尸体从车的后厢扛下来，一直扛进一间原先装水泥的棚子。棚子的一角还堆着一些零散的水泥，他捡起一把废弃的铁锹，把赵构埋到水泥里，然后再拍紧那些水泥，然后再拍拍手，再换了一套从赵构家里带出来的衣服。穿好衣服，他看了一眼夜色里的工地。工地很荒凉。雨小了，有一股风吹起他的衣襟。他掖好衣襟，开车离开。

4

张洪提着一大袋钱打开他的房门，对着客厅喊：晓零，我们结婚吧，现在我有钱了，我们结婚吧。平时兵晓零总是睡在沙发上等他回来，但是张洪看了一眼沙发，沙发上空空荡荡，电视机却开着。张洪踢开卫生间的门，卫生间只有一盏亮着的灯。张洪关掉卫生间里的电灯，扭开卧室的门。卧室里也没有兵晓零。那么她会到哪里去？张洪把装钱的包丢到沙发上，用电话呼兵晓零。他一连呼了十次，兵晓零都没复机。这么说她是跑了，她为什么要跑呢？不是说好了只要我一有钱，就跟我结婚吗？

从这个晚上开始，窗外一直刮着大风。两天之后，张洪还没有一点兵晓零的消息，他确信兵晓零已经把自己给甩了。我都已经为她去杀人了，她竟然还把我给甩了。张洪操起一张木凳，对着电视机砸过去。电视机破碎了。他捡起凳子朝着墙上的一面镜子砸去。镜子也破碎了。他又一次捡起木凳，寻找下一个可砸的目标。但是他的胸口突然沉了一下，觉得砸东西又有什么用？反正兵晓零又不会看见。除非是把她宰了，否则砸多少东西都不解我心头之恨。张洪放下手里的凳子，慢慢地冷静下来，目光落到那一口袋钱上。他突然不知道这些钱除了结婚还能用来干什么。我已经好久没有回家去看望妈妈了。

张洪提着钱，离开自己的住所，朝他妈妈家的方向走。街道两旁的路树被风折断了不少，树枝散落在路上。一些广告牌已经挪动位置，不是砸在地上，就是吊在楼房的半腰，欲坠不坠，甚至有一根电线杆都被风吹弯了。

敲开妈妈的家门，张洪看见妈妈的头发又白了不少。妈妈说你来啦。张洪说来啦。妈妈说吃饭了吗，张洪说吃了。妈妈说要不要我做一盘红烧豆腐给你吃，你已经好久没吃我做的红烧豆腐了。张洪说不用,我已经吃过了。张洪拉开提包的拉链,从里面抓出五扎崭新的人民币,递给妈妈。妈妈惊叫一声,差一点就跌到地板上。她走到提包边,扒开提包,看见里面还有十几扎人民币,说你从哪里弄来那么多钱?张洪说你不用管,拿去花就是了。妈妈说是不是偷的?你的这个毛病怎么老是不改?张洪说不是偷的。妈妈说,那么,是抢的?张洪说也不是。妈妈说那是从哪里弄来的?张洪说我把赵构给杀了。妈妈吐了一口白沫,倒到地上,像一只还没有完全被杀死的鸡动弹着。张洪看着妈妈在木地板上动弹,也没有过去扶她一把。妈妈从提包边弹到房门边,嘴里一直没有发出声音,直到把一只热水瓶弹倒,滚烫的热水全部淋到她的大腿上,她才发出声音。声音很细,准确地说是呜咽。张洪想一定是开水把她烫痛了,她才发出这样的声音。

妈妈捂着烫伤的腿站起来,试着往沙发边走。但是她的腿被烫瘸了,只走了两步就又跌倒在地板上。本来张洪可以扶她一把,但是张洪没有扶,他眼睁睁地看着妈妈爬到沙发上。妈妈说你快离开这里吧,离得越远越好,我再也不想见你。张洪像是没有听见,坐在木地板上看着妈妈。妈妈突然从沙发上跳起来,动作敏捷,像是根本没有被烫伤。她推了张洪一把,说听见了吗?你快点离开这里。张洪被推出门外,妈妈把装钱的提包塞到他的手里。门板嘭的一声合上,张洪被关到外面。他推了一下门板,门板纹丝不动。他听到门板里的妈妈说这几天在刮台风,你一路上要小心。张洪想:假惺惺,都是假惺惺的,把我推出门的时候,刚刚被烫伤的腿怎么一点也不瘸了,也不痛了。

张洪踢了一脚门板,转身走向大街。突然他对那个工棚有点不放心,于是打了一辆的士,来到郊区工地。他看见那些工棚全部被台风掀翻了,有的被吹出去好几十米。覆盖赵构的水泥已经吹开,赵构直挺挺地躺在那里,就像是睡午觉。张洪想这样的台风已经好几十年没刮了,它早不刮晚不刮,偏偏这个时候刮,如果迟来一步,就完蛋啦。张洪用一块油毛毡盖住赵构,说赵构,你就暂时委屈一下,晚上我再给你找个地方。盖好赵构,张洪观察了一下周围的地形。他发现这个工地离那条河流不过几百米远。他朝着河流走去,一边走一边回头看赵构。

5

傍晚,张洪扛着一把新卖的铁锹来到河边,太阳还没有落下去,他就坐在河边看太阳。他已经有二十几年没有这么认真地看过太阳了。怎么看,那个太阳都像一个步履蹒跚的老头,走了好久都没有走下去。远处的桥梁上车来车往,喇叭声从来没有今天这么刺耳。河岸边有几个人在钓鱼,一群孩子赤身裸体浮在水面上,他们的皮肤被太阳晒得黑黑的。坐了一会,张洪用铁锹开始在河岸边挖起来。他要挖一个长一米七六,宽一米的土坑。为了对得起赵构,他决定把这个坑挖得深一点。

他从来没有干过这种体力活，可以说从生下来到现在他都没有干过。只挖了一会，他的额头上就冒出了汗珠，手板里起了几个血泡。五个游泳的孩子爬上岸，赤身裸体地站在旁边看他挖坑。张洪对他们说，你们能不能帮我挖一个坑？孩子们相互看了下。张洪说，只要你们帮我挖，我给你们每人一百块钱。大的那个孩子接过张洪手里的铁锹，挖了起来。看得出他们都是郊区的孩子，是那些菜农的孩子，他们都干过体力活，挖起坑来有板有眼，一点也不费劲。那个孩子挖了一阵，把铁锹递给第二个孩子，第二个孩子接着挖。等五个孩子全都挖了一次，张洪想要的坑已经摆在他的面前。他从裤兜里掏出五百块钱，分别递给他们。他们轰地一下就跑开了，像是害怕钱似的。跑了一下，他们停在十米之外的地方，回头对张洪说这是我们应该做的。他们每个人说了一次"这是我们应该做的"。张洪想这一定是他们的老师教他们的，小时候，莫老师也曾经这样教过我。可是他们不知道，挖这个坑是用来做什么的，他们连问都不问，也许那几个钓鱼的会问。

河面上的那些光线一下就不见了，树冠最先黑了起来。钓鱼的人先后收了鱼竿，从张洪的身边走过。他们看了一眼土坑，也不问张洪挖这个坑来干什么，他们板着脸连问都不问。他们再不问，我就要说了。张洪看着他们背着鱼竿，从土坎上爬上去。他们手提的网兜里装着几条半死不活的鱼。张洪用目光丈量一下土坎，土坎很高很陡，要把比自己肥大的赵构从那里搬下来，确实需要很大的力气。有一个帮手就好了。

也许姐夫能帮我的忙。张洪在路边拦了一辆的士，回到市中心工商银行的宿舍区。他看见姐夫家的灯光是明亮的。他在路边给姐夫打了一个电话。姐夫说你给我滚远点，我从电话里已经闻到了你尸体的臭味。张洪说我可以付你工钱。姐夫说你就等着挨枪子吧，那种钱你是能要的吗？谁要你的臭钱？张洪放下电话，嘴里骂了一句臭美，跟我姐姐结婚的时候，为了争嫁妆把爸爸都气死了，现在竟然说臭钱。难道赵构的钱就不是钱吗？他是害怕了。张洪再也想不出一个能够帮他的人，他和这个城市好像一下就失去了联系。突然他想起了莫老师，也许莫老师能够帮我。

莫老师住在星湖路小学，还有两年他就要退休了。现在他一家五口，住在小学一楼的两室一厅里，从窗口看进去，可以看得见他的床铺。莫老师正坐在床铺上批改作业。张洪敲了一下窗玻璃，莫老师摘掉老花眼镜，对着窗口说：谁呀？张洪说我。莫老师推开窗门，说：有事吗？张洪说：能不能让我进去说？莫老师说：这两年，你还在偷吗？张洪说偷。莫老师说：我说过，你不改掉这个毛病，我不会让你走进我家。窗门被莫老师拉回去，但是他拉得很慢。张洪把头插进两扇窗门的中间，说莫老师，你不是说做人要诚实吗？其实我完全可以骗你，说我已经不偷了。莫老师叹了一口气，说我教了一辈子书，从来没有碰上像你这样不争气的。你给我滚吧。张洪说只要你帮我，我可以付你工钱。莫老师从屋子里走出来，说你要我帮你干什么。张洪说帮我搬一样东西。

6

张洪带着莫老师，来到郊区黑黢黢的工地。莫老师走一步问一句，到底是搬什么东西？是不是偷来的东西？如果是偷来的，我可不帮你搬。张洪一声不吭，只是带着莫老师往工地上走。走到赵构的尸体前，张洪用手电筒照了一下，说就是搬他。莫老师说：死人？张洪说死人。莫老师说我从来没搬过死人，你要把他搬到哪里去？张洪说河边。莫老师说张洪，你让我回去吧，我不干这个。张洪听到莫老师的声音有些颤抖，上下牙齿打起架来。张洪说你太穷了，我给五千。莫老师吓得不敢出声，不知道是五千把他吓住了，还是赵构的尸体把他吓住了。他开始往来的方向走。张洪对着他渐渐走过去的朦胧的背影说八千。莫老师还在往前走。张洪说一万，看在你是我老师的分上。莫老师停了下来，掉转身子，走回到张洪的身边。张洪把一万块钱分成两扎，塞到莫老师的两边裤兜。莫老师感到裤兜一下就胀了起来。莫老师说那就尽快搬吧。

张洪在前，莫老师在后，他们抬着赵构的尸体往河边走去。走了大约一百米，张洪感到莫老师的步子慢了下来，喘气声愈来愈粗。莫老师说张洪，能不能慢点，我都快退休了，哪有你走得那么快。张洪放慢速度，说赵构，我算是对得起你了，我连老师都给请来了，这个规格够高了吧？你能不能不那么沉？让莫老师轻松一点。张洪以为一说到赵构，莫老师会有什么反应。但是莫老师一点反应也没有,他只记得我这个不争气的学生,已经记不得这个争气的名叫赵构的学生了。

他们来到河边的土坎,张洪先滑到土坎的半腰,在那里等莫老师把尸体慢慢地放下来。张洪接住尸体。莫老师往下滑,滑到能够接住尸体的地方停下来。他们一上一下,配合着把尸体搬到岸边的土坑里。张洪说莫老师,你的任务已经完成了。莫老师说那我先走啦。张洪说走吧。莫老师朝土坎边走去。他就这么走了,连问都不问一声,这是谁的尸体?为什么要把他埋在这里?张洪喊莫老师。莫老师说:还有什么问题吗?张洪很想说我把赵构给杀了。但是话到嘴边,张洪又把它咽了回去。张洪说没事,你走吧。莫老师在土坎边爬了好久才爬上去。他好像是累坏了。

掩埋完赵构,张洪把铁锹丢进河里,然后坐到填平的土坑上抽烟。他摸了摸裤兜,那把刀还在。他掏出刀来玩弄着,说:赵构,你说兵晓零会藏到什么地方?她为什么不辞而别?我该不该把她宰了?张洪没有听到赵构的回答,他早就不能回答了。

7

兵晓零有一个嗜好,那就是特别爱穿带格的裙子。她的裙子大部分是在七星路买的。张洪在七星路转来转去,他坚信会在某个服装店里碰上兵晓零,除非她离开这个城市,除非她永远不买裙子。但是张洪转了两天,没有看见兵晓零,倒是看见了许多漂亮的裙子。一看见那些裙子,张洪的手就发痒,不自觉地伸进上衣口袋,想把钱掏出来。当他的手摸着口袋里的钱稍微犹豫的时候,他就听到兵晓零的呻吟,一股潮湿的感觉滑过下身。可是现在她已经把我踹掉了,我为什么还帮她买裙子?

张洪虽然这么想,但是手却不听他的使唤。一看见带格的裙子他就买,他的胸前已经堆满了装裙子的纸袋。三天过去了,裙子买了不少,却仍然没有兵晓零的影子。张洪突然想到河边去看一看,看看那边会不会出什么问题。

黄昏时分,张洪来到河边的土坎上。那个土坑已经被一对青年男女占领。他们在上面铺了一大堆彩色的报纸,尽管现在他们只是坐在那里紧紧地搂抱着,但是他们一定会躺下去。他们铺了那么宽的报纸,不可能不躺下去。张洪坐在土坎上偷偷地看着他们。太阳还是走得很慢,张洪比那一对搂抱着的人还着急。等了大约一个小时,他们再也不等了,男的把女的按到报纸上,两人都剥光衣服干了起来。他们在干的过程中,太阳落下去,女人的喊声从底下飘上来。张洪狠狠地吸了一口烟,离开河岸。

到了第二天中午,张洪开始想念那个地方。他想那个男人和女人,会不会又到那个地方去干?张洪来到土坎边,站在那里往下看。这一看,他的眼睛傻了。他想不到昨天还被人用来做爱的地方,现在已经塌下去一半。没有一点迹象,河岸就塌方了，好像是那一对男女用力过猛搞塌似的。张洪想它早不塌晚不塌，偏偏在这个时候塌，专门冲着我塌。他从土坎滑下去，看见赵构的半边尸体露在外面，半边尸体还埋在土里。露在外面的这一只手臂，微微往下垂，好像还在晃动。张洪把他的手臂弯上来放到他的肚脐上，但是只放了一会，手臂又垂了下去。张洪说赵构，你真是烦死我了。

张洪爬上河岸，到工地上转了一圈。他发现一个戳空了一头的铁皮油桶。他往桶里装了半袋水泥和一圈绳子，然后慢慢地把它往河边滚。滚到土坎边，他用绳子吊着那只油桶往下放，一直把它放到土坎下的平地上。但是他忘记拿铁锹了，又不想再回工地，于是抓住赵构露出来的手臂就往外拔。他把那只手臂拔断了，也没有把赵构拔出来。他开始用手指抠泥巴，抠了一会，他的指甲盖全都抠脱了，鲜血从十根指头浸出来。这时他才记起裤兜里有一把刀。他用刀挖了一阵，赵构的那一半边露了出来。他把赵构塞进油桶里，但是无论他怎么塞，赵构不是头塞不进去，就是脚塞不进去。张洪想总得把一头给割了。

张洪举刀想割露在油桶外面的赵构的头，但是他看见了赵构嘴角的那块伤疤。他的手软了一下，突然改变主意，把赵构从油桶里调过来。这样赵构的双脚就露在外面。张洪割掉他的双脚，把它塞到油桶里，用水泥封住桶口。

8

　　至少到明天这些水泥才会板结，张洪看了看河面想，恐怕还得找一个帮手。张洪突然想起小玉。

　　小玉是赵构的女朋友，张洪经常跟他们打麻将下馆子，彼此混得很熟。第二天，张洪打通小玉的手机。小玉说我正在快活林茶庄跟他们打麻将，有事过来说。张洪赶到快活林找到小玉。小玉的脸色有些青，像是打了几天几夜的麻将。张洪说小玉，我们走吧。小玉说我都输了一万，怎么能走？张洪说我给你一万。小玉惊异地看着张洪。张洪从口袋里掏出一万递给小玉。小玉把麻将一推从凳子上站起来，身子晃了一下。

　　小玉一坐上的士，就说我困死了，你要带我到哪里去。张洪说给我打个帮手。的士走了一会，小玉就睡着了。到了工地，张洪摇醒小玉，把她从的士上叫下来。小玉看着水泥柱上那些铁锈斑斑的弯曲着的钢筋说，你不是要强奸我吧？张洪说：怎么会呢？小玉说其实也无所谓，只要你再给我三万，你要知道我是很开放的。张洪没有出声，带着小玉往河边走。站在土坎上，小玉看见了那个油桶竖在河岸的平地上。小玉说你要我帮你干什么，张洪说要你协助我把那个油桶搬到河里去。

　　张洪扶着小玉下了土坎。张洪看见油桶里的水泥已经板结了。他们一起用力把油桶滚到河边。然后张洪用绳子在油桶上绑了几块大石头。张洪说现在我们把它推下去。张洪喊道一、二、三。喊到三的时候，他们用力往河里一推，油桶扑通一声栽进河里。河面溅起一团水花，小玉发出一串笑声。

　　但是小玉没有问油桶里装的是什么，她连问都不问，就把它推到河里去了。小玉说走吧，我还要回去打麻将。张洪推着小玉的屁股，让她爬上土坎。张洪觉得小玉的屁股很滚圆很性感，小玉爬上去了，好像她的屁股还在手里。小玉站在土坎上回头看张洪往上爬。小玉说：你真的不想强奸我？张洪说你去打麻将吧，我要去找兵晓零。

　　事实上，张洪根本不知道去哪里找兵晓零。他在七星路口租了一家门面，开了一个格子裙时装店，卖的全是带格的裙子。他耐心地等待着，相信兵晓零总一天会从门口走进来，说老板我买一条裙子。

9

　　到了秋季，兵晓零还没有出现。一天，张洪坐在收银台看一张本地的报纸。报纸上登了一条消息，说那条河流在秋天里干枯了，水位低到了历年最低，一只油桶露出水面，有好奇者戳开油桶，发现里面有一具烂了的尸体。张洪想，它怎么就干枯了呢？它为什么偏偏在这个时候水位降低到历年来最低了呢？张洪像突然被谁抽掉了筋骨，把头扑到收银台上。他听到额头撞到收银台时咚地响了一下。紧接着有一个女人的声音，像打雷一样在张洪的头顶响起来。她说老板，给我拿一条裙子。张洪抬起头，终于看见兵晓零站在他的面前，她的身边跟着一个壮实的男子。张洪想她终于来了。不知道出于什么原因，一看见兵晓零，张洪就把手伸进裤兜握住那把刀子。那个男人慢慢地撩开衣角，露出皮带上吊着的一副手铐。隔着收银台，张洪举刀朝那个男子刺去。那个男子身体一偏，迅速抓住张洪的手臂，把张洪的双手牢牢地铐住。张洪想原来她跟了一位警察。

这样张洪就听到了一年后的一声枪响。子弹从他热乎乎的胸膛穿过。枪响之前，有人问他最后还有什么要求，他说把我带到河边去，让我看看那条河。我想知道那只油桶是怎样浮上来的，水位到底低到什么程度。

伊拉克的炮弹

1

晚风吹起的时候,那些县城来的懂技术的家伙才拧紧接收器上的最后一颗螺钉。一直蹲在旁边的王长跑拍拍手站起来:"有了这个大锅盖,今后就不用天黑上床,我也不必每晚交公粮。"围观的村民没给王长跑半个笑声,他们抢着滑下楼梯,急手急脚地回家,都想第一个看上电视。

偏偏所有的电视机都是雪花点,喊里喳啦的声音好像热油锅炒菜。王长跑摔了电视一巴掌,转身跳出门槛朝村头跑去。尽管三十年都没听到发令枪的声音了,但他蹬腿摆臂的老底子还留在身上,仅仅二十秒钟就到达公路。县城来的汽车已经驶出去三百多米,它的屁股后面扬起一条长长的土龙。王长跑一头扎进灰尘喊着技术员的名字跟汽车赛跑,跑过一棵又一棵茶树,就连坳口那棵大枫树也跑过去了。汽车的尾灯一闪一闪的,越来越大越来越亮,王长跑只要做一个标准的压线动作就完全有可能让汽车获亚军。不巧的是他踩到了一颗松动的石头，右脚忽然崴了，钻心的痛把整个地面都抬了起来。汽车轰的一声冲出去，王长跑站在那里眼睁睁地看着，落下的泥尘很快挡住了他的视线。渐渐地，他的衣服重了，头发和眉毛都白了，好像所有的灰尘都爱他。怪不得当他一瘸一拐地迈进家门时，儿子王大帅会惊叫："爸，你怎么变成老头了？"王长跑赶紧把头发和眉毛上的灰尘拍下来："你爸有这么老吗？要是让你刘阿姨听见，没准转身就嫁年轻人。到时，别恨我没帮你找后妈。"

吃了一个煮红苕，王长跑就坐到椅子上对着电视机拍拍打打，还掏出说明书一页页地往下翻，但不管他是拍电视机或是按遥控器，屏幕就是没一点改变。坐在旁边的王大帅实在没盼头，打了一个喷嚏："爸，我困了。"王长跑又按了一下遥控器："你别、别急，画面马上就出来，没县城的技术员我们照样能打喷嚏。县城有什么了不起，当年你爸不也到县城参加过农民运动会吗。大不了，爸把老花眼镜戴上。"王长跑真的把老花眼镜架到鼻梁上，以为有了这个核武器就能看到画面。王大帅站起来，伸了一个懒腰："眼镜又不是电视天线，我可没力气陪你。"

到了后半夜，忽然"嘭"地响了一声，吓得王长跑的眼镜从鼻梁直直掉下去。他回过头："大帅，能不能轻点？像你这样关门，三天就得换门板。"房门紧闭着，又传来"嘭"的一响。王长跑跳起来四处寻找声音，才发现电视上已经有了画面：一枚枚炮弹腾空而起,嘭嘭嘭的声音来自电视。播音员说美国实行"斩首",小布什终于向伊拉克宣战。就算在脑袋里安装12匹马力的发动机,王长跑也不会想到自家的电视节目会从打仗开始。他推开房门,拉起熟睡中的王大帅:"儿子哎,不好了,打仗了。"王大帅抓起零钱罐直接往床底钻,动作快得像个熟练工。王长跑把王大帅拽出来:"不是这里打仗,是美国打伊拉克。"王大帅"啊"了一声倒到床上,任凭王长跑怎么喊他、掐他就是不睁眼。

电视上的乌姆盖斯尔上空不时划过飞机的声音,炮声隆隆,好端端的楼房在一声巨响后立刻垮塌。王长跑忍不住心痛起来,那么高大的楼房要是放到村子里,恐怕连牛马都有单人间。他来回瘸了几步,越想越不服气,急得屁股像冒了火烟,抓起拐杖走出去。村子早安静了,只有夜虫叽叽喳喳地还在加班。王长跑碎步来到刘家,把敲门声压得很低但听上去还像打雷,吓得周围的虫子都变成了哑巴。

"桂英,桂英……"

门轻轻地打开,刘桂英倚在门缝里:"都什么时候了,还来吵我的瞌睡。"

"不好了,出大事了,美国和伊拉克打起来了。"

"你敲门就是想告诉我这个?"

"可不是吗,楼房都炸烂了,工厂都烧起来了。"

门"嘭"地关上,比前面任何声音都响,王长跑紧张四望,生怕自己被关门声暴露。好在四周都是黑的,隔壁的窗户也没打开。他轻声地:"刚才我在调电视,把给你刮痧的事忘记了。桂英,我的电视能看节目了,你要不要过去看一眼?"屋子里没有回答,什么声音也没传出来。要是在平时,王长跑会捅窗户、吹口哨、说笑话、递吃的、唱山歌、撬门闩、故意咳嗽……反正总之,他一定能把生气的门再次打开,但是今晚他没做任何动作就乖乖地回家了。

2

30名伊拉克士兵向美军投降。美军将星条旗插上乌姆盖斯尔新港。乌姆盖斯尔新港被美国海军陆战队占领。星条旗升起又撤下,美军在乌姆盖斯尔遭遇伊军顽强抵抗……电视画面不断跳跃,王长跑看得眼睛一眨不眨,除了上厕所几乎没离开过椅子。即便是上厕所,他也从每天的十次减到了五次,尿产量下跌百分之五十。有时,他下半身还在厕所里,上半身已经歪出来听电视里的声音,弄得裤子的前部分都没干过。凡是嘴巴所需,他都摆在面前的小桌上,香烟、瓜子、红苕、茶水和面面粑品种齐全,手臂不用完全伸直就可以拿到。自开战以来,王长跑跟厨房基本上说了"再见",小桌子上的食品全是王大帅从刘桂英那里送过来的。

一天傍晚,刘桂英杀了一只鸡,煮了一锅浓浓的鸡汤,让王大帅叫王长跑过去吃饭。王长跑的眼睛黏住电视,脸上一副沉重的表情:"大帅,你告诉刘阿姨,爸现在没心思喝什么鸡汤。"

"爸,你都好几天没吃饭了,下巴都尖了。"

"那也比伊克拉的难民吃得饱,不是开玩笑,爸现在真的没胃口。"

王大帅关掉电视机。王长跑惊叫,屁股从椅子上弹起,扬着巴掌到处找王大帅的脸蛋。王大帅跑过来钻过去,骗得王长跑一会扑东一会扑西,崴了的脚比不崴的那只还灵活。王大帅发现了惊天秘密:"爸,你说腿脚不方便才看电视的,现在你的脚都好了,怎么还不分白天黑夜地看?"王长跑低头看着右脚,惊讶程度绝不亚于王大帅,他真的不知道自己的脚是什么时候止的痛。"万万没想到,这电视还能疗伤,"王长跑来回走了几步,打开电视机,"但是,现在我是关心战争,和脚痛无关,你别来烦我。"王大帅翘起嘴巴走出去:"刘阿姨会生气的。""她要是不理解,我也没办法,"王长跑提高嗓门,"你说,喝鸡汤和死人哪个更重要?"

屋顶上垂直的炊烟渐渐弯曲,大枫树上那抹霞红不见了,奔跑的孩童被父母的呵斥打断,村庄的颜色变深变黑,到处都是吃晚饭的声音。电视里,英国士兵向伊拉克平民分发粮食和水。王长跑看着那些面黄肌瘦、手臂纤细、肚皮鼓凸的孩童,眼睛忽地一热,泪水不知不觉滑出眼眶。伊拉克的孩子没有妈,大帅的妈也死得早,王长跑越想感情越脆弱,满脸都是泪水。刘桂英捧着一只大瓷碗走进来,被王长跑的泪水惊吓,碗里的少许鸡汤泼洒到手上。

"长跑,你的哪根筋又不对了?"

王长跑指着电视:"你看看那些难民,他们连水都没得喝的。"刘桂英扭头看电视,画面已经跳到了沙漠,一队军车正缓慢开进。"哪有什么难民呀?全是沙子,连棵树都没有。你眼睛是不是老花了?"王长跑凑到电视机前:"刚才还在讲难民,现在是报道行军路线。桂英,你看那些沙尘是不是和我们公路上的一样?"

"要是我们公路上跑汽车,那灰尘就和电视里的没什么区别。"

"所以,一看见那些沙尘,我就以为隔壁村在打仗,好像战场就在附近。"

"瞎编,不会是发烧了吧?这鸡汤到底还喝不喝?"

王长跑张开嘴巴。刘桂英:"难道还要我喂你不成?"王长跑把嘴巴张得更大,眼睛却没离开电视。"我才没工夫侍候懒汉,真不讲道理……"刘桂英把鸡汤重重地搁在桌上,响响地走出去。王长跑没挽留,没扭头目送,连基本的礼貌都没有。

3

电视上的战争场面每天都在更新,但王长跑看花了眼,不管是布什讲话,还是萨达姆下令给纳西里耶阵亡将士家属发抚恤金,始终都有一个孩子的头像叠在画面上。那个孩子的头大得像堆在屋角的南瓜,眼窝深深像村头的那口井,满脸都是害怕的饿了的表情,更可怜的是他还穿着一件打补丁的衣服。王长跑试着换台,用遥控器调出青山绿水,可那孩子的头像就是不消失,固执地坚强地叠在上面。难道是我的眼睛出了问题?他紧紧地关上眼皮,甚至睡着了。当他醒来的时候,已经是第二天早晨,那孩子还眼巴巴地叠在画面上,好像等着要吃他做的早饭。王长跑对衣服上的补丁再熟悉不过了,就是现在他也能找出当年外婆给他缝补的衣服,毫不夸张地说他曾经的补丁比那个孩子的补丁还大还密。

王长跑把同时看到两个画面的事跟刘桂英汇报。刘桂英呸了一声:"活该!你再这么看下去,不把眼睛看瞎就算苍天保佑了。"王长跑转身就去找中医刘顺昌。刘顺昌号完脉,翻开他的眼皮,再看看他的舌头,然后语重心长地:"长跑呀,不是我说你,有的事就像喝酒,量不能太大,次数不能太多。你这是玩命,懂吗?"

"玩什么命呀?不就多看几眼电视吗。"

"哪是看电视,我是说你跟桂英。坦白从宽,你们是不是每晚来好几次?"

"哎哟,我都半个月没碰她了。电视里打得乒乒乓乓的,我哪还有心思碰她。"

"不可能!你要是没碰她怎么会上虚火?这眼睛怎么会看出两个画面来?"

"我要是能弄清楚,还找你干什么?看来,你就懂得治下半身……"

刘顺昌将信将疑，给王长跑抓了几服中药，反复叮嘱他吃药期间不能跟女人亲热。王长跑答应得脆生生的，提着草药走出门去，忽地又折回来："顺昌，吃这药能看电视吗？"

"这和看电视八竿子都打不着。"

王长跑把小桌上的茶壶换成了中药罐，继续坐在椅子上看电视。一壶药水喝完之后，那个重叠的头像不见了，电视里炮弹就是炮弹，凹坑就是凹坑，血就是血，一就是一，绝不混同于二。美伊军队在一个叫纳杰夫的地方死缠烂打。一会儿美方说要寻找生化武器，一会儿伊方说要保卫家园，就像两只公鸡打架，看得王长跑都分不清哪边是正确哪边是错误，更不知道自己该把感情放到哪一方。趁插播广告的间隙，他钻进久违的厨房，切了一大块腊肉。

傍晚，三个人围在小桌旁吃饭。王大帅："爸，你都十几天不下厨了，今天是太阳从西边出来啰。"

"爸送你进学校，不光是要你学会讽刺，还要懂得分析。大帅，你告诉我，美国和伊拉克哪一边是对的？"

"这比数学题难。爸，那你说哪一边是对的？"

"我要是知道，就不会炒腊肉来讨好你们。桂英，你说呢，这伊拉克和美国哪一个是正义，哪一个是非正义？"

刘桂英丢下饭碗："你再不耙那两亩水田，明年大帅就得喝西北风。"

"田我是要耙的，但你先告诉我美国和伊拉克哪一边是正义？"

"哪个正义能给你粮食和化肥吗？我看你是闲得没事干了！你要是再不耙田，我就去找没结过婚的男人。"

王长跑嘀嘀一笑："我就知道你们答不上来，谁要是能回答这个问题，保证能上电视，弄不好还会被外交部请去当干部。"

4

用了三个白天，王长跑就把自家的水田耙完了，晚上还没耽搁看电视。从亮汪汪的水田里拔出腿来，王长跑很有成就感。水田拦不住他，插秧、施肥、种玉米、扛木头都拦不住他，眼下把他拦住的是电视里的那场战争。两名美军记者在巴格达城南被打死。美军和伊军在萨达姆总统府内交火。美军坦克向巴格达中心推进，公共汽车冲向坦克……王长跑牵着牯牛、扛着耙，脑子里放着电视往回走，在窄路上遇到了朝哥。他给朝哥递烟："看电视了吗？"朝哥摇摇头："去年的化肥款都没还，我哪来钱买电视机呀。"王长跑这时才想起朝哥家还没拉天线："有空到我家去看，免费提供香烟茶水。"朝哥点点头用力嘬烟，两颊深陷，变形的脸有点像电视里的难民。

"你欠了多少化肥款？"

"两百来块。"

王长跑从上衣口袋摸出两张老人头："你先拿去还信用社

吧。"朝哥愣住,有些怀疑。王长跑把钱塞到他手里。

"这这这……这钱,你就不怕老虎借猪?"

"没关系,你什么时候有钱就什么时候还我。"

"那就谢谢啦!"朝哥对着王长跑不停地作揖。

晚上,电视里做一周战事回顾,不是烧焦的汽车就是血迹,王长跑又看到了那些难民,觉得椅子忽然长了长刺,再也坐不住了。他站起来,地面也相当扎脚,便围住电视机徘徊,脑子和手都有点痒,希望能捏住什么,比如蛇的七寸、牛的鼻圈、电灯的开关。刚好王大帅在做作业,他就顺手捏住了大帅的纸笔,伏在小桌子上写字:

总统先生:

你好!你说你的炮弹是轰炸军事目标,其实伤害了好多平民。那都是些和我们谷里村一样的平头百姓,生活条件艰苦,没有特权,也不搞腐败。他们老老实实地生活,规规矩矩地做人,从来没得罪过你,你的炮弹为什么要落在他们头上?有本事,你让炮弹直接命中大人物,别让老百姓流血……

"你敢给美国总统写信,就不怕警察抓你?"王大帅吓得身子都抖了。

"又不写告状信,有什么好怕的。来,你在这上面签个名。"

"我又不是村长，签名干什么？"

"说明反对打仗的人多呀。"

"人家会听你的吗？"

"不试一试，怎么知道人家不听？"王长跑把笔塞到大帅手上。大帅的手像小鸡啄米啄出了十几个黑点，却连横都没写直。"签个名字都把你吓成这样，真是一代不如一代。"王长跑只好手把手地教王大帅签。签完之后，王大帅不停地甩手，好像要甩掉什么瘟疫。

"看你怕成这样，把名字擦掉算了。"

王大帅摇摇头："谁说我害怕了？"

"这才像我的儿子。"

王长跑一口气跑到刘家，大声地给刘桂英读信，读到一半，他觉得不够档次，就改用夹生的普通话。刘桂英赶紧捂住嘴巴背过身去，实在捂不住了，就像撕破布那样"扑哧"一声，笑得眼泪都冒了出来，腰也弯了下去："长、长跑，求……求你、别、别读了，我快出不了气啦……"

"这么严肃的事情你还笑，一点同情心都没有。"

"关、关键是你的普通话，就像给小鸡穿衣服，实在是太别扭。"

王长跑伤了自尊，转身出门。刘桂英扶住门框："长跑，我还没签名呢。"王长跑装着没听见，头也不回地走去。王学文正在家门口锯柴火，王长跑就搭手跟他一起锯。木屑像雪花那样从锯子口飞落，腿那么粗的青冈树刷刷几下就锯断，地上很快堆起一截截短木。

"学文，最近看电视了吗？"

"晚晚都在看呢。"

"那你看看这个，是不是可以签个名？"王长跑把信展开，递到王学文面前。王学文扫了几眼，撸起衣袖："我早就想打包袱上前线了，拿笔来。"王长跑赶快拧开笔帽。王学文接过笔，把名字写得大大的，几乎占了半页纸。王长跑小心地折好信，放到上衣口袋用力地按了按："我记得你们家有一面锣，能不能借我用用？"

王学文从床铺底翻出那面锣来："自从包产到户以后，这锣就没敲过。"王长跑试着敲了一下，锣还是响当当的。有了这个宝贝，王长跑的喉咙就放开了："签名，签名啰……"他敲着锣一路吆喝，拢共才敲了十几下，身后就跟了一串人。他们有的赤脚，有的穿补巴衣服，脸上的灰尘还没抹去，脚上的田泥也没来得及洗就涌进王长跑家，挥拳挽袖争着签名，比平时领救济物资还踊跃。王长跑立即割了三大块腊肉，要请大家吃喝。"又不是你一个人的事，干吗要你请客？"王学文抢过腊肉，重新挂到竹竿上。

"打来打去，受伤的总是老百姓，我的火都冒到喉咙了。"大头粗声粗气。

"我胸口一直堵着，就不知道该怎么办，还是长跑有办法。"这是秦三爷的声音。

"不知道这信寄不寄得到美国？"有人怀疑。

"放心,我直接把信寄到联合国,就不相信他们不停火。"王长跑拍着胸膛保证。大家就争着说话,原本菜色的脸一张张地红起来,好像一园子的红番茄。

5

天刚麻亮,王长跑就揣上信出门了。他像奔波于美国和伊拉克的外交官那样穿了一套深色衣服,可惜不是西装,也没领带,唯一能做的就是扣紧风纪扣。走到坳口,他看见一个人从大枫树下闪出来,再认真一看,原来是刘桂英。

"怎、怎么是你?"

"我要跟你到乡里去。"

"秧都还没插,你去干吗?"

"去跟你领结婚证呀。"

"又不早说,我一点准备都没有……能不能再选个日子?"

"再拖下去,你的汗毛都白了。"

"那也不能急这几天,等伊拉克停火了再结,好不?"

刘桂英摇头:"他们打他们的,我们结我们的,炮弹又不会从伊拉克飞到我们床上。"

"哎呀……"王长跑踱来踱去,"这衣服都脱了,能不上床吗?现在要是打退堂鼓,全村人都会骂我妈。关键时刻,你得支持我。"

"这么说,你是不想跟我结婚啰?"

"谁说不想了！我都在梦里头跟你领了不下十次结婚证。"

"哼，一出名就想甩我，别以为我看不透你。"

"谁不要你，谁就是狗。"

刘桂英"扑哧"一笑。

"插秧去吧，桂英，像我这样的腿脚，下午四点钟就能回到村口。"王长跑急匆匆地走去。刘桂英大声地："王长跑。"王长跑回过头来："又怎么了？"

"我还没签名呢，别以为我就不关心政治。"

王长跑折回来，又是递信又是拧笔帽。刘桂英在王长跑名字旁找了个缝，挤进自己的名字。"这回，全村都齐了。"王长跑收起信，转身跑去。刘桂英目送着："路上小心哦。"

这天，不管是耙田插秧的或是挖土种玉米的，全都早早收工，他们洗去身上的尘泥，穿上压在箱底的衣服，集结村口像看电影那样伸长脖子，有的还带上多年不用的家伙。下午四点，王长跑准时出现在坳口，人群像遭受了不公正待遇立即骚动。

"回来了，回来了……"

王学文敲锣，朝哥打鼓，秦三爷扭秧歌，刘桂英舞花扇，他们的身后分别跟着一群"粉丝"，不"粉丝"他们的就站在一旁跳"忠字舞"，大家都把几十年前的看家本领从细胞里翻出来，癫狂得就像风中的花朵。王长跑没想到迎接他的场面会这么热烈，远远地眼睛就模糊了，双腿不自觉地飘起来，差点一头栽倒。好在他做过运动员，多少还有一点在荣誉面前戒骄戒躁的老底子，基本稳住了脚步，离大家还有五米远就把挂号信的票根高高举起："信我已经寄出去了，请大家放心。"几个后生跑上去抢过票根又看又摸，他们还没看过瘾又被另外的人抢走。最后，票根从一双手轮到另一双手，不管大人小孩都有摸的机会，好像这是战争的开关，今天能到美国，明天就能发挥作用。

6

王长跑估计超不过一星期邮递员就会进村，他就能收到布什总统的回信。每天放下农具，他泡一壶茶坐到晒楼上遥望，直望到坳口的枫树完全被夜色吃掉，才进屋看电视。邮递员迟迟不来，来得勤快的是刘桂英、王学文和朝哥，他们陪他一起遥望，好像望的人越多信就来得越快。为了招待这些和他一起练脖子的人，他的腊肉割干净了，土鸡也杀完了。

战争又有新进展，萨达姆的塑像被美军拉倒，越来越多的伊拉克人用自杀的方式袭击美军，街头炸烂了，死的人越来越多……王长跑隔三岔五跑到乡邮电所去要回信，营业员一看见他就摇头，每次都这样，好像这动作是他们的工作招牌。凡是有人去乡里，王长跑都会托他们到邮电所去打听，甚至让他们带上他的私章，以便信到的时候及时领回。但是，去打听的人回村之后做的第一个动作也是摇头，王长跑只好陪着摇，就像特务们接头对暗号。不管是在村前村后或是井边地头，王长跑只要一碰上人,准会听到一句问候:"信来了吗?他们怎么还不停火呀?"王长跑立刻低下头,仿佛自己是个大骗子,羞得都不敢碰见人。

傍晚,王长跑提着一大壶酒坐在晒楼上独饮,几口酒下肚,他的脸和脖子根烧了起来,嗓门也高了:"总、总统先生,你也太、太傲慢了,太不把我们村的意见当回事了。你这是看不起农民,看不起我们中、中国人……"那些爱酒的仿佛听到了冲锋号,围上来陪王长跑喝,跟他一起骂。骂的时候他们既要一吐为快,又要考虑外交用语,来来回回就那么几句:"为什么不听老百姓的意见?""根本就瞧不起我们!"骂声中,王长跑喝得头都勾到了裤裆。刘桂英挤进来,夺过王大帅手里的橡皮,在王长跑的脑门上擦了一下。王长跑抬起头,咧嘴笑着:"桂英,你还懂得帮我擦汗,真体贴。""不把那封信从你脑袋里擦掉,我看你就不安定。"刘桂英又在王长跑的脑门上擦了一下。王长跑的手一挡:"这是不可能的。他们今晚不停火,明天我就再写信,多写几封,哪怕铁石心肠也能融化。""你敢写,我们就敢签字。"王学文一撸衣袖,伸手去找酒壶。刘桂英把酒壶拿开:"别喝了别喝了,再喝就出人命了。""怎么能不喝?"王长跑张牙舞爪,"大、大帅,拿笔来,老子要写、写信……"话音未落,他就软在晒楼上。

第二天早上醒来,王长跑发现满地都是金子,看什么都是朦胧。他打开电视,电视上人叠人,没一个是清楚的。他让王大帅赶快去叫刘桂英。"大清早的,是不是又要我们签名呀?"

刘桂英的声音先到。王长跑扭头看去，不好了，竟然有两个刘桂英走进门来。

"长跑，你又倒腾出什么点子了？"

"我、我这眼睛烧坏了。"

"怎么个烧法？"

"看什么都是双数，两个儿子，两个女朋友，还有两台电视机。"

刘桂英掏出一张百元大钞："那你看看这是什么？"

"还用问吗，两百块钱。"

"要是用你这眼睛来数钱，那我们就发大财了。"

"……难道不是两百？"

"长跑呀长跑，我叫你不要整天看电视，你把我的话当耳边风，现在好了，眼睛都看瞎了。"

"没那么严重吧，你扶我到顺昌那里调调天线，也许图像就能回来。"

刘顺昌把完脉，翻开王长跑的眼皮，再看看他的舌头："长跑，这次比上次严重。"

"是吗？顺昌，你可别又往下半身想，桂英可以做证明。"

"先给你抓几副和下半身没关系的药，如果吃不好，我再往那下面想，行不？"

刘桂英一跺脚："王长跑，你是不是在乡里有女人？怪不得三天两头就往那里跑。"

"天啦，我真比伊拉克的老百姓还冤屈！"

7

　　不管是上半身还是下半身的药，王长跑都吃了，但眼前的图像还没调清晰，甚至是越来越模糊。刘桂英和王大帅开了个会，就把电视天线拔了，锁上电视柜。王长跑只能坐到晒楼上看山坳，那棵大枫树的枝丫看不见了，但还能看见枫树的轮廓。王大帅放学回家："爸，你的眼睛好点了吗？"

　　"枫叶红了，大帅，你可别忘记添衣裳。"

　　"你看见枫树的叶子了？"

　　王长跑点点头。

　　"这么说你的眼睛好了？"

　　"可不是吗，一天比一天雪亮。乖崽，你把电视机打开，让爸过过瘾，那场战争也该结束了吧。"

　　王大帅跑进厨房请示刘桂英。刘桂英提着菜刀跑出来，在王长跑眼前挥舞："这是什么？"王长跑不停地眨眼睛："还用问吗，一百块钱。现在我又看到单数了，你就是你，大帅就是大帅，电视机就是电视机。桂英，我的眼睛没毛病了，快把电视柜钥匙给我吧。"刘桂英呜地哭了："你连菜刀都看不见，还想看电视，你、你这下半辈子怎么过呀……"

　　王长跑被送进乡医院，医生们说这是视觉疲劳引发的失明症，需要在眼睛上动刀。王长跑笑眯眯的："只要不是动枪动炮动核武器，其他的随便你们动。"从手术室出来，王长跑的双眼包上了纱布。刘桂英和王大帅坐在床前陪他。

"桂英,战争结束了吗?"

"你都这样了,怎么还想着电视?"

"我说过,只要战争一结束我们就领结婚证。"

"谁还嫁给你呀?你都成瞎子了。"

"为了让你嫁给我,老天爷才舍不得要我当瞎子呢。"

"好好休息吧,别东想西想的,医生说即使你再看得见,两年内也不得看电视。"

"只要不打仗,我看不看电视无所谓。"

王大帅忽地从报纸上抬起头:"爸,布什总统已宣布取得胜利,战争快结束了。""真的?这么说我那封信发挥作用了。"王长跑飞快地坐起来,抓过报纸,双手颤抖不已。"别人结婚你着什么急,小心眼睛充血。"刘桂英用手臂垫住王长跑的后脑勺,把他的脑袋小心地放回枕头。

拆线那天,王学文、朝哥和刘顺昌都来了,一群人围在床边眼睛一只比一只睁得雪亮。王大帅不敢看现场直播,躲到走廊抹眼泪。医生拿着镊子,护士捧着托盘,王学文等全体村民大气都不敢出,一声轻轻的喷嚏把刘桂英吓了一大跳。镊子就要伸向纱布了,王长跑忽地伸手挡住:"医生,万一拆开了我看不见怎么办?"

"你别紧张。"

"现在我眼前全是向日葵和红太阳,不会看不见吧?"

"不会的。"

"凭直觉,我想我不会看不见。"

"那我给你拆纱布了?"

"大帅呢?桂英,你把大帅给我叫来。"

刘桂英把王大帅拉到床前。王长跑紧紧地捏住大帅的手。医生俯身,用镊子夹起棉球涂抹纱布四周。刘桂英和乡亲们静静地看着,像是在等待一根绣花针落地。纱布一层层揭开,露出王长跑的眼睛。王长跑伸手乱摸:"大帅呢?大帅在哪里?"王大帅把脸凑上去。王长跑抚摸大帅的脸,脸上全是湿的。刘桂英俯下身子:"长跑,你看见我了吗?"王长跑的另一只手摸过来:"桂英,你在哪里?"刘桂英抓起王长跑的手放到脸上。王长跑抹着刘桂英的眼角:"别哭,桂英,我的眼睛也许明天就看得见了,我现在就隐隐约约地看见你穿的红衣裳了。"刘桂英放声大哭:"长跑,今天我穿的是蓝衣服,哪是什么红色呀……"王长跑举头张望:"学文,看来我是不行了,从今以后,我就像伊拉克的炮弹没长眼睛了。"周围一双双雪亮的眼珠子全都被泪水覆盖。

8

快放寒假的时候,乡邮递员到邻村的学校送报纸,顺便把一封挂号信递给王大帅。王大帅接过信,看见上面贴着白色纸条,"地址不详"一栏用圆珠笔打了一个大钩。这就是他爸半年前寄给联合国的那封信,现在原封不动地退回,就像放出去的鸽子又飞回老家。王大帅捏着它发了很久很久的呆。

傍晚,王长跑照常坐在村口等王大帅。狗娃的脚步过去了,刘小苗的声音也过去了,村里所有孩子的脚步声都像水那样流走,唯独没有王大帅闷实有力的脚步声。"大帅是不是做什么错事被老师留下了?会不会掉到水库里去了?"王长跑越想越像那么回事,站起来往前摸去,摸了十几步,就听到王大帅噗哒噗哒地走来。

"爸,美国总统给你回信了。"

"真的,信在哪里?"王长跑伸出手来。王大帅把信递到他手上。他详细地捏了一遍信封,拿到鼻尖前:"嗯,我一闻就知道这不是国产胶水,也不是国产信封。大帅,快念给我听听。"

王大帅接过信,从衣兜里掏出半张报纸,用标准的普通话大声朗读:"尊敬的王长跑先生,你的来信我已收到,你及多位中国公民对战争的关心,让我深受感动。战争是没有办法的办法,是维护和平的一种手段。我们已尽最大努力避免伤害平民,但还是遗憾地造成了部分平民的伤害。可喜的是三天前,我们已经抓到了萨达姆,海湾又看到了和平的曙光……"

"这么说,我这眼睛没白瞎,"王长跑笑得眼睛眯成一道缝,满脸都像贴着奖状,"大帅,快把这消息告诉你妈,告诉学文叔和朝伯伯他们,让所有签过名的人都分享分享。"王大帅把报纸收到身后,眉头顿时打结,忽然就听到刘桂英解围的声音:"大帅,大帅爸,饭都凉了,怎么还不回家?"

"桂英，布什总统回信啦……"王长跑扯开嗓门，像一只安在村头的高音喇叭庄严地宣布。

2006 年 11 月 2 日

保　佑

1

李遇扛着三把铁锹回到家，看见大门像饥饿的嘴巴那样敞开着，堂屋里全是彩色，那些花花绿绿的鸡正在啄食地上的苞谷。李遇对着门里喊："南瓜，鸡把我们的口粮都吃光了，你还想不想活？"李遇没有听到回答，放下铁锹跑进去，鸡们嘎嘎地飞起来，有的扑出门外，有的飞到了楼梯上，满屋飘扬着鸡毛，有一片白色沾上了李遇的嘴角。

连续推开两扇房门，李遇没看见他的儿子李南瓜，就锁上门，朝王东家走去。他问王东："你看见南瓜了吗？"王东摇摇头。李遇抹了一把嘴角，一路走一路问："你，你们看见南瓜了吗？"三十几户人家都走遍了，他既没看见别人点头，也没得到一声满意的答复，于是用力地擤了一把鼻涕，笼着手站在王东家菜园子的矮墙上，遥望村口那条延伸出去的小路。尽管他那么望着，脑袋却是木的，好几次，他竟然忘记自己到底在望什么。是望王东家的大白菜,或是望山梁上像死蝴蝶那样飘落的树叶?是望刘兰兰家的炊烟,或是望坡上用石头砌出来的"农业学大寨"?甚至有那么一刹那,他觉得自己根本不是在望,而是在练腿功,是在跟秋风比赛,看谁在墙头站得更久。

太阳被远处的山尖一挡,坡底的树林立即就覆盖了一层暗影,暗影慢慢扩大,延伸到王东家的屋檐上。王东对着菜园子喊:"李遇,还不快点给你老婆送火去?别把我的墙站垮喽。"李遇耸耸肩,从矮墙上跳下来,到家里举了一个火把,朝灯盏窝的方向走去。因为天还没有全黑,他手里的火把不是那么明显,但是走着走着,火把渐渐通红,等他走到老婆的墓地,亮着的就剩下他手里的火把了。周围黑得像刷了漆,满耳都是虫子的声音。他在新坟前烧了一堆火,拍了拍坟前的石块:"四梅,南瓜不见了,这是不是你作的怪?如果是你作的怪,就把南瓜快点放回来。现在我打单了,你可别再弄出什么大事来吓我。"

"爹,我在这呢。"

李南瓜忽然从坟的那边坐起来,吓得李遇一个倒退。李遇说:"你……怎么会在这里?你干吗要跑到这里来?"

"妈胆子小,我来陪陪她。"

"神经病!你妈不吓唬我们就算阿弥陀佛了,我从来没听说过死人会害怕。"

李遇的骂声好像没钻进李南瓜的耳朵,李南瓜又躺了下去。坟前的那堆火毕毕剥剥地越烧越旺,连近旁茅草的纹路都照得清清楚楚。李遇拍拍手,站起来,走到坟的那边,对着破席子踢了一脚:"你真要把这里当床铺吗?"李南瓜翻了一个身,侧卧在席子上。李遇又补了一脚:"快起来,跟我回去!"

"我……我要跟我妈说说话。"

李遇把李南瓜从破席子上拽起来。李南瓜双腿蹬在坟上,弯腰跟他爹搞拔河比赛,重量全部移到他的屁股,好像那上面挂着一扇石磨。李遇扯了一会,感到臂膀沉了、酸了,一松手,李南瓜仰面跌下去。"你这个癫仔,将来得了风湿病,可别怪老子没提醒你。"说完,李遇喘着气走了,他一边走一边自语:"四梅,你是轻松了,可南瓜怎么办?你要是真爱我们,就让南瓜别再犯傻病,就让刘兰兰看得起我们,让她做南瓜的后妈……"

2

李南瓜坐在郭四梅的坟边像蚊虫那样嗡嗡地说着,但是谁也听不清他说什么,从他嘴里吐出来的不是单个的字,而是一片语言,仿佛漫天的大水没有间隔,没有水珠。到了中午,阳光把他的脸晒热了,他才站起来,拍拍屁股上的黄泥,走上两公里,回家吃一大海碗米饭,然后带上四五个烤红薯,又回到坟边。他吃了睡,睡了说,说了吃,哪怕是李遇晃着拳头威胁"再不回去就宰了你",他也没挪一挪席子。

半夜，一阵密集的响声从屋顶的瓦片上传来，李遇被雨点吵醒，骂了一声"癫仔"，翻身下床，打开手电筒，找了两张塑料布，一张披在身上，一张捏在手里。他哗地拉开大门，外面的雨点像银线那样扑下来，密密麻麻的一片，仿佛一块白布。迈出门槛，他看见一团黑影站在雨里。他把手电筒的光柱摇向黑影，那是李南瓜被雨水淋湿的脸，光柱往下摇，落到李南瓜的手上，那是一把菜刀，刀口闪着一抹寒光。

"我还以为你不回来了。"

"我宰了你。"

"真是好心没有好报，我正要给你送雨具过去，你干吗要宰了我？"

"再不回去就宰了你。"

"原来你是在学我说话。既然你回来了，我就不宰你了，快进去换衣服吧，免得感冒，弄不好还会得肺炎，要是得了肺炎没准就会出人命。快进去吧，就算你爹我给你下请帖了。"

菜刀哐啷一声掉在地上，李南瓜的手松开，他像民兵搞训练那样，挺胸收腹，正步走进堂屋，一直走到堂屋的右上角，才来了一个标准的九十度右转，跨进自己的房间，把门嘭地撞回来，那响声就像天上打的雷。李遇的腿晃了一下，赶紧把双手合在胸前："四梅，你看看你的崽都癫成什么样子了？你要是不管管他，说不定哪天他真把我割成几大块。四梅，你可要保证我不缺胳膊短腿呀！"

3

李遇犁地,李南瓜就在身后下苞谷种;李遇薅草,李南瓜就磨薅锄;李遇施肥,李南瓜就在苞谷蔸刨坑;李遇收苞谷,李南瓜就把苞谷秆扛回家。两年来,李南瓜像个乖仔跟着他爹上坡下坎,打柴喂猪,从来没说一个"不"字。秋天的午后,李遇坐在地头的苞谷秆上抽烟,李南瓜蹲在一米远的地方捆苞谷秆。李遇说:"南瓜,你歇一会吧。"李南瓜抹了抹额头上的汗,说:"我不累。"

"不累也歇歇。"

李南瓜顺势坐在苞谷秆上,拔了几株蒲公英,鼓起腮帮子吹,白色的软毛被他吹散了,像雪那样纷纷扬扬,把他的头整个笼罩。李遇咧嘴一笑:"四梅,南瓜没犯傻病,多亏了你的保佑。"

傍晚,李南瓜挑着水桶往井边走,走到半路,就追上了刘兰兰。刘兰兰腰细屁股大,一条粗黑的辫子在后背摔来摔去。李南瓜盯着刘兰兰的后背,盯得口水都流出了嘴角,好几次,他伸手去抓刘兰兰的辫子,但辫子仿佛看见了他的坏心眼,从他的掌下一次次飞开。到了井边,刘兰兰弯腰打水,屁股高高地翘起来,裤子一下就绷紧了,仿佛再不站起来就有把线头绷断的危险。李南瓜吞了几下口水,把手悬在空中,想照刘兰兰的臀部按下去,又害怕地缩回来,手掌这么反复了几次,刘兰兰已经把两个桶的水都打满了。

刘兰兰挑起水，转过身，才发现李南瓜贴在自己身后，吓得桶里的水往地上泼了不少。刘兰兰闪了一下扁担，骂了一句"癫仔"，甩着手往大路走去。她的肩上一有了重量，身子就扭得更厉害，辫梢一会甩左，一会甩右，最后搭到了扁担上。李南瓜看着刘兰兰的背影，连水也没打，便挑着空桶跟上去，一直跟到刘兰兰的家门口。刘兰兰把水哗地倒进缸子，举起扁担："你跟着我干什么？想吃我放的屁吗？"

李南瓜丢下水桶，一口气跑到家。李遇说："水你没挑回来，怎么连桶也不见了？"李南瓜指着刘家："水桶在、在刘兰兰家。"

"水桶又不长脚，怎么会跑到她家？"

李南瓜一声不吭，抱头蹲下去。李遇拍了一下李南瓜的脑袋："到底是怎么回事？难道她家缺水桶吗？"

李南瓜摇摇头。

"那水桶怎么会无缘无故地到了她家？"

李南瓜还是摇头。

"真是的，真是的……"李遇急得团团转，"我们家要是没有水桶，今晚就没得水煮饭吃。去，去把水桶要回来。"

李南瓜一动不动，头差不多勾到了裤裆。

"难道还要我亲自跑一趟？我没单独去她家，别人都讲闲话了，要是我真去，那唾沫还不把我淹死呀？"

李南瓜抬头看了一会李遇，慢慢地站起来，转身走去。看看李南瓜快要走到拐角处，李遇忽然喊了一声："回来！"李南瓜低头走了回来。李遇拍拍衣服上的尘土:"还是我亲自去一趟可靠。"

4

李遇这一去很久都没回来。李南瓜啃了几个生红薯,举起一个苞谷秆扎成的火把摇晃,喊着要烧自家的房子。跟他家连着屋檐的王东一听到"烧房子"的声音,扔下饭碗跑出去,指着李南瓜骂:"你要是不把火灭了,等会我就让你喝粪水。"李南瓜爬到楼梯上,像摇红旗那样摇动火把,细小的火星飞溅下来。王东冲到楼梯边。李南瓜把火摇到王东的头顶:"你要是敢上来,我就把火扔到房子上去。"王东站住,火星不断地掉到他的头上,他的头上甚至散发了头发烧着的焦味。

看热闹的人越来越多,尖叫声不时响起。有人说:"南瓜,你只要下来,我就给你一块腊肉。"有人说:"如果你想穿新衣服,就把火灭了。"李南瓜说:"要让我把火灭掉,除非你们把我妈从坟里喊出来。"有人喊了一声"郭四梅",大家就跟着喊。王东的老婆推开人群,腾出一个空道,说:"郭四梅来了。"大家屏住呼吸,扭头看着那个空道。李南瓜说:"你哄我的,我妈赶街去了,现在还在半路呢。"王东的老婆指着空道:"你眼睛瞎了吗?这不是你妈是谁?"

"你要是再哄我,我就真把房子烧了。"

李南瓜又举起火把摇晃,人群里重新响起尖声。"再不下来，我就宰了你！"门口传来李遇的呵斥。他骂骂咧咧地推开人群，爬到楼梯上抢李南瓜的火把。火把在两双手里晃动，一会过去一会过来，最后李南瓜一松手，李遇捏着火把从楼梯上跌落，他落地的时候仿佛夹杂着骨折的声音。

　　李遇的腰骨跌错了位，他躺在床上让刘顺昌给他正骨，敷中药，半月之后说话才不腰痛。他说："四梅，南瓜刚好了两年，你怎么又让他犯病了？是不是葬你的地方不好？要是你在那地方睡不舒服，那我就给你换个地方，但是你得答应我不让南瓜犯病，得保佑我们平平安安。"说这话的当天晚上，李遇想小解，就喊李南瓜给他递尿盆。喊了十几声，李南瓜才走进屋来，手里提着菜刀。

　　"我让你递尿盆，你提着刀来干什么？"

　　"一到半夜你就吵我，干脆把你的鸟仔割了，看你还拉什么尿！"

　　李遇的双手赶紧捂住下身。李南瓜举着菜刀在他的手背上比画。李遇手背上的血管突突跳跃，全身跟着哆嗦。

　　"小祖宗，请你把刀拿开，今后我再也不吵你了。"

　　李南瓜把刀收回去，用手拇指试着刀锋。李遇的手指像弹钢琴那样震颤，一股热尿喷射出来，打湿了他的裤裆和手心。"爹，你的尿拉出来了。"李南瓜嘿嘿地笑着，抓起尿盆倒扣在李遇的手上，然后用菜刀敲了一下盆底。李遇的身子一抽，正在撒着的尿缩了回去。李南瓜又敲了一下盆底，李遇停了的尿开始断断续续地流。乒的一响，李遇的尿缩了；再乒的一响，李遇的尿又流了。

"四梅,你看你的崽把我折磨成什么样子了?我又不是墙,哪经得起他这么舂;我又不是鼓,哪挡得住他这么擂。四梅,你要是看得见,就让他把刀收回去,我宁可把尿拉在床上,也不敢喊他递尿盆了。"

"爹,我听到我妈叫我啦。"

李南瓜停止了敲打,侧耳听了一会,提着刀跑出去。李遇终于松了一口气:"四梅,你要是再晚来一步,我就做不成男人了。"说完,他把尿盆掀到地上。

5

等到李遇能重新挺起腰杆走路的时候,他在上交怀找到了一块好地。那块地的后山脉很长,绵延数十里;两边有小山合抱,就像椅子的扶手;前面横着三道山脉,一道比一道高,仿佛躺椅前架脚的凳子。谁要是葬到这么好的地方,后代不出大人物才怪呢!李遇背着手在那地方走来走去,恨不得当场躺倒,把自己葬下。

农历十月十七,李遇把郭四梅的坟迁了过来。他在新坟前烧了一刀纸,说:"四梅,你有了这么好的家,该保佑南瓜不再犯病了吧。只要南瓜不犯病,我手里才攒得起钱,才给南瓜找得到后妈,才能为你再生一个健康的孩子……"火苗一闪一闪的,恍惚之间,李遇还以为那是郭四梅在跟他点头。

冬天的一个中午，村里的好几个女人坐在刘兰兰家的墙根下做布鞋，她们一边纳着鞋底一边问刘兰兰为什么还不嫁人，刘兰兰抿着嘴笑，就是不给她们答案。这时，李南瓜忽然跑过来，在刘兰兰的胸口抓了一把，便迅速地闪开。刘兰兰提着鞋底板去追，李南瓜一边奔跑一边叫喊："快来看哪，老婆追老公喽。"刘兰兰气得直跺脚，呜呜地哭了。那些做鞋的妇女再也咽不下这口气，扯着刘兰兰来到李遇家。她们踢桌子，摔茶杯，砸水缸，直到李遇双手作揖讨饶，才停止破坏。王东的老婆说："今天要不是我们在场，你们家的南瓜会把兰兰给强奸了。"

李遇说了一声"真是的"，提着鞭子跑出去，在旧仓库前的晒坪上找到了李南瓜。李南瓜事先看到了李遇手里的竹鞭，三下两下就爬上了草垛。李遇抖着鞭子说："你对刘兰兰怎么了？"

"没怎么了，就是摸了一把她的胸口。"

"你该叫她表姨，那胸口也是你摸得的？"

"我才不叫她表姨呢，叫她老婆还差不多。"

"你……"

晒坪上的人笑得黑牙齿和白牙齿都露了出来。李遇拿着鞭子往草垛上冲了几下，由于草垛太高，他不但没冲上去，反而跌了几趴扑，周围的笑声更加密集。"除非你不回家，你只要回家，看我怎么打破你的膝盖。"李遇晃了一下鞭子，背着手离去。李南瓜冲着他的背影喊："刘兰兰是我老婆，我老婆是刘兰兰……"李南瓜喊了几声,便有了一个间隔,接着是一声惨叫。李遇猛地回头,看见李南瓜已被刘兰兰的弟弟从草垛上摔了下来,像死狗那样躺在地上。李遇跑回去,抱起李南瓜的头,那头上的血把李遇的衣服染成了红布。

李遇背着李南瓜来到刘顺昌家。刘顺昌在李南瓜的头上敷了中药,缠了一团纱布,只给他留下半张肿大的脸,就连他的嘴巴也被纱布封了一半。第二天,李南瓜竟然还能用半边嘴说话,他说:"刘兰兰是我老婆,我老婆是刘兰兰……"

李南瓜说得刘兰兰的脸红到了耳根子,说得刘家人个个摩拳擦掌。晚上,刘家人把头凑到一起,决定在赶街那天,悄悄把李南瓜丢到河里去喂鱼。但是刘家人还是害怕法律,赶街那天的傍晚,他们把全村人叫到旧仓库前的晒坪上。他们说李南瓜说的那些话是李遇教的。李遇说:"南瓜说的话我打破脑壳也想不出来,怎么会是我教的?"有人说:"不是你教的,难道是他妈教的吗?"

"反正不是我教的,你们硬要给南瓜找个老师的话,那只能是他妈了。"

李遇的话音未落,一盆粪水泼到他身上,臭得围观的人全都捂着鼻子散开。李遇孤零零地站在晒坪上,看着他脚下的影子慢慢地暗淡,慢慢地消失。

晚上,李遇打着手电筒来到郭四梅的坟边,他对着坟墓又是踢,又是拍,然后扯开了嗓门:"郭四梅,你闻闻我身上什么味道?人家都把我们侮辱成这样了,你也不保佑我们,夫妻算是白做了。你要是再不保佑,我就把你的坟撬了……"李遇真的开始撬坟,他把垒着的石头一块块地拆开,直拆得没有了力气,才一屁股坐到地上,"四梅呀四梅,不是我怨你,这粪水一泼,我李遇的脸就算掉到了地上,头再也抬不起来啦。你要是真能保佑我们平安无事,这坟我还会给你砌好;你要是再不保佑,我就让石头这么散着,就让你的坟再也不像坟……"

6

一天中午,刘兰兰捏着半块肥皂来到李家,给李遇洗那件被粪水泼脏的衣服。她洗衣服的时候,李遇就蹲在一旁吸烟。刘兰兰说:"反正我名声也臭了,再也嫁不出去了,干脆你娶了我吧。"李遇摔掉烟头,就去抓刘兰兰的手,抓完手,他们就咬嘴巴,咬了嘴巴他们就抱成一团。忽然,传来一声呵斥:"不许你动我的老婆!"

李遇和刘兰兰像碰到高压电线那样弹开。李南瓜提着菜刀朝李遇劈来。李遇扭头就跑。李遇跳过王东家的矮墙,李南瓜的菜刀就劈到墙上。李遇闪过刘兰兰家的屋角,李南瓜的菜刀就把刘兰兰家的板劈削去了一大块。他们一个在前面跑,一个在后面劈,弄得村子里鸡飞狗跳。好几次,李遇的腿打闪,差不多就要跑不动了,但是菜刀越来越近,他不得不一口气跑下去,最后在村子里绕了一圈,又跑到自家门前。眼看李南瓜的菜刀就要劈到李遇的脚后跟,刘兰兰冲上去把李南瓜一把抱住。李南瓜喘着粗气，说了一句"你真香"，就嘿嘿地笑了起来。刘兰兰松开手。李南瓜说："嘿嘿，刚才你抱我了。我喜欢你抱我。"

从这天起，李遇把家里所有的刀锁了起来，需要切菜的时候，才去木箱里拿。大多时候，他嫌麻烦连菜都不切，而是用手扭，用手掐，反正吃的大都是青菜、豆角，用不用刀都没关系。晚上睡觉，他再也不敢不关门，除了关门、闩门，还在门背后顶上一截小腿那么粗的木棒。白天，走路或者下地干活，即使没有脚步声，他也会冷不丁地回头看上一眼，生怕李南瓜从背后袭击。四个月过去了，李南瓜的手里再也没出现过凶器，他该吃的时候吃，该睡的时候睡，该薅苞谷的时候就薅苞谷。李遇以为他一生气，郭四梅就出来保佑他了，于是，清明节那天，他把郭四梅拆垮了的坟重新垒起来，还在上面挂了几树青。春风一吹，坟上的那几树白纸就哗啦啦地舞动，好像是几个穿长袖的人在打架。

有一个晚上，李遇看见李南瓜已经上床睡觉，并确切地听到了他的鼾声，就冲了一个凉水澡，穿了一套新衣服，偷偷地溜到刘兰兰家的后窗，用口哨把刘兰兰吹了出来。他们猫腰来到晒坪，靠在草垛高一声低一声地商量婚事。忽然，一个黑影窜出来，抡起木棒朝李遇的身上砸去。李遇"哟"地叫了一声，抱着手臂往村巷里跑。那个黑影紧追不舍，木棒好几次险些砸到了李遇的屁股。李遇拐了几个弯，躲到刘顺昌家的洋芋林里，才逃脱了那个人的追击。那个人不是别人，就是李南瓜,他提着木棒一路吆喝:"刘兰兰是我老婆,我老婆是刘兰兰,你们谁也别想动她。"他的吆喝把整个村庄的狗都调动起来,"汪汪汪"的叫声持续了一个多时辰。

刘兰兰在后坡割草的那个下午,李遇把李南瓜反锁在家里,揣着钥匙跑上了后山。他们脱光衣服,刚在草地上滚了一下,就听到了李南瓜的脚步声,看见了李南瓜手里的木棒。李南瓜举着木棒追击李遇,赤条条的李遇在阳光照耀下,跳过草浪,飞过低矮的灌木丛,像一名现代足球场上的裸奔者,让全村人看得目瞪口呆,甚至还引发村人的尖叫和咒骂。李遇跑到河边,一头扎进河里,才逃脱李南瓜的追击。李南瓜跑回出事地点,用木棒撩起李遇的裤子,像扛红旗那样扛在肩上,逢人便说:"这是我爹的裤子。"按李遇的说法,那个下午李南瓜把李家祖宗十八代的脸都丢尽了。

李遇和刘兰兰把约会地点从草垛改到山坡,从山坡改到苞谷地,从苞谷地改到河边,不管见面的地点变换多快,落地的脚步如何轻盈,讲话的声音怎么低调,哪怕是只有身体语言,李南瓜总会找得到他们。他就像鞋子一样紧紧跟着,像气味一样死死贴着,让李遇和刘兰兰根本没机会决定结婚的时间。李遇再也不相信郭四梅能保佑李南瓜不犯傻病,更不敢相信郭四梅能保佑他为李南瓜娶到后妈。所以,他不再给郭四梅上坟,就是清明节也不去上,就让郭四梅的坟荒着,让坟上的茅草跟周围的连成一片。他甚至主动跟工作队坦白:"过去我是一个迷信分子,现在我保证再不迷信了。"

7

刘兰兰三十岁生日那天，在镜子里发现了几根白发，便拔下来，拿着它去找李遇，说："你要是再不娶我，我都快变成老太婆了。"李遇抓了抓头皮："不是我不想娶你，是怕把你娶过来了，你过得不幸福。南瓜的态度你不是不知道，万一他控制不住，会闹出人命的。"刘兰兰四下张望，最后把目光落在旁边的洋芋林上："南瓜，你别躲了。"洋芋林在风中轻晃，叶片碰出哗哗的声音。李遇说："南瓜在挑水呢，你都给他弄成神经病了。"刘兰兰提高嗓门："南瓜，你给我出来！我知道你在里面。"一阵喊喊喳喳的响声之后，洋芋林里真的冒出了李南瓜，他捏着扁担，嘴角咧到了耳根子："嘿嘿，你怎么知道我在这里？"

刘兰兰走过去，摊开手掌："你看看这是什么？"

"嘿嘿，这是白头发。"

"表姨都老了，如果再不跟你爹结婚，就不能给你生弟弟了。你愿意叫表姨做妈吗？"

"你不是我妈，你是我老婆，嘿嘿……"

李南瓜丢下扁担，一把抱住刘兰兰。刘兰兰扇了李南瓜一巴掌。李南瓜扯脱了刘兰兰的两颗纽扣。李遇冲上去，把李南瓜的头按到地上："你这个癫仔，一点都不懂规矩，她是你抱得的吗？"刘兰兰对着李南瓜的屁股踹了一脚："流氓。"

只要李南瓜碰上刘兰兰,他就叫她"老婆"。刘兰兰只要看见李南瓜,就远远地避开,有时避不及就闪在路边的草丛里。一次,刘兰兰刚刚闪进草丛,就被李南瓜看见了。他扑上去,撕开刘兰兰的衣服,咬她的奶头。刘兰兰挣扎着,大喊:"救命呀!快来救命呀!"李遇听到喊声,冲到草丛里,一拳头把李南瓜打开。李南瓜连滚带爬,在密集的草地上留下了一道逃跑的小路。

李遇扶起刘兰兰,目光长久地落在她敞开的胸口上,那上面是雪白的、挺拔的,有两道李南瓜的牙印。李遇轻轻地把刘兰兰的上衣合拢,颤抖着手指扣上面的纽扣:"兰兰,真对不起,没想到他的动作比我的还粗鲁。"刘兰兰哭着,一把扯开扣好的上衣:"你要是再不拿走,没准哪天他就先拿走了。"李遇一头撞上去,把该进洞房那天办的事在草地上提前办了。办完之后,他说:"兰兰,这次不算数。"

"为什么?"

李遇的嘴唇动了几下,没有回答。刘兰兰推了他一把:"说呀,为什么不算数?"

"我觉得这事不是我一个人在做,好像南瓜也参加了。其实他也参加了,只不过他做的是前半截,我做的是后部分,好像他把地整干净了,我来种苞谷,又好像他种了苞谷,我来收苞谷棒……"

"你和你崽一样,都是神经病!"

8

　　李遇怕李南瓜再干什么蠢事，不得不经常盯着他，他上坡干活得盯着，到河边洗澡也盯着，就连他上厕所都不能不管。原先是李南瓜跟踪李遇，现在整个反了。这么跟了几个月，李遇家的地荒了，猪瘦了，菜园里只剩下了菜蔸蔸。

　　一天傍晚，刘兰兰在水井边堵住李遇："小八腊来人啦，你要是再不娶我，我就出嫁了。"两只水桶嘭地掉到井里，李遇呆呆地看着刘兰兰离去，她的背影从来没这么好看过。七月二十那天，刘兰兰又上了李遇家的门："挨刀砍的，陈家那边连布匹都送过来了，我妈没有退，说是过了中秋就让我们成亲，你看着办吧！"李遇抱头蹲在地上，连个屁都没放，气得刘兰兰转身走了。

　　到了八月初一，刘兰兰跑到李家的苞谷地，气喘吁吁地说："那边已经派人送来了日子，说是八月二十七成亲。"李遇坐到那堆金黄的苞谷棒上："不能再往后拖拖吗？"

　　"再拖，我妈就要摔盆砸碗了。"

　　"那你先别答应，再给我几天时间。"

　　刘兰兰点了点头。李遇伸手去拉刘兰兰，把她按到苞谷棒上。刘兰兰踢打着，苞谷棒向四周飞溅。李遇说："我想死你了。"

　　"我又不是你老婆，你别想了。"

　　忽然，李遇的脑壳上挨了一棒，他听到刘兰兰发出一声惊叫就晕了过去。醒来时，他躺在刘顺昌家，头上缠着一圈绷带。刘顺昌说："你再不想想办法，哪天你的命就要丢在南瓜的手里。"李遇摸着绷带长长地叹了一口气。

第二个赶街的日子，李遇和李南瓜抬着自家的那头猪走了五里山路，来到乡里的圩场，以一百二十块的价钱把猪卖了。李遇请李南瓜吃了一碗米粉，就领着他上了去县城的班车。到县城住了一回八毛钱一晚的旅店，李遇又领着李南瓜去市里。客车到达市里正好是农村吃晚饭的时间，李遇在闹市区找了一家小饭店，点了一碟扣肉，再要了一碟炒大肠，上了一盆白米饭，然后全部推到李南瓜面前。李南瓜埋头嚯嚯地吃了起来。李遇吞了吞口水："南瓜，要不要喝点酒？"李南瓜咧嘴一笑："爹，你也吃呀。"

"爹不饿。"

李遇点了一壶米酒，给李南瓜倒上一大杯，给自己也倒上了一大杯，两人喝了起来。等他们走出饭店的时候，路灯全亮了。他们来到十字路口，李遇掏出那沓卖猪得来的钱，塞到李南瓜的手里："南瓜，这城市很大，随便在哪里你都找得到一口饭吃。"李南瓜看着手里的钱，嘿嘿地傻笑。

"这都是命，你别怪我，南瓜，你找你的命去吧！"

李南瓜拿着钱转身走了。李遇紧紧地闭上眼睛，双腿一软，蹲了下去。他只蹲了大约一分钟，就睁开了眼睛。眼前是过往的人群和车辆，李南瓜已经不见了。他站起来，喊着"李南瓜"冲进人群，四下寻找。他喊过了一个又一个街道，错拍了十几个人的肩膀,一直喊到天亮,也没把李南瓜喊回来。

9

回到村里,李遇告诉刘兰兰:"我把南瓜送到城里治病去了。"刘兰兰又把这句话告诉她妈,她妈再把这句话传遍全村。但是背地里,李遇却偷偷地抹了不少眼泪,就是刘兰兰嫁过来了,他也常常抹泪。刘兰兰问他:"你的眼睛没开关吗?"李遇说:"也不知道什么原因,只要一遇到风眼泪就关不住。"刘兰兰到乡医院买了几种眼药水,每天晚上睡觉前轮流给他滴放,眼药水换了好几个牌子,他的眼泪却流得越来越汹涌。

没有农活的时候,李遇就带着刘兰兰到晒坪上的草垛后面讲话,到后山、河边和苞谷地里去拥抱。拥抱完,他就问刘兰兰:"你还记不记得,以前不管我们在哪里,南瓜总会找得到。"

"怎么不记得,他差点没把我吓死。"

"可惜现在他找不到我们了。"

"也不知道他的病治好了没有?"

"快了吧。我好像听到他跑过来的脚步声了。"

刘兰兰惊恐地站起来:"他在哪里?"

"你别害怕,现在我还真希望他从地下冒出来,再给我的脑壳来上几棒。"

"神经病!"

"……"

这样的约会多了,刘兰兰就不再配合。她说:"家里铺着好好的床铺,干吗要到野地里去喂蚊子?"李遇喊不动刘兰兰,一个人到李南瓜曾经追赶过他的地方独坐,有时坐到打瞌睡,才拍着屁股走回家。

到了冬天,李遇跟刘兰兰说要去市里看李南瓜。刘兰兰做了一堆米花糖,拿出一双布鞋,让李遇带上。李遇来到市里,在街巷找了三天,连一个长得像李南瓜的人都没有。最后,他把那双布鞋送给了一个讨饭的。他坐在李南瓜消失的十字路口,发了一天的呆,便走进附近的邮电局,给自己写了一张汇款单。

十天之后,邮递员把汇款单送到村里。李遇拿着那张二十元的汇款单逢人便说:"这是南瓜寄回来的,他的病好了,已经进木器厂做工人了。"村里的人全都咂着嘴巴,露出羡慕的表情。半夜里,李遇经常听到王东训斥他的儿子:"人家李南瓜连癫病都能治好,你怎么连一篇课文都背不出来?真没出息。"

10

第二年,刘兰兰给李遇生了一个又白又胖的女儿。人们都说刘兰兰给李遇带来了福气,不仅女儿生出来了,连李家的猪也肥了,牛也壮了,马也跟着下崽了。

粮食收得越多，锅里的油水越足，李遇就越想李南瓜，他经常笼着手，站在王东家的矮墙上，瞭望进村的山路，望得眼睛一阵阵痛。王东发现李遇已经在矮墙上站出了两只脚印，有一天就对着李遇吼："你别把我的墙站垮喽。"这一声吼像针戳在他的身上，听起来很熟悉很亲切。他想了好久才想起来，那是郭四梅下葬那天王东说的，当时他像是说："李遇，还不快点给你老婆送火去？别把我的墙站垮喽。"这句话让李遇一下就想起了郭四梅，他的心头一热，从矮墙上跳了下来。

李遇请人在金里大田看了一块地，看地的先生说："这块地能保佑你的儿孙平安。"择了一个日子，李遇把郭四梅从上交怀迁了过来。当帮忙的人全部离去之后，李遇跪在坟前："四梅，我给你找了这么好的地方，你一定要保佑南瓜回来。"他刚一说完，树林里就传来几声鸟叫。他认为这是郭四梅的回答。

三年后，郭四梅的新坟长出了青草，村路上还是没有出现李南瓜的身影。李遇望得眼睛都肿了十几回。一天正午，他又站在王东家的矮墙上瞭望，太阳把他的影子照成了一个圆点。进村的山路像一条黄带子，越来越清楚，越来越亮，忽然，一团黑挡住了他的眼睛。他说："明明是大太阳天，怎么一下就黑了呢？"他用手揉揉眼睛，用力地睁着，却怎么也没把太阳和那条路找回来。他朝着家门口喊："琴琴，快把手电筒给我拿来。"

琴琴就是刘兰兰为李遇生下的女儿，现在她已经五岁了。

她听到李遇的喊声,就从大门跑出来,把李遇从墙上拉回家里。刘顺昌用手电筒照了照李遇的眼睛,说:"老李呀,你这眼睛恐怕是瞎喽。"李遇说:"南瓜都还没回来,我的眼睛怎么就瞎了呢?刘医生,这么说就是南瓜真回来,我也看不见了?"

"老李呀,难道你没看见过隔壁村的蒋瞎子吗?他什么个样子,将来你就什么个样子。"

李遇叹了一口气就哭了,哭得鼻涕和眼泪连成一片。

11

十一年之后的一个大太阳天,李遇病逝了,村人把他埋在金里大田郭四梅的坟边。埋的过程中,刘兰兰竟然没有流一滴眼泪,好像她的眼泪早在侍候李遇的这十一年里流干了。王东在李遇的坟上添完最后一锹土,刘兰兰就看见一个人从山路上走来。所有的人都伸长脖子,那个人越走越近,人们已经看得清他的头发是长的,身上的衣服是歪的,一边肩膀高一边肩膀低,一只裤脚挽着一只裤脚拖地。慢慢地,衣服越来越清晰,不仅歪,还皱巴巴,还脏兮兮,衣服的下面是晒得通红的皮肤。来人的纽扣清晰了,白头发也清晰了,有人忽然喊起来:"这不是李南瓜吗?"

众人唏嘘。有人说:"人家南瓜在城里当工人,这分明是一个讨饭的。"人群一阵骚动,所有的目光都在那人身上搜索,仿佛要找回什么证据,调皮鬼甚至伸手去摸他的衣服。他从人群中走过,径直来到李遇的坟前,睡在了两座坟的中间。有人问他:"你是李南瓜吗?"他说:"刘兰兰是我老婆,我老婆是刘兰兰。"

坡地顿时安静下来,已经哭干了眼泪的刘兰兰一声长号,伏在地上,捧着那人的头用力地摇晃:"南瓜呀南瓜,你还懂得回来?你怎么现在才回来……"

2005年4月18日